Editado por Harlequin Ibérica.
Una división de HarperCollins Ibérica, S.A.
Núñez de Balboa, 56
28001 Madrid

© 2006 Heather Graham Pozzessere. Todos los derechos reservados.
LADRÓN DE CORAZONES, Nº 40
Título original: Beguiled
Publicada originalmente por HQN Books.
Traducido por Victoria Horrillo Ledesma

Todos los derechos están reservados incluidos los de reproducción, total o parcial. Esta edición ha sido publicada con permiso de Harlequin Enterprises II BV.
Todos los personajes de este libro son ficticios. Cualquier parecido con alguna persona, viva o muerta, es pura coincidencia.
™ TOP NOVEL es marca registrada por Harlequin Enterprises Ltd.
®™ son marcas registradas por Harlequin Enterprises Limited y sus filiales, utilizadas con licencia. Las marcas que lleven ™ están registradas en la Oficina Española de Patentes y Marcas y en otros países.

I.S.B.N.: 978-84-671-5097-1

Para Linda Haywood, Alice Dean y Paula Mayeaux... y por el café de la mañana en el Carnival Pride.

Prólogo

¡Que Dios no salve a la reina!

La pluma era, en efecto, más poderosa que la espada. Sus dedos podían trabajar sobre una máquina de escribir, pero el sentimiento era el mismo.

Giles Brandon sentía su poder mientras trabajaba en medio de un recogido silencio. Y gracias a Dios estaba llegando al final.

Por Dios, qué bueno era.

Giles sacó el borrador definitivo de su artículo de la máquina de escribir con una sonrisa satisfecha en los labios. Podía decirse que sonreía con jactancia, pensó, pero aquél era seguramente el mejor artículo que había escrito... y el más incendiario.

Dejó el papel sobre la mesa, se recostó en la silla y cruzó las manos sobre el pecho un momento mientras disfrutaba de su logro y de aquel instante de silencio que le permitía paladear su propio talento. Su casa de Londres era una de las pocas que se hallaban apartadas del ajetreo de la calle, así que no tenía que soportar los ruidos de la gente corriente que iba y venía, ocupada en sus quehaceres, el repiqueteo de los cascos de los caballos sobre el pavimento o el rugido, el traqueteo y los odiosos bocinazos de los automóviles, cada vez más populares entre las clases adineradas... e incluso entre las no tan adineradas. Gruesas cortinas de damasco cubrían las ventanas para que la sensación de aislamiento fuera mayor. En efecto, no oía ni un solo ruido de la calle.

Levantó una mano caprichosamente.

—Sí —dijo en voz alta—, la pluma es, efectivamente, un arma más letal que la espada.

Naturalmente, no había nadie que pudiera contestar. Había enviado a su mujer —benditos fueran ella, la fortuna que le había proporcionado y el hecho de que se dejara intimidar fácilmente por su genio— a casa de su cuñada. Un talento como el suyo exigía total concentración. También había dado la noche libre a la vieja y enjuta ama de llaves. Ahora estaba en su elemento. Solo.

Se echó a reír y habló de nuevo en voz alta.

—Solo con mis compañeros predilectos, la inteligencia afilada, la astucia... y yo mismo —tomó con reverencia la hoja de papel mecanografiada surgida de su brillante inventiva—. Esto pondrá a la gente rabiosa —dejó escapar una risa ahogada. No estaba seguro de querer hallarse en medio de semejante alboroto, pero disfrutaba, ciertamente, de la idea de provocarlo. Se habían burlado de él muchas veces y su nombre dejaba de aparecer con excesiva frecuencia en listas de invitados en las que merecía estar. Así que, ahora, los poderosos tendrían que pagar.

Leyó el titular del artículo con entonación dramática.

—«¿Ha recurrido la monarquía al asesinato a sangre fría?».

Sí, habría un tumulto en las calles. Las sospechas habían comenzado ya a fermentar. Pero era natural. Eran lo que abogaban por el fin de la monarquía los que habían encontrado tan triste final. De no tener tan buenos modales, Giles se habría frotado las manos, alborozado.

Se reclinó en la silla y paseó la mirada a su alrededor, disfrutando de todo cuanto había conseguido. Aquella casa maravillosa (que, naturalmente, procedía de la familia de su esposa, pero eso carecía de importancia), su escritorio de finísima madera de cerezo, su lámpara de Tiffany, su bonita y mullida alfombra, procedente de Oriente Medio... Sí, le iban bien las cosas, y todo gracias a la brillantez de su escritura.

El artículo saldría al día siguiente. Y a eso de media tarde...

—Por san Jorge, soy... —a pesar de su dominio del idioma, no se le ocurrió otra palabra—... ¡brillante!

Oyó de pronto unas palmadas a su espalda y se llevó tal sobresalto que el corazón le dio un vuelco. Se volvió bruscamente, lleno de asombro. Llevaba horas solo, así que ¿quién...?

Al fondo de la habitación, justo en el rincón donde coincidían las hileras de estanterías, había una figura que batía palmas sin entusiasmo, pero lenta y rítmicamente, con aire... burlón.

—¡Usted! —exclamó Giles, y la ira entornó sus ojos. Miró la puerta de su despacho. Permanecía cerrada, como la había dejado. La casa estaba cerrada a cal y canto, de eso estaba seguro. El ama de llaves sabía que la despediría si se le ocurría salir sin echar la llave. Así que...

—Brillante, Giles, oh, sí, sencillamente brillante —dijo el intruso.

—¿Qué hace usted aquí? ¿Cómo demonios ha entrado?

El visitante se encogió de hombros y se acercó a la luz que proyectaba la lámpara del escritorio. Aunque Giles podía verlo ahora claramente (y comprobó que no llevaba ningún arma a la vista), sintió una súbita punzada de terror. Era imposible que alguien hubiera entrado en la casa. Imposible que estuvieran a solas en un vasto mundo de sombras. Giles no podía oír el mundo dentro de su refugio. Ni el mundo podía oírlo a él.

—Yo sirvo a este país, y lo hago bien —replicó Giles.

–Usted se sirve a sí mismo y es unególatra –contestó la figura. Una lenta e irónica sonrisa se dibujó en sus labios crueles–. Pero está a punto de realizar un servicio mucho más importante. A fin de cuentas, como usted mismo ha escrito, todos debemos estar dispuestos al sacrificio.

Los ojos de Giles Brandon se agrandaron. Había visto el arma.

–¡No! –gritó.

–Va a servir a su país y le prometo que su necrológica será... brillante.

«¡Pelea!», se dijo Giles. Era un hombre corpulento. Pero, por desgracia, no era ágil.

Apenas se dio cuenta cuando sus débiles intentos de defenderse se vieron derrotados. Ni siquiera sintió el dolor. Oyó, sin embargo, su espantoso grito.

Los pensamientos desfilaban por su cabeza enloquecidamente. La pluma era más poderosa que la espada. Pero un cuchillo bien afilado en manos de un loco...

Sintió el calor de su propia sangre derramada. La oscuridad que circundaba la luz que, como un pequeño refugio, rodeaba su escritorio, comenzó a cerrarse. Inundó sus ojos de gris y de sombra. Y luego...

Echó mano del papel que había sobre su mesa. Su artículo. Brillante. Oh, sí, era un hombre brillante. Sus manos se agitaron; sus dedos temblaban. Tocó el papel.

Sintió que su grito se debilitaba, se desvanecía... «Grita», ordenó a su boca, a su garganta, pero su cuerpo le desobedecía. Un horrible gemido escapó de su garganta. Pero aquel sonido tampoco se oyó más allá de las paredes de su despacho, aislado para que el molesto bullicio de la humanidad no turbara una mente como la suya.

Fuera seguía la vida, el estruendo de los cascos de los caballos sobre el empedrado y el pavimento, la bocina de un automóvil, la música de un restaurante, el relincho de un caballo...Y detrás de las pesadas cortinas, en el despacho apartado de la calle, todo quedó por fin en silencio.

La sangre de Giles Brandon manchó la fina alfombra oriental. Giles miraba con ojos ciegos. Oyó cómo se iba haciendo más lento el latido de su corazón. Bum, bum... bum...Y luego ya no hubo más.

Murió en medio del silencio que tanto anhelaba y lo último que pensó fue que, pese a todo, era muy poderoso: la pluma tenía más poder que la espada. Pero la carne era débil y el cuchillo afilado.

1

—¡Abajo la monarquía!

Ally Grayson oyó los gritos cuando el carruaje aminoró la marcha. Iban por la calle mayor del pueblecito de Sutton y Ally había sospechado ya antes de acercarse a la población que podría haber problemas. Entristecida por los ánimos que reinaban en el país y al mismo tiempo llena de curiosidad, retiró la cortina de la ventanilla del carruaje.

La gente pululaba, airada, llevando pancartas en las que se leía: *¡Acabemos con el reinado de los Ladrones!* y *¡Asesinato real!* Algunos caminaban por la calle en silencio; otros gritaban enfurecidos delante del edificio de ladrillo rojo que albergaba la oficina del magistrado local. Había quien miraba con ira el carruaje, pero nadie se acercó a él. Ally iba a ver a su padrino, Brian Stirling, conde de Carlyle, un personaje amado y admirado pese a ser un ardiente defensor de la triste y anciana reina Victoria. Nadie se atrevería a levantar un dedo contra él, contra sus bienes o contra las personas que se hallaban bajo su protección, y aquel carruaje convertía a Ally en una de ellas. Aun así, en las calles reinaba una horrenda tensión.

Ally vio a varias personas a las que conocía. Junto a una de las destartaladas casas Tudor tan comunes en la región, vio al periodista Thane Grier, que lo observaba todo con avidez sin tomar parte en los acontecimientos. Ally se entretuvo observándolo. Era un hombre alto y apuesto, ansioso por ascender socialmente y obtener reconocimiento como escritor de valía. Ally no sabía qué pensaba de aquel asunto, ni si le atribuía alguna importancia. Después de haber leído muchos de sus artículos, tenía la impresión de que haría un relato objetivo de los hechos. Grier tenía menos interés en llegar a ser un gran ensayista que en ser conocido por su visión aguda y su ponderada evaluación de los hechos.

—¡A ver! —gritó el magistrado en persona al salir a la puerta de su oficina—. ¡Basta ya de tonterías! ¡Cada uno a lo suyo! —bramó—. Por Dios, ¿adónde hemos llegado? ¿Qué esto? ¿Un circo?

Ally estaba segura de que el magistrado, sir Angus Cunningham, tenía autoridad para acallar al gentío. Era un héroe de guerra que había sido elevado a la nobleza por sus servicios en la India. Era un hombre corpulento, alto, de anchas espaldas —y camino de hacerse con una amplia barriga—, provisto de un cabello blanco como la nieve, grandes patillas y un distinguido bigote. Pero, pese a sus palabras, se oyeron algunas protestas.

—¡Asesinato! —gritó débilmente una mujer—. ¡Dos hombres asesinados! ¡Y los dos habían hablado contra los excesos de la corte de Su Majestad! Hay que hacer algo con una reina que perdona... no, que ordena actos tan horrendos.

Ally no podía ver la cara de la mujer. Iba ataviada de negro y un velo cubría su rostro. Llevaba ropajes de viuda. Ally reconoció, en cambio, a la señora que había junto a ella y que intentaba hacerla callar. Era Elizabeth Harrington Prine, viuda de Jack Prine, un soldado valiente que había muerto en Sudáfrica. A través de su marido, poseía miles de acres de tierra al oeste del bosque que rodeaba el pueblo.

—¡Asesinato! —gritó de nuevo la mujer de negro.

Sir Angus no tuvo ocasión de contestar. Junto a los escalones del edificio se reunió con él el anciano lord Lionel Wittburg. Era éste más alto y más enjuto, y su cabello era, más que blanco, de un gris plateado claro. Su reputación databa casi de los inicios del reinado de Victoria, y el país siempre lo había amado como a un soldado leal. Lord Wittburg pronunció como un eco las palabras que resonaban en la mente de Ally:

—¿Cómo os atrevéis?

Pero, a pesar de que hablaba con brío, Ally sintió que estaba a punto de echarse a llorar, y sabía por qué. Hudson Porter —un hombre con el que tenía poco en común, pero que era un querido camarada de su época en la India— era uno de los antimonárquicos que habían sido asesinados recientemente.

Un tercer hombre se unió a ellos. Era mucho más joven y atractivo, un caballero al que se veía a menudo en las páginas de sociedad de los diarios: un hombre que poseía la habilidad de encandilar a quienes lo rodeaban.

—Por favor, éste no es comportamiento propio de ingleses de bien. Y de sus mujeres —añadió con una sonrisa pícara—. Esto no tiene sentido, es innecesario —era sir Andrew Harrington, primo de la viuda que intentaba consolar a la mujer de negro. Ally sabía que Hudson Porter no estaba casado, así que aquella mujer no podía ser su viuda. ¿Una hermana, una prima... una amante quizá? El otro activista asesinado, Dirk Dunswoody, tenía al menos ochenta años en el momento de su muerte y durante todo ese tiempo había permanecido soltero, consagrado al estudio de las leyes y la medicina y viajando con frecuencia al extranjero con el ejército de la reina. Nadie sabía por qué se había vuelto tan violentamente antimonárquico, como no fuera porque se sentía agraviado por no haber sido ascendido a la nobleza. Ally sabía que un extraño escándalo se asociaba a su nombre y que a causa de él Dunswoody había sido ninguneado.

—Por favor, por favor, vayan a sus quehaceres. Aquí no resolveremos nada y todos ustedes lo saben —dijo sir Angus dirigiéndose al gentío.

Había murmullos constantes, pero también movimiento. La multitud parecía estar dispersándose y Shelby, el cochero, ayuda de cámara, ayudante y hombre para todo de lord Stirling, pudo conducir el carruaje a través de las calles. Mientras él se abría paso con cuidado, Ally vio que Thane Grier, todavía callado y algo apartado, tomaba notas en una libreta que había sacado del bolsillo de su chaleco.

Ally dejó caer la cortina cuando salieron de la plaza del pueblo y tomaron el camino que atravesaba el bosque. Al principio, no notó que el carruaje comenzaba a cobrar velocidad. Estaba ensimismada, preocupada por el estado del país y por su propia situación. No podía evitar preguntarse por el aviso que la llevaba al castillo. Sin duda tenía algo que ver con la cercanía de su cumpleaños. Aunque se consideraba una mujer adulta desde hacía algún tiempo, sus tutores habían querido protegerla del mundo todo el tiempo posible, y a sus ojos sólo sería por fin una adulta el día de su cumpleaños. Quería a quienes la habían criado y se habían preocupado por ella, pero estaba ansiosa por tomar las riendas de su vida. Aunque había crecido protegida de todo, se interesaba vivamente por libros y periódicos y había paladeado cada una de sus excursiones a la ciudad, un mundo repleto de teatros y museos. Se consideraba, ciertamente, inteligente y culta, aunque hubiera adquirido la mayor parte de su cultura en una pequeña escuela rural o a través de preceptores privados enviados a su humilde hogar en el interior del bosque.

Había conseguido vislumbrar el mundo real y, aunque había crecido al cuidado de sus tres «tías», había tenido también tres parejas de padrinos. Apenas podía creer que hubiera tenido tanta suerte. Tres mujeres maravillosas la habían criado y, para colmo, tres matrimonios que se contaban entre los grandes del reino se habían ocupado de que recibiera la mejor educación y tuviera cuanto necesitara. Estas tres últimas damas –Maggie, Kat y Camille– eran asombrosas, únicas y, en sus tiempos (se decía Ally para sí misma, aunque no se atreviera a decírselo a ellas), habían sido verdaderos demonios. Ally se alegraba de que tuvieran un pasado rebelde, porque, si se enfadaban cuando descubrieran que pensaba tomar las riendas de su porvenir, podría recordarles que ellas también eran mujeres modernas. Lady Maggie había desafiado todos los convencionalismos sociales atendiendo a las prostitutas del East End, Camille había conocido a su marido gracias a su trabajo en el departamento de Egiptología del museo, y Kat había participado en varias expediciones a las pirámides de Egipto e incluso al Valle de los Reyes. Difícilmente podían esperar que ella fuera dócil y obediente y no quisiera abrirse paso en el mundo.

Mientras Ally cavilaba, el carruaje comenzó a ir más deprisa y, finalmente, se lanzó en una carrera enloquecida por el camino. Ally se vio zarandeada de un lado a otro y despertó por fin de sus meditaciones. Intentó mantenerse sentada y se agarró con todas sus fuerzas. No estaba asustada, sino sólo sorprendida.

¿Le preocupaba acaso a Shelby que los alborotadores que llenaban la plaza del pueblo fueran tras ellos? Eso era imposible. Sin duda él sabía que los granjeros asustados y los tenderos rurales no representaban ninguna amenaza. Sobre todo, habiendo allí tres hombres tan ilustres como sir Harrington, sir Cunningham y lord Wittburg para calmar los ánimos.

Así pues, ¿por qué conducía de pronto Shelby como un loco? Ally frunció el ceño, intentó mantener el equilibrio y se dio cuenta de que las muertes que habían provocado miedo y nerviosismo en el pueblo eran, decididamente, aterradoras. Dos hombres asesinados, dos personajes públicos cuyos puntos de vista se oponían a la Corona y que habían presionado para poner fin a la monarquía. Aquellas muertes eran terribles, y los tiempos eran, en general, duros. La pobre reina Victoria era una anciana entristecida, el príncipe Eduardo acumulaba cada vez más responsabilidades y existía la amenaza de una nueva guerra en Sudáfrica. El pueblo, naturalmente, estaba inquieto. Para muchos, la pobreza y la ignorancia suplantaban al asombroso progreso que habían conocido el campo de la educación y el de la medicina durante el reinado de Victoria. Los trabajadores estaban protegidos como nunca antes lo habían estado. Había quienes protestaban contra la asignación concedida a la Casa Real y quienes pensaban que la labor de la familia real no justificaba el dinero que se gastaba en el mantenimiento de sus muchas propiedades y su lujoso tren de vida. Inglaterra tenía un primer ministro y un parlamento, y muchos creían que con eso bastaba.

Una rueda del carruaje pisó un bache y Ally estuvo a punto de golpearse con el techo. ¿Qué estaba pasando? Shelby no era de los que se asustaban fácilmente. No se dejaría atemorizar por un puñado de alborotadores. Claro que no eran éstos los causantes de la tremenda intranquilidad que reinaba en las calles y en la prensa. Aquel nerviosismo podía achacarse a aquellos que intentaban inflamar los ánimos de la multitud haciendo creer a la gente que la monarquía estaba tras los asesinatos de los políticos que se oponían a ella. Había demasiada gente dispuesta a creer que la Corona se hallaba secretamente tras aquellas muertes.

Ally sabía por sus estudios que la existencia de antimonárquicos no era un fenómeno novedoso en la política inglesa y hasta comprendía, hasta cierto punto al menos, que aquel movimiento hubiera vuelto a ocupar el primer plano de la actualidad. A pesar del empeño de la reina Victoria en devolver la abstinencia y la bondad a la Corona, sus hijos, incluido su heredero, se habían comportado escandalosamente. En tiempos de Jack el Destripador, circulaba incluso la teoría de que el asesino era su nieto, el príncipe Alberto Víctor. Desde entonces, una facción muy ruidosa de antimonárquicos no había vacilado en dar un paso adelante. Los últimos asesinatos, que muchos consideraban un intento de la monarquía de acabar con aquella facción, habían provocado tal fiebre política que algunos de los políticos más sensatos del país advertían de la necesidad de llegar a compromisos y templar los ánimos, o habría una guerra civil.

Ally no conocía a la reina, pero por lo que había visto y oído no podía creer que la mujer que había llevado a su imperio a tales cimas de progreso y que seguía llorando a su marido, muerto hacía décadas, pudiera ser culpable de semejante horror.

Pero, a pesar de su conocimiento de la historia y la política, ignoraba por qué el carruaje iba tan deprisa. De pronto, con un zarandeo, el coche comenzó a aminorar la marcha. Sin duda, pensó Ally, aquello no tenía nada que ver con la agitación provocada porque dos hombres, dos políticos y escritores que habían calumniado violentamente a la reina, hubieran sido degollados. Ni tampoco con el nerviosismo de la gente que protestaba en las calles con pancartas contra la reina y el príncipe Eduardo. No, la causa de aquello tenía que ser otra completamente distinta y si así era...

Si así era, Ally sabía la respuesta.

Se movían más despacio. Los caballos habían dejado de galopar e iban al paso. Ally oyó un disparo y se quedó paralizada. Se oyeron gritos cercanos. Después, oyó que Shelby vociferaba con aspereza, pero no entendió lo que decía.

—¡Detenga el carruaje! —bramó una voz profunda y autoritaria.

Nerviosa y consciente de que estaban aún lejos del castillo, Ally se inclinó hacia la ventanilla, apartó la cortina y miró fuera. Sus ojos se agrandaron, llenos de sorpresa, y una punzada de miedo atravesó su cuerpo. Tenía razón.

Junto a su lado del carruaje había un hombre montado sobre un gran caballo negro, vestido con un gabán del mismo color que su montura, sombrero y máscara. Tras él se movían, inquietos, otros jinetes. ¡El salteador de caminos!

Ally nunca había soñado que pudiera pasarle tal cosa. Como devota lectora de varios diarios, había leído sobre aquel hombre y sus secuaces. En una época en la que había cada vez más automóviles, un bandido a caballo amenazaba los caminos.

Aquel hombre no había matado a nadie, se recordó Ally. En realidad, había quienes lo comparaban con Robin Hood. Nadie parecía saber a qué pobres favorecía, aunque poco después del secuestro del conde de Warren algunas iglesias del East End habían recibido repentinamente grandes sumas de dinero para vestir y alimentar a sus feligreses.

Aquel bandido llevaba varios meses parando carruajes y había robado cosas aquí y allá, objetos con valor sentimental que habían vuelto misteriosamente a manos de sus dueños. Era un ladrón, pero no un asesino. De hecho, sus correrías habían comenzado poco después de que tuviera lugar el primer asesinato. Como si el país no tuviera ya suficientes motivos de preocupación.

Las ruedas se detuvieron. Ally oyó el relincho de protesta de los caballos. Después oyó las palabras del cochero.

—A la muchacha no le harás nada. Antes tendrás que matarme a mí.

El bueno de Shelby. Su campeón y su guardián desde que tenía uso de razón. La defendería hasta el último aliento.

Gracias a él, Ally sacó fuerzas de flaqueza. Abrió la puerta del carruaje y le gritó:

—Shelby, no vamos a arriesgar la vida de nadie por culpa de este ladrón y sus compinches. Le daremos lo que quiera y seguiremos nuestro camino.

El bandido tiró de las riendas de su caballo negro y desmontó de un salto. Sus cómplices siguieron sentados sobre sus monturas.

—¿Quién más hay en el carruaje? —preguntó él.

—Nadie —dijo Ally.

Él no la creyó. Se acercó a la puerta abierta y estiró los brazos sin pedir permiso. Posó las manos sobre su cintura, la levantó sin ceremonias y la depositó en el suelo. Por lo visto, creía que debía de haber algún compartimento escondido, pues desapareció dentro del carruaje y luego volvió a apearse de un salto.

—¿Quién es usted y qué hace viajando sola? —preguntó con aspereza. Un antifaz de raso negro cubría su cara. Tenía el cabello negro, recogido hacia atrás en una coleta. Llevaba una capa de lana y las botas de montar le llegaban a las rodillas.

Ally tembló al principio, pero no estaba dispuesta a dejarse acobardar. Si aquel hombre decidía cambiar de método y matarla, lo haría de todos modos. Pero ella no se rendiría sin luchar. No se dejaría humillar. Aquel hombre era un ladrón, un bandolero, un sinvergüenza.

—No es usted más que gentuza —le dijo—, y no veo por qué ha de ser de su incumbencia cómo viaje yo o no viaje.

—¡Señorita! —protestó Shelby, angustiado por ella.

El bandido hizo un gesto con la cabeza a uno de sus hombres —también enmascarado y vestido de negro, un color con el que podían camuflarse de noche—, que se acercó a Shelby mientras el cochero intentaba echar mano de su pistola.

—No lo haga —le advirtió el bandido suavemente—. No le haremos ningún daño. Ni a usted, ni a la muchacha.

Ally se preguntó si sería la palabra «muchacha» en labios de un hombre que ignoraba sus logros lo que la irritaba y al mismo tiempo le daba valor. Siempre era desdeñada como «la muchacha». Todo el mundo hacía siempre lo que consideraba mejor para ella. Sus logros eran aplaudidos, pero su futuro no parecía pertenecerle. Gracias a su educación privilegiada sabía latín, francés e italiano, geografía, historia y literatura. Tocaba el piano con destreza, sabía cantar gracias a las enseñanzas de madame D'Arpe, bailar gracias a monsieur Lonville y montar a caballo tan bien como la que más, estaba segura de ello, a pesar de sus esfuerzos por mostrarse humilde. Era además muy consciente de que las mujeres empezaban a abrirse paso en muchas disciplinas que antes les habían estado vedadas; que ayudaban a conformar la sociedad y, en definitiva, el mundo. Ella iba a dejar su huella en el mundo. De algún modo.

Era también la huérfana más protegida de todo el imperio, no le cabía duda al respecto.

—No va tocar a la chica... —comenzó a decir Shelby, enfurecido. Pero no pudo acabar. El bandido había hecho restallar el látigo que llevaba, un látigo largo y de mortífero aspecto que resonó en el aire con la fuerza de un disparo. La pistola que Shelby intentaba alcanzar voló por el aire y el cochero gritó, no tanto de dolor como de sorpresa.

—Mi buen amigo —dijo el bandido—, no queremos hacerles daño. Baje, por favor.

Shelby se apeó, rígido, airado y receloso. Ally oyó una suave exhalación y, cuando miró, Shelby ya no estaba de pie. Se había caído al suelo como si estuviera tan cansado que se hubiera quedado dormido de pie. Ally gritó, alarmada, e hizo amago de correr hacia él. Pero el bandido la agarró por los hombros. Ella pataleó, se revolvió e intentó morderle, y él comenzó a maldecir en voz baja.

—¿Se puede saber qué te pasa, muchacha? Te estás jugando la vida.

—¿Qué le ha hecho?

—Se despertará enseguida, no hay nada que temer —le aseguró él.

—¿Qué le ha hecho? ¡Lo ha matado!

—No está muerto, te lo aseguro.

Ally intentó morder otra vez la mano que la sujetaba.

—Esto es ridículo —siseó él y, antes de que Ally se diera cuenta, se la echó al hombro y se alejó rápidamente del camino, tomando un sendero del bosque.

¿Qué había hecho? Un escalofrío de miedo recorrió la espalda de Ally, a pesar de su resolución.

—Si cree que va a cortarme el cuello en el bosque, lo lamentará profundamente —le advirtió—. Vendrán por usted. Ya lo buscan por sus crímenes. Restablecerán las ejecuciones públicas. Volverán a poner en vigor el descuartizamiento. Se lo estoy advirtiendo...

—Deberías empezar a suplicarme —replicó él.

—¿Adónde me lleva? —preguntó Ally—. ¡Ni siquiera sabe quién soy!

Al parecer, habían llegado a su destino. Ally fue depositada sin ceremonias sobre el tocón de un árbol, junto a un arroyuelo que cruzaba el bosque. El agua burbujeaba melodiosamente. El sol casi se había puesto, empezaba a desaparecer en el horizonte, y se hallaban rodeados por los pálidos destellos que se filtraban entre las copas de los árboles y las sombras de la noche que se avecinaba. Él puso un pie sobre el tronco y se inclinó hacia ella.

—En serio, muchacha, no sé quién eres. Si me lo hubieras dicho desde el principio, ya podrías haber seguido tu camino.

—No me llame «muchacha».

—Debería llamarte idiota.

—¿Yo? ¿Idiota? ¿Por proteste contra un criminal que sin duda acabará sus días al final de una soga?

—Si van a ahorcarme, ¿qué más da que añada tu cuerpo a la lista de mis desmanes? —preguntó él.

—Lo colgarán —dijo ella gélidamente.

—Quizá, pero hoy no. Hoy, tú vas a contestarme.

Ella guardó silencio y lo miró con fijeza mientras intentaba de nuevo sofocar el miedo. No se dejaría vencer fácilmente. Clavó la mirada en él con la cabeza alta y los ojos ardientes.

—Es joven y capaz. Podría haber encontrado un trabajo honrado fácilmente. Pero decidió dedicar su vida al crimen.

Él se echó a reír, divertido.

—Muchacha, de todas las mujeres con las que me he topado, tú eres decididamente la más osada. O la más estúpida. Aún no lo tengo claro.

—Le he dicho que no me llame «muchacha».

—Eres una muchacha.

—Entonces usted no es más que un crío que juega a hacerse el hombre.

Él no pareció ofenderse; en realidad, esbozó una sonrisa.

—¿Tienes algún título, entonces? —inquirió.

Ally lo miró con frialdad.

—Puede llamarme señorita.

—Entonces, ¿quién es usted, señorita, y adónde iba?

—¿Es usted tan estúpido que no reconoce un carruaje perteneciente al conde de Carlyle?

Ally no supo si había reconocido o no el carruaje, porque el bandolero contestó con una pregunta, no con una respuesta.

—¿Qué hacía usted en su carruaje?

—No lo he robado —replicó ella.

—Eso no es una respuesta.
—Es la única que va a conseguir.
Él se inclinó un poco más hacia Ally.
—Pero no es la que estoy buscando.
—Cuánto lo siento.
—Oh, no es necesario que me pida disculpas... aún. Limítese a darme la información que le pido.
—Es usted un bruto y un ladrón. No le debo nada.
—Soy un salteador de caminos. Y su vida y su bienestar están en mis manos.
—Dispáreme, entonces.

Él sacudió la cabeza, irritado. Ally levantó el mentón. Tenía miedo, pero también se sentía extrañamente eufórica. La sangre corría velozmente por sus venas. Por ridículo que pudiera parecer, aquel desafío la excitaba. Curiosamente, no creía que aquel hombre fuera a hacerle ningún daño. Había en sus maneras algo demasiado... ¿decente? Quizá fuera simplemente eso lo que ella quería: que por fin le ocurriera algo en la vida. Se sentía como si estuviera verdaderamente viva, quizá por primera vez. Qué lástima que todo estuviera a punto de acabar.

Él se echó a reír y su risa sonó ligera y agradable.

—Permítame empezar otra vez. Querida *mademoiselle*, ¿haría el favor de decirme qué hacía en el carruaje del conde?
—Obviamente, voy a ver al conde.
—Ah. ¿Son ustedes amigos, entonces?
—Es como un padrino para mí —explicó ella.
—¿De veras?
—Sí, así que será mejor que se ande con cuidado, si no quiere ofenderme irreparablemente.
—Me temo que me importa un comino a quién pueda ofender.
—El conde le hará picadillo.
—Para eso primero tendrá que atraparme, ¿no le parece?

—No lo subestime.

—Nunca se me ocurriría.

—Haga el favor de decirme qué quiere exactamente de mí. Lo siento, pero no llevo encima nada de valor.

Él seguía sonriendo y su pie continuaba apoyado sobre el tronco. Ally se descubrió preguntándose cómo era posible que un hombre tan bien hablado, tan bien vestido, un hombre que olía a limpio, con un atisbo de aroma a musgo y cuero, pudiera haber caído tan bajo.

—Hay muchas formas de conseguir riquezas. Si el conde le tiene cariño, vale usted una fortuna.

—No me tiene tanto cariño —dijo ella en tono cortante.

La sonrisa de él se hizo más profunda. Ally lamentó no verle del todo la cara.

—Cuénteme más cosas de usted —le ordenó él.

Ella cruzó las manos sobre el regazo.

—Cuénteme más cosas de usted.

—Yo he preguntado primero.

—Pero ya sabe más cosas de mí de las que yo sé de usted —le recordó ella puntillosamente.

—Ah, pero yo soy un ladrón y usted es mi víctima —dijo él.

—Precisamente. Nadie espera de una víctima que coopere —replicó Ally.

Él se inclinó un poco más hacia ella.

—Se supone que las víctimas tienen que estar asustadas.

—¿Sabe qué creo?

—Dígamelo, se lo ruego.

—Que no es usted peligroso en absoluto.

—¿De veras?

—Me parece que tiene al menos un ápice de inteligencia y que fue educado como es debido. Y que, si quisiera, podría irle bastante bien sin tener que recurrir al robo o al asalto de personas elegidas al azar.

—Me temo —murmuró él— que usted no es una víctima elegida al azar.

Ella se sobresaltó, y un escalofrío de miedo comenzó a helar su sangre.

—Yo no tengo nada, ¿por qué iba a elegirme?

—Iba en el carruaje del conde.

—Le repito que no tengo nada que merezca la pena robar —le aseguró ella, más decidida que nunca a que la creyera.

—Podría ser muy valiosa como rehén —repuso él.

—¡Oh! —exclamó ella, indignada—. Es usted un necio. ¿Qué le pasa? Están pasando cosas muy graves en el mundo. Puede que dentro de poco nos encontremos en medio de la anarquía. Han sido asesinados dos hombres. El pueblo está al borde del tumulto. Y usted sólo se preocupa de sí mismo.

—Mmm.

—¿Mmm? ¿Eso es lo único que se le ocurre? —preguntó ella.

—¿Va a enfrentarse usted sola a todos los males de este mundo? —dijo él con suavidad.

—¿Y usted no está dispuesto a hacer nada contra la maldad de este mundo? —replicó Ally.

Él se encogió de hombros.

—Veamos, ¿puedo cambiar el mundo en este momento? Seguramente no. ¿Puedo cambiar mi propia situación? Creo que sí. Porque la tengo a usted, sea quien sea, una pasajera del carruaje del conde de Carlyle.

—Por favor, ya le he dicho que no valgo nada.

—Vamos, vamos. No sea tan ingenua. Una mujer tan... mundana...

Ella se sonrojó y apartó la mirada. Se sentía como si un fuego la atravesara. ¿Cómo era posible que sintiera aquella marea de emoción por un bandolero? Santo Dios, era patético. No lo permitiría.

—Piense lo que quiera, pero le repito que ninguna amenaza que pueda hacer me hará una mujer rica. Vivo en compañía de varias viudas, mujeres amables, generosas y apartadas del mundo. Tienen muy poco. Rara vez salgo del bosque.

—Pero, cuando sale, sale con estilo.

—Por suerte para mí, tengo amigos bien situados que se interesan por mí desde que era una niña.

—¿Trabaja para el conde?

—No.

—¿Es...? —la miró de arriba abajo con ojos cargados de intención.

—¿Qué está insinuando? —preguntó ella, indignada, y, levantándose, lo apartó de un empujón—. La condesa es una de las mujeres más bellas y amables que he conocido, y le aseguro que el conde es de la misma opinión. ¿Cómo se atreve? No es usted más que un bandido. La gentileza que he creído intuir en usted no es sino una máscara que oculta muchas más cosas que la que lleva en la cara. Creo que he acabado con este ridículo *tête-á-tête*. Le agradecería sinceramente que me llevara de vuelta al carruaje.

Al principio, temió que él reaccionara violentamente. Lo había empujado con tanta fuerza que él se había tambaleado hacia atrás. Se quedó quieta un momento y se preguntó si se atrevería a echar a correr. No estaba familiarizada con el paisaje que la rodeaba, pero huir a cualquier parte sería preferible a ser la prisionera de aquel hombre.

Él, sin embargo, no respondió con violencia; ni siquiera la tocó. Se echó a reír y se sentó en el tronco caído.

—¡Bravo!

—¿Bravo?

—El conde es un hombre afortunado por tener tan enérgica defensora.

—El conde es célebre por su fortaleza, su sentido ético y su honestidad, cosa que usted sabría y apreciaría... si no fuera un canalla.

—Ah, ojalá fuera yo como él.

—Cualquier hombre tendría que esforzarse por igualar sus atributos.

—¿Podría tener cualquier hombre semejante castillo? —preguntó él con sorna.

—Un castillo no hace a un hombre —respondió ella puntillosamente.

—¿Ni tampoco la riqueza? —inquirió él.

Ally no comprendía del todo su tono. Había en él cierta amargura, quizá. De pronto se dio cuenta de que quizá corriera serio peligro, después de todo.

Había logrado poner cierta distancia entre ellos al empujarlo, y ahora que estaba sentado cómodamente sobre el tocón, convencido de que dominaba la situación, parecía ser el momento idóneo para escapar. Crecer en una casa en el bosque tenía muchas ventajas. Ally había pasado un sinfín de días explorando los senderos cercanos a su casa, jugando con amigos imaginarios, correteando de acá para allá. Había jugado a menudo con los hijos del leñador que vivía camino abajo y, durante cierta época, cuando era todavía muy joven, el hijo del leñador la consideraba un auténtico demonio. Así que era fuerte, ágil y veloz. Pensó que podría sacarle mucha ventaja.

Y al principio así fue.

Cruzó a saltos el riachuelo, sin importarle el agua, y echó a correr por un sendero. En cierto momento incluso se atrevió a deleitarse en el sonido del improperio que profirió él al verla desaparecer. Luego se dio cuenta de que no sólo la seguía, sino que la seguía velozmente.

Corría bajo el dosel de los árboles y volaba ágilmente sobre raíces, rocas y ramas caídas. Siguió corriendo por lo que parecía ser un sendero y se internó luego entre el denso follaje, confiando en despistar a su perseguidor.

Mientras corría, le pareció que los ruidos de la persecución disminuían. O quizá fuera que el latido de su corazón silenciaba todo lo demás. Al final tuvo que detenerse. Le ardían los pulmones, el corazón le palpitaba enloquecidamente y notaba calambres en las pantorrillas. Sus delicadas botas distaban de ser el calzado perfecto para correr por el bosque.

Se agarró a un árbol, inhaló, exhaló e intentó aliviar el dolor de su pecho y sus miembros. Se le había soltado el pelo y un mechón le hacía cosquillas en la nariz. Lo apartó de un soplido, lo echó hacia atrás y pensó que debía de estar hecha un desastre. Al mismo tiempo, sin embargo, se daba cuenta de que lo había conseguido.

Había dado esquinazo al salteador de caminos. Justo cuando empezaba a saborear aquel placer, oyó una risa suave. Se volvió bruscamente.

Él estaba apoyado contra un árbol, con los brazos cruzados, tan relajado como si no tuviera ni una sola preocupación. Ni un solo mechón de pelo había escapado de su coleta. No respiraba trabajosamente. No parecía haber hecho el más leve esfuerzo. Ally se irguió y lo miró con aire desafiante.

—No puede escapar, ¿sabe?
—He escapado, de hecho.
—No, no ha escapado.

Ella sopesó su situación. Sí, podía echar a correr otra vez. Pero, ¿cómo se las había ingeniado él? ¿Cómo había podido sorprenderla tan fácilmente? Se le cayó el alma a los pies al darse cuenta de su error. Estaba tan decidida a no seguir un camino claro que había corrido en círculos. Él se había dado cuenta de su error y simplemente había esperado a que diera la vuelta por entre los árboles. Ally no volvería a cometer aquella equivocación.

—No lo haga. Es una pérdida de tiempo y de energía —le dijo él.

—Lo lamento mucho. ¿Le estoy haciendo perder el tiempo? —preguntó ella con sarcasmo.

Él se encogió de hombros.

—La verdad es que hoy no tengo ningún otro compromiso urgente.

—¿Es consciente de que, cuando el conde de Carlyle se dé cuenta de que su carruaje no llega, empezará a buscarme?

—Desde luego..., pero creo que eso no ocurrirá hasta dentro de un buen rato.

—¿Y eso por qué?

—Sospecho que está en la ciudad. Hoy hay una celebración en el palacio de Buckingham. El cumpleaños de no sé quién. No creo que llegue a casa hasta esta noche.

—Sabe muchas cosas sobre el conde de Carlyle —dijo ella, intentando ganar tiempo. Necesitaba recobrar el aliento. No iba a decirle, desde luego, que se equivocaba respecto al conde.

—Leo los periódicos, señorita... Ah, sí, es cierto. Aún no me ha dado su nombre.

—No recuerdo que me haya dado usted el suyo.

—No le conviene en realidad conocer mi nombre. Eso la convertiría en un peligro para mí, ¿no cree?

—Entonces no le daré el mío.

Él sonrió.

—¿Ya ha recuperado el aliento?

—Estoy muy bien, gracias.

—No lo haga.

—¿Hacer qué?

—Huir otra vez.

—¿Qué otra cosa quiere que haga?

—Le he dicho que no tengo intención de hacerle daño.

—¿Y debería confiar en usted?

—Si huye, me limitaré a atraparla otra vez.

—Quizá no pueda.

Él suspiró y sacudió la cabeza.

—Sí puedo. Y, cuando lo haga, no le gustará.

—No me gusta que me digan lo que tengo que hacer,

no me gusta que me secuestren y, por descontado, no me gusta conversar con un bandido.

Él levantó las manos con gesto fatalista.

—Haga lo que tenga que hacer. Yo haré lo mismo.

Ella levantó la barbilla otra vez y procuró ordenar los mechones de pelo rubio y enredado que le caían por la espalda y la cara y le tapaban la visión.

—Podría abandonar su vida delictiva. Márchese. Conviértase en una leyenda. Búsquese un empleo bien remunerado. Pase página.

—Podría.

—Entonces debe hacerlo —insistió ella con urgencia.

—Lo siento. Creo que no.

—Oh... —ella dejó escapar un suspiro de irritación. Vio que los músculos de aquel hombre comenzaban a tensarse y comprendió que unos segundos después se abalanzaría hacia ella. Y así, aunque apenas le quedaban fuerzas, echó a correr otra vez.

Él le dio alcance enseguida. Ally lo sintió tras ella antes de que la tocara. Sintió el viento que levantaba, notó su calor y su poder. Luego, sus brazos la rodearon. El impulso de su huida desesperada los empujó a los dos hacia delante. Cayeron al suelo, sobre la alfombra de tierra y pinochas del bosque. La boca de Ally pareció llenarse de agujas de pino y arena. Tosió, intentó darse la vuelta, pero él estaba encima de ella. Intentó ponerse boca arriba, pero no fue más lejos. Él se sentó a horcajadas sobre ella. Seguía respirando con facilidad y parecía divertido.

Ally tosió otra vez mientras lo miraba con furia. Un miedo más intenso se apoderó de ella. Ahora estaba verdaderamente atrapada. No intentó discutir con él; no le instó a levantarse. Sencillamente, aporreó su pecho con todas sus fuerzas y se revolvió frenéticamente. Pero sólo consiguió que él se enfadara al fin. Le asió las muñecas y se las sujetó por encima de la cabeza, inclinándose sobre ella.

Ally notó, satisfecha, que su sonrisa había desaparecido al fin. Aquélla era, sin embargo, una victoria pírrica, se dijo. Era ella quien había perdido.

—¿Quiere parar de una vez? —dijo él.

Ally no contestó. Se quedó perfectamente quieta, mirando hacia un lado.

Él se irguió, todavía sentado sobre ella.

—Le dije que no le gustaría que tuviera que atraparla —dijo suavemente.

—Es usted un maleducado —susurró ella.

—Soy un ladrón —dijo él con impaciencia—, no un acompañante como es debido.

Ella cobró conciencia de su contacto, de la presión de sus muslos, del modo en que se mantenía sentado sobre ella sin hacerle daño. Luego, él la tocó. Alargó el brazo y le apartó un mechón de pelo de la cara. Sus dedos parecieron detenerse un instante sobre su mejilla.

Su caricia fue muy leve y, sin embargo, la había agarrado con fuerza y no parecía tener intención de soltarla. Ally no lo miró.

—¿Y ahora qué? —preguntó—. ¿Qué hacemos ahora?

—Ahora, me dice su nombre y qué se propone, lo que quería saber desde el principio —dijo él.

Ally lo miró de pronto con el ceño fruncido. El miedo se había apoderado nuevamente de ella. Sabía que debía mantener la boca cerrada, pero no podía.

—¿No es... no es un antimonárquico? —susurró.

Se sobresaltó cuando él sonrió y rozó con los nudillos su mentón, casi con ternura.

—No, no lo soy. Dios salve a la reina. Soy un buen canalla inglés a la antigua usanza —dijo en voz baja.

Ally le creyó. Estaba tumbada de espaldas, completamente a su merced, pero le creía. Dejó escapar un suave suspiro.

—¿Y no tiene intención de matarme... ni a mí, ni a nadie más?

—No, muchacha.

—Por favor, deje de llamarme «muchacha».

—¿No va decirme su nombre?

Ally lo miró con dureza. Su postura era muy íntima, y la idea de que así fuera la hizo sonrojarse. Aquel hombre era un perfecto sinvergüenza, y ella se despreciaba por pensar que su voz era aterciopelada y atrayente y su caricia la más tierna que había conocido.

—Si hiciera el favor de levantarse... —sugirió.

Él se puso en pie, le tendió la mano y la ayudó a levantarse sin esfuerzo. Retuvo su mano un instante y luego la dejó caer.

—Me llamo Alexandra Grayson.

—¿Qué? —preguntó él con aspereza, y frunció el ceño tan bruscamente que ella se quedó por un instante sorprendida y asustada.

¿Por qué reaccionaba así? No había nada en su nombre, ni en su persona, que pudiera significar algo para él.

—Soy Alexandra Grayson, una persona insignificante, se lo aseguro. Ya se lo he dicho. Vivo en una casita en el bosque con mis tías. El conde de Carlyle y su esposa son como mis padrinos. Ellos, y otros, se han ocupado de mi bienestar desde que tengo uso de razón.

—¿Usted... usted es Alexandra Grayson? —a él parecía faltarle aún el habla.

—¿Qué significa mi nombre para usted? —preguntó ella, inquieta y temerosa de que se hubiera vuelto loco. Él había cerrado los puños junto a los costados.

Sacudió la cabeza y abrió las manos. Un segundo después volvió a sonreír.

—Nada... no significa nada para mí.

—Entonces...

—Pensaba que era otra persona.

Ally pensó que estaba mintiendo. Pero no tuvo tiempo de reflexionar acerca de sus motivos, porque él le tendió una mano. Ella se quedó mirándola y tragó saliva. Él era muy alto y fuerte. Ally sentía su ardor y su energía vibrante, a pesar de que estaba quieto. Tenía la extraña sensación de que si se movía, si se apoyaba contra él...

Sería dulce... delicioso... excitante. Se sentiría viva.

Se irguió, bajó la cabeza y apretó los dientes. ¡Aquel hombre sólo era un delincuente!

Levantó la mirada. Él seguía mirándola intensamente.

–Venga –dijo al fin–. La llevaré al carruaje y podrá seguir su camino.

Mientras el carruaje se alejaba, Mark Farrow se quedó en el camino, observándolo.

—Mark —dijo Patrick MacIver al tiempo que se quitaba el antifaz de seda—, tenemos que movernos, y rápido. Ése era el carruaje del conde de Carlyle. En cuanto lleguen al castillo, el conde saldrá como un sabueso.

Los tres amigos que cabalgaban con él y que formaban la banda de salteadores de caminos —Patrick MacIver, Geoff Brennan y Thomas Howell— lo miraban fijamente. Mark asintió con la cabeza.

—Nos separaremos —dijo—. Geoff, Thomas, id hacia los bosques del oeste. Patrick y yo viajaremos por la ruta del este. No olvidéis parar en el lugar acordado y cambiar de caballos. Nosotros haremos lo mismo. Nos encontraremos donde O'Flannery, como estaba previsto.

Los otros asintieron, pero no se movieron de inmediato.

—Bueno —dijo Thomas al fin—, ¿quién era?

—Alexandra Grayson —contestó Mark.

Patrick dejó escapar una exclamación de asombro.

—¿Ésa era Alexandra Grayson?

—Es bastante atractiva —dijo Thomas.

—Es preciosa —comentó Geoff.

—Um... y bastante segura de sí misma —añadió Patrick. Sin su máscara, confeccionada de tal modo que le cubría casi toda la cabeza bajo el sombrero, Patrick tenía el pelo de un llamativo color rojo.

—Qué interesante —dijo Geoff. Era hijo de Henry Brennan, un miembro muy estimado de la Cámara de los Comunes, y, entre ellos cuatro, tenía fama de ser un hombre reflexivo. Alto y fibroso, poseedor de una fuerza sorprendente para su constitución, tenía los ojos oscuros, el cabello negro y una expresión a menudo solemne.

Thomas era todo lo contrario. Rubio, de ojos castaños y dueño de un sentido del humor lleno de viveza y volubilidad, sólo se ponía serio cuando era necesario. En ese momento, rompió a reír a carcajadas.

—Supongo, sir Farrow, que se ha metido usted en un buen lío.

—¿Y si nos vamos de aquí y nos reímos de mi situación más tarde? —sugirió Mark secamente.

—Nos vemos donde O'Flannery —dijo Geoff y, por acuerdo tácito, hicieron volver grupas a sus caballos y tomaron sus correspondientes caminos hacia la ciudad de Londres.

Mark y Patrick avanzaron velozmente hasta llegar al claro conocido como Ennisfarm, donde la familia Farrow tenía un pabellón de caza desde hacía mucho tiempo. Aunque sólo el viejo Walt se ocupaba del establo, entraron por detrás, desmontaron rápidamente, se quitaron los mantos, buscaron sus chalecos y levitas y desensillaron a los caballos. Descolgaron otros arreos de los percheros y prepararon sus nuevas monturas aprisa y en silencio. Por fin volvieron a montar y emprendieron el camino de nuevo con los ropajes de bandidos guardados en las alforjas. Entonces Patrick volvió a tomar la palabra.

—Debo decir, después de haber visto a la chica, que creo que, si yo fuera tú, aprovecharía la ocasión, pero... En fin, estamos estrenando un mundo nuevo. Es muy arcaico que tu padre insista en pactar tu matrimonio.

—Acordó esa boda con Brian Stirling cuando yo era un crío y ella un bebé —dijo Mark encogiéndose de hombros—. No sé por qué. No es hija de lord Stirling, sino más bien su pupila. Siempre he sospechado que había gato encerrado.

—Ah, sí. Una cuestión de ilegitimidad, supongo —murmuró Patrick.

Mark lo miró con el ceño fruncido.

—No hagas correr ese rumor.

Patrick se echó a reír.

—Prometo no hacer nada parecido —se puso serio—. Dejando a un lado tu futura boda, creo que dentro de poco nos quedaremos sin reputación. No le hemos robado ni una joya a esa chica.

—No te preocupes. Vamos donde O'Flannery.

—¿Y? —preguntó Patrick.

Mark sonrió.

—¿Por qué crees que te he advertido que no hicieras correr ese rumor? Pienso difundir uno yo mismo. Confía en mí. Al anochecer, seremos los personajes más peligrosos desde tiempos de Jack el Destripador.

No le pasaba nada, pensaba Alexandra, pero desde el momento en que el carruaje llegó al castillo, Shelby armó tal revuelo que la trataron como si fuera delicada como el cristal. Ya en la verja, antes de que tomaran la larga y sinuosa avenida que llevaba al castillo, Shelby comenzó a gritar pidiendo socorro. Varios miembros de la casa del conde salieron corriendo de la casa cuando se acercaron a la puerta. La condesa estaba entre ellos.

—¡La policía, milady! —le gritó Shelby—. ¡Hay que avisar a la policía! Nos ha retenido ese ser despreciable del que hablan los periódicos, ese bandolero. A mí me dejaron sin sentido de un golpe y a la señorita Grayson la raptaron. Ese bandido anda suelto, pero no puede haber ido muy lejos. Hay que informar al conde inmediatamente. ¡Esto es un atropello! ¡Pobre chiquilla! Ese canalla... Ese malnacido... ¿Cómo se atreve? Cualquier inglés reconocería el escudo de armas del carruaje de lord Stirling.

Lady Camille, la condesa, se preocupó al instante, pero por suerte siempre había sido una mujer sensata y equilibrada, nada dada a desmayarse. Antes de su boda con el conde, había sido una mujer corriente que trabajaba para ganarse la vida, y todavía sacaba tiempo para el departamento de Egiptología del museo. Frunció el ceño y miró a Ally mientras Shelby la ayudaba a bajar del carruaje.

—Shelby, por favor, cálmese para que podamos aclarar lo que ha pasado. Ally, ¿estás herida? ¿Te encuentras bien?

—Estoy bien, perfectamente bien.

El conde, un hombre alto y muy apuesto, apareció junto a su mujer.

—¿Estás segura? —preguntó, y alargó la mano para tocar su cabeza—. Tienes hojas en el pelo.

—Os aseguro que estoy perfectamente —dijo Ally.

—Llamaré a la policía —dijo Camille, y se volvió hacia la escalinata de la entrada principal del castillo—. Ven, Ally. Aunque estés bien, ha tenido que ser un auténtico tormento. Brian, por favor, hazla entrar enseguida.

—Sí, dentro de un momento. Shelby, ocúpese de que ensillen y preparen mi caballo. Si ese sujeto anda por los caminos en este preciso momento, voy a ir tras él.

—¡No debes hacer eso! —protestó Ally—. Está... armado y es peligroso.

Brian Stirling la miró con una ceja arqueada y una expresión que la hizo sonrojarse. Como si la noción de peligro pudiera hacerle vacilar cuando un miembro de su círculo se veía amenazado.

—Vamos dentro. Mientras ensillan mi caballo, debes contarme todo lo que ha pasado —le ofreció su brazo y gritó por encima del hombro—: ¡Shelby! Avisa a tres de los hombres de que vendrán conmigo.

Ally aceptó su brazo y lo siguió al interior del castillo. En el vestíbulo, el conde hizo llamar a su ama de llaves y condujo a Ally a la espaciosa cocina. A ella le encantaba aquel lugar. De pequeña, cuando iba a casa de los Stirling, solía jugar allí. Había una chimenea enorme y siempre había algo cocinándose en una cazuela, sobre el fuego. Desde hacía algún tiempo era siempre alguna cosa ideada por Theodore, el cocinero «nuevo», como lo llamaban, a pesar de que llevaba diez años en el castillo. Theodore, un hombre grandullón y de carrillos colorados, tenía siempre preparado algo especial y delicioso para ella cuando llegaba.

—Theodore, haga el favor, un coñac para la señorita —dijo el conde.

El cocinero, que estaba junto a la gran tabla, cortando hierbas en trocitos minúsculos, arrugó el ceño, se limpió las manos en el delantal y se acercó apresuradamente a un armario. Un momento después, Ally se encontraba sentada junto al fuego. El conde, sentado ante ella, agarraba sus manos y la miraba a los ojos.

—Ahora cuéntame despacio y con detalle lo que ha pasado.

—Bueno, como ha dicho Shelby, nos asaltó ese bandido.

—¿Y qué quería?

Ally sacudió la cabeza.

—En realidad, no se llevó nada. Sólo quería registrar el carruaje... y saber quién era yo y adónde iba.

El conde pareció nervioso por un instante.

—¿Y no te hizo ningún daño?

—En absoluto —murmuró ella.

El conde se levantó y se pasó los dedos por el pelo. Era un hombre alto y fornido y, aunque su título podía haberle proporcionado todo cuanto deseara sin el menor esfuerzo por su parte, era un erudito y un gran coleccionista de antigüedades, siempre dispuesto a zambullirse en los asuntos sociales de su época. Había cumplido además con su deber en el ejército. Ally lo adoraba, como adoraba a Camille, y se preguntaba cómo era posible que hubiera tenido la suerte de que la acogieran bajo sus alas. No estaba siendo todo lo sincera que debería, y lo sabía. ¿Le había hecho daño el bandolero? Indudablemente había herido su orgullo y su ego. Pero... aborrecía confesarlo.

Se daba cuenta de que no quería que atraparan a aquel hombre. No soportaba imaginarse a un ladrón tan galante colgado del cuello hasta la muerte.

—Francamente, milord, no ha sido para tanto. Pasado el primer susto, me di cuenta de que no corría peligro.

—Ese hombre es un delincuente —dijo el conde con severidad.

—Sí, desde luego. Pero no me hizo ningún daño, ni se llevó nada —Ally vaciló—. El pobre Shelby se precia de su arrojo y su habilidad, y es un hombre verdaderamente maravilloso y un experto guardián. Estaba dispuesto a morir por mí. Pero el bandido llevaba un látigo muy largo, y lo usó para desarmar a Shelby. Creo que está avergonzado —dijo Ally.

La condesa entró en la cocina.

—He hablado con la policía y el inspector Turner viene de camino. Ha sido bastante franco conmigo. Por desgracia, no puede hacer gran cosa en este momento. Sin duda ese rufián y sus compinches habrán huido hace rato. Pero, Ally, el inspector querrá saber todo lo que puedas contarle sobre el aspecto de ese hombre y su conducta. Así que dime qué ha pasado, por favor.

Ally miró al conde. Él le dedicó una leve sonrisa.

—Me temo que vas a tener que repetir tu aventura una y otra vez, querida.

—¿Su aventura? —preguntó Camille, sorprendida.

—Pues sí. Parece que no ha pasado nada grave —dijo Brian.

—Eso no alivia en absoluto lo que habrá tenido que soportar —repuso Camille. Un mechón de pelo suelto caía sobre su frente. Miraba a su marido indignada, con los brazos en jarras—. En fin, la policía hará lo que pueda. Pero la verdad es que todo esto da miedo.

—¡Ally!

—¡Ally! —la llamaron dos vocecillas. Brent y William, de seis y cinco años, respectivamente, entraron corriendo en la cocina, esquivaron a su madre y se lanzaron en brazos de Ally.

—¡Niños! —protestó Camille.

—No pasa nada —le aseguró Ally, y abrazó a los pequeños, encantada por sus alegres sonrisas. No estaban preocupados, ni le pidieron que repitiera su historia. Sólo se alegraban de verla, y ella los adoraba. Brent, el futuro conde, estaba siempre tramando travesuras, y William era siempre un digno compañero de las hazañas de su hermano. A la tierna edad de cinco años, William había anunciado ya que, cuando llegara el momento, se iría a las Américas a hacer fortuna.

—Brian —imploró Camille—, por favor, diles a estos caballeretes que no pueden atosigar a Ally.

—No me molestan —insistió Ally. Quería que los niños distrajeran a sus interrogadores.

—Niños, Ally jugará con vosotros cuando os hayáis bañado y preparado para iros a la cama —dijo Brian, y levantó a los dos niños en brazos. Ellos se rieron mientras se los llevaba al pasillo—. Al cuarto de juego, pequeños —ordenó—. Y nada de desmontar el teléfono nuevo, ¿eh?

—No, padre —prometió William. Seguía riéndose.

—Esto es muy grave —dijo Camille en voz baja—. ¿Y si

hubieran ido los niños en el carruaje? ¿Y si... y si hubieran intentado huir? ¿O defenderse? –preguntó, angustiada.

–Los niños no iban en el carruaje, iba Ally, y al parecer se las arregló muy bien –dijo Brian, soltando a los niños y dándose la vuelta–. Cariño, a partir de ahora haremos que dos hombres acompañen siempre al carruaje –le dijo a Camille–. ¿Te sentirás mejor así?

Camille asintió con la cabeza.

–Sí. Hasta que detengan a ese canalla. Bueno, Lucy te ha preparado un baño, Ally, y te ha sacado ropa para la fiesta de esta noche. Ojalá tus tías hubieran querido venir... En fin, no puedo obligarlas a hacer lo que no quieren. Pero es un fastidio que esto haya tenido que pasar precisamente hoy, cuando los invitados están a punto de llegar –sonrió a su marido–. Claro que supongo que a la gente le desilusionaría venir aquí y que no pasara nada emocionante.

–Ally debe subir enseguida a recuperarse –dijo Brian–. Yo voy a salir a caballo. Camille, tú habla con el inspector en cuanto llegue. Quizá para entonces Ally recuerde algo más de lo que ha pasado.

–¿Qué pasa exactamente esta noche? –preguntó Ally, contenta de que no fueran capaces de contemplar su «aventura» con cierta perspectiva–. Vuestro mensaje era muy misterioso.

–Algo muy emocionante –le aseguró Camille–. Así que, como dice Brian, quizá deberíamos empezar a prepararnos mientras esperamos a la policía.

–Sí, sería estupendo tomar un baño –dijo Ally. No añadió que también le encantaría disfrutar de cinco minutos de soledad. Los ojos del conde parecían penetrar su alma, y ella temía dejar traslucir su sensación de que, en efecto, había vivido una aventura. La asombraba cómo se había sentido mientras hablaba con aquel hombre. El ladrón.

¿Tan aburrida era su vida que un encuentro semejante

podía hacer que su imaginación se desbocara? Por desgracia, la respuesta era sí.

—Vamos, Ally. Brian, quizá debería tomarse otro coñac mientras se baña, para aplacar los nervios.

—Me parece que ya tiene los nervios bien templados —respondió Brian—. Pero que se tome otro, desde luego —se volvió y sacudió la cabeza, asombrado porque todavía en tiempos modernos hubiera bandoleros. Theodore estaba sirviendo ya otro coñac.

—Gracias —murmuró Ally, y se fue rápidamente tras Camille, bajando los ojos para que el conde no viera demasiado.

—Me voy en busca de ese rufián. He leído que cabalga en compañía de otros tres hombres, Ally. ¿Es cierto?

Ella asintió con la cabeza. De todos modos, Shelby le contaría todo lo que no le contara ella. Sin duda también iba a salir con el conde en busca de los bandidos.

—Sí, son cuatro —dijo.

—¿Y no puedes decirme nada más? —insistió él. Ella se encogió de hombros.

—Llevaban capas, sombrero y antifaz. Me temo que no puedo decirte nada de gran ayuda.

—¿No puedes? ¿O no quieres? —murmuró Brian en voz muy baja.

—¡Brian! Esos hombres son forajidos —dijo Camille.

—Sí, lo son —repuso él con firmeza mientras clavaba la mirada en Ally.

—Lo siento, milord. Ni siquiera puedo decir cuánto medían o de qué color tenían el pelo. Lo lamento.

—Cuando ese tipo te llevó con él... ¿qué ocurrió? —preguntó Brian.

—Yo estaba furiosa. Hablamos y caminamos en círculos hasta que le dije mi nombre.

—¿Y luego? —insistió el conde.

—Me llevó con Shelby y vinimos directamente aquí —dijo ella.

El conde asintió con la cabeza y se dirigió a la puerta mientras Camille tomaba a Ally del brazo.

—Vamos, se te va enfriar el baño.

—Ahí está Florence —dijo Patrick alegremente cuando entraron en la taberna de O'Flannery.

Florence Carter, la camarera, estaba atareada tras los grifos de cerveza. Tenía unos treinta y cinco años y había llevado una vida dura hasta recalar en la taberna de O'Flannery. Allí trabajaba muy duramente, pero gracias a ello nunca se había visto condenada a la prostitución, un destino muy común entre las mujeres iletradas del East End. Era atractiva, con su cabello rojo y sus ojos verdes y vivos, y mostraba una actitud enérgica y vehemente que animaba a los clientes a divertirse, pero sin pasarse de la raya. Robert O'Flannery, el corpulento irlandés dueño de la taberna, sabía que en Flo había encontrado un tesoro. Ella podía moverse con la velocidad del rayo y trataba con toda facilidad a los universitarios que frecuentaban la taberna después de clase. Podía bromear y contar chistes, pero también podía detener una pelea antes de que empezara, a pesar de que era delgada y parecía algo delicada. A más de uno le había pillado por sorpresa que fuera tan fuerte.

—¿Qué va a ser, chicos? ¿Una pinta por barba? —les gritó.

—Sí, Flo —contestó Mark—. ¿Has visto a...?

—Vuestros compañeros de fechorías están en la mesa —bromeó ella mientras señalaba con el dedo.

—Casi da en el clavo, ¿eh? —murmuró Patrick.

—En absoluto. Sólo estaba bromeando —contestó Mark.

La taberna estaba llena de gente. La mayoría de los

hombres se agrupaban alrededor de la barra. Mark y Patrick se abrieron paso entre el gentío, formado por obreros recién salidos de sus trabajos en la ciudad, estudiantes, soldados y hasta algunos miembros de la alta sociedad, y se encontraron con Geoff y Thomas.

–¿Algún problema? –preguntó Geoff.

–Ninguno –repuso Mark, y le hizo una seña a Flo, que iba ya camino de la mesa con una bandeja cargada de pintas de cerveza. Ella dejó unas cuantas cervezas por el camino, esquivando fácilmente las palmadas que, de otro modo, habrían caído sobre su trasero, y se acercó a su mesa. Mientras dejaba las pintas, Mark dijo–: ¿Te has enterado? Por el camino nos hemos encontrado con un tipo que dice que ese bandolero ha vuelto a hacer de las suyas. Por lo visto ha tenido la audacia de detener un carruaje perteneciente al conde de Carlyle. Por suerte dejó ir a la muchacha que iba dentro, sin robarle ni hacerle ningún daño.

–He oído decir –dijo Patrick, inclinándose hacia él– que no siempre es tan compasivo.

–Los periódicos quitan importancia a sus hazañas. La gente ya está bastante soliviantada –susurró Geoff.

–Pueden decir lo que quieran –dijo Flo en voz baja–. Pero tengo entendido que ha matado a una o dos personas y echado sus cuerpos a un lago o un río, lastrados con ladrillos.

–Sí, yo también lo he oído –dijo Mark–. Si la gente de los carruajes no le da problemas, les roba y les deja seguir su camino. Pero si protestan o se defienden... Debe de ser cierto. Tú lo has oído y nosotros también. Ese hombre es un salvaje cuando alguien le planta cara. Debes tener cuidado, Flo.

–Bueno, O'Flannery puede ser un jefe muy duro, pero me deja la habitación de encima del almacén, ¿sabéis? –Flo se estremeció–. No tengo que ir por esos caminos.

—Deberías acabarte la cerveza y marcharte a casa —le recordó Patrick a Mark—. ¿No tenías que ir a una fiesta esta noche?

—Sí —murmuró Mark—. Pero, estando aquí Flo, no me apetece ir a ninguna otra parte.

—Eres un adulador, Mark Farrow, ¿lo sabías? Y algún día serás conde y siempre te saldrás con la tuya, así que es una suerte que ahora aprendas un poco de humildad. Entonces, vas a ir a la fiesta del castillo del conde de Carlyle, ¿no?

Él sonrió y le puso una moneda de buen tamaño en la mano.

—Se supone que debo ir. Pero, Flo, ten cuidado con ese bandido. No andes por ahí sola. Y advierte a la gente del bar.

—Eres un buen hombre —le dijo ella, cerrando los dedos alrededor de la moneda—. Y algún día serás un buen conde. Y sí —añadió en otro tono—, se lo advertiré a todos.

Cuando empezaba a alejarse, un hombre irrumpió de pronto en la taberna.

—¡Asesinato! —bramó—. ¡Ha habido otro asesinato!

—¿Quién? —gritaron los hombres de la barra.

—Giles Brandon. La policía acaba de encontrar el cuerpo. Ya se ha corrido la voz en las calles. Le han cortado el cuello, como a los otros.

En la habitación se desató un gran griterío. Cada cual intentaba imponer su voz a los gritos de los demás. Por fin, la voz del recién llegado se alzó sobre las demás.

—Lo tenía en la mano. Su último artículo. Un dardo dirigido contra la monarquía.

—Seguro que saldrá en los periódicos —predijo uno.

—Sí, palabras manchadas de sangre —gritó otro.

—Maldita sea la reina Victoria —bramó otra voz.

Mark hizo amago de levantarse, furioso. Patrick le puso una mano sobre el brazo.

—Déjame a mí. Soy un plebeyo de la cabeza a los pies, ¿recuerdas? —dijo en voz baja.

Mark intentó dominar su ira, bajó la cabeza y asintió. Patrick se levantó.

—Dios bendiga a Victoria. La reina descubrirá quién hay detrás de esta canallada.

Se hizo el silencio. Luego alguien dijo desde la barra:

—Dios la bendiga, ella no habría tomado parte en una cosa así.

Y con eso se alzó en la taberna el grito de «Dios salve a la reina» y las protestas se convirtieron en murmullos. Mark se levantó y miró a los otros.

—Parece que, después de todo, esta noche no asistiré a la fiesta. Hablaremos pronto —añadió.

Los otros asintieron. Mientras algunos hombres mascullaban acerca de los asesinatos y otros defendían a la reina Victoria, Mark se dirigió aprisa hacia la puerta.

Ally agradeció el baño caliente, en el que invirtió todo el tiempo que pudo, disfrutando del calor... y de la intimidad. Al fin salió de la bañera, se envolvió en la suave toalla de hilo que le había dejado Lucy y entró en el dormitorio. A un lado del tocador había una gran efigie de Isis y, al otro, un canope. En medio había un juego de peines y cepillos de plata. Relieves y estatuas decoraban la habitación, de cuyas paredes colgaban papiros bellamente enmarcados. Aquél era su dormitorio. Siempre lo había sido, desde que podía recordar. Como el resto del castillo, la decoración era una asombrosa mezcla de objetos egipcios antiguos y modernos. Los padres del conde habían sido exploradores. Con ellos había comenzado la fascinación que la familia sentía por Egipto. El conde, por su parte, había encontrado en Camille una compañera tan apasionada como él por todas aquellas cosas. Sabía que un país pobre podía verse despojado con toda facilidad de sus tesoros por los extranjeros, y era un firme defensor de dejar las piezas más valiosas en su lugar de origen. Estaba dispuesto, sin embargo, a llevarse algunos objetos de menor valor para su propio deleite, pero siempre pagaba sumas generosamente por sus hallazgos.

Ella recordaba la visita que una vez hizo al castillo acompañada de la hija de lord Wittburg (ahora princesa en Europa del este). A la pobre Lucinda la aterrorizaban los sarcófagos de las momias y, al principio, Ally le había gastado alguna broma. De hecho, se había escondido en un sarcófago y había salido de repente, y después le espantó comprobar que había asustado verdaderamente a su amiga. Había tardado horas en tranquilizarla, y temía que la expulsaran para siempre del castillo si su travesura llegaba a descubrirse. Pero Lucinda era muy buena y nunca se lo dijo a nadie. Aquel episodio había hecho que Ally se diera cuenta de que quizá la rara fuera ella, ya que había crecido entre sarcófagos y otras antigüedades y no les concedía ninguna importancia. Sabía incluso que en Egipto las momias eran tan comunes que a veces se usaban para encender el fuego, y que mucha gente utilizaba los grandes sarcófagos como maceteros. Aun así, era consciente de que su pasión por todo lo egipcio era, definitivamente, un gusto adquirido.

Se dio cuenta de que sentía de pronto un vacío, una especie de nostalgia, como si algo estuviera a punto de cambiar para siempre, aunque no sabía qué. Se puso rápidamente una combinación de seda, pololos y medias. Estaba todavía a medio vestir cuando llamaron a la puerta. Era Molly, una de las doncellas del piso de arriba, que subía a ayudarla a vestirse.

—¿Ha visto el vestido? —preguntó Molly con un brillo en los ojos azules.

Ally fijó su atención en el vestido que había extendido sobre la cama. Era de un elegante tono amarillo, casi dorado. Sus pliegues y jaretas estaban pensados para realzar su figura juvenil. La labor de bordado era exquisita.

—¿Lo han hecho las tías? —preguntó suavemente. Molly asintió con la cabeza.

—Se reían como niñas cuando lo trajeron.

Ally tocó la tela, sacudiendo la cabeza.

—Y aun así no han querido venir esta noche —dijo con tristeza.

—Ah, no se las puede cambiar —le dijo Molly.

—Les supliqué que vinieran —dijo Ally—. ¿Sabes?, si alguna vez vuelve a haber una fiesta como esta aquí, les diré que, si ellas no vienen, yo tampoco. Sé que los condes también les rogaron que vinieran, pero son unas viejas cabezotas. Aun así, te aseguro que la próxima vez yo seré más terca que ellas.

Molly suspiró.

—Bueno, no habrá otra ocasión como ésta —dijo en voz baja mientras levantaba cuidadosamente el vestido para pasárselo a Ally por la cabeza.

Al principio, Ally no pudo contestar: tenía la cabeza metida bajo el elegante vestido. Cuando por fin pudo hablar, preguntó:

—Molly, ¿qué se celebra esta noche? ¿Por qué me han hecho venir?

Molly se sonrojó y luego se encogió de hombros.

—Eso deben decírselo sus padrinos.

—Molly...

—Vamos, vamos, estarán aquí enseguida —dijo Molly, y la hizo girarse parar abrocharle el vestido—. Ya sabrá, claro, que fue a lady Maggie, otra de sus queridas madrinas, a quien se le ocurrió el diseño del vestido, y se llevó a las tías a comprar la tela. Naturalmente, no pensaron siquiera en contratar a un diseñador para la ocasión. Lady Maggie tiene un gusto de lo más exquisito para la ropa, y dijo que no había mejores costureras que las tías en todo el país.

Ally sonrió, orgullosa de sus queridas tías, en su casita del bosque. Aquellas mujeres amaban su vida sencilla. Ally sabía que podría haberles ido muy bien en el mundo de la alta costura. Sin embargo, habían preferido quedarse donde estaban y llevar una vida tranquila y feliz.

—La hermana de lady Kat se está haciendo todo un nombre en el mundo de la moda. Hizo un desfile en París, ¿sabes?, y hasta para sus trabajos más importantes recurre a las tías.

—Lo sé.

—Molly —Ally lo intentó otra vez, intentando pillarla desprevenida—, ¿qué pasa esta noche? ¿Es una fiesta de cumpleaños anticipada?

—Podría decirse así, supongo. Ahora, siéntese y déjeme que le arregle el pelo—. Ally se sentó, lista para intentarlo de nuevo con otra táctica.

—La cocina está llena de camareros —dijo.

—Cuando lord Stirling decide dar una fiesta —repuso Molly con orgullo—, no hay nadie que no deje cualquier otro compromiso, sea de placer o de negocios, para poder asistir. Claro que hay camareros por todas partes. Ahora estese quieta. Están empezando a llegar los invitados. Hay que prepararla.

Llamaron otra vez a la puerta y lady Camille asomó la cabeza. Llevaba un ceñido traje de noche azul profundo, provisto de un pequeño miriñaque en la parte de atrás que hacía que pareciera que se deslizaba al andar. Estaba, como siempre, asombrosamente bella y majestuosa. Camille había nacido en la pobreza y había sido rescatada de las calles y, para Ally, era la prueba evidente de que la nobleza habitaba en el corazón y el espíritu y no emanaba de un título. Era, ciertamente, la compañera perfecta para el conde, pues los dos eran voluntariosos y compasivos en extremo.

—Oh —dijo Camille mientras la miraba—. Es perfecto. Estoy muy enfadada con las tías. Deberían estar aquí esta noche. Pero tengo que decírselo a Maggie en cuanto llegue. Ella eligió el color y la tela. Ally, tus ojos parecen dorados y tu pelo sólo un poco más oscuro. Mi querida niña, ya eres toda una mujer.

—Gracias —dijo Ally—. Camille, ¿esto es una fiesta de cumpleaños? ¿O pasa algo más esta noche? Doy gracias a Dios porque os preocupéis tanto por mí, pero...

La mayor de las dos se quedó callada un momento. Luego dijo:

—Brian ha vuelto. Está abajo, bastante nervioso. Shelby y él han seguido la ruta del carruaje y han buscado en unas cuantas sendas del bosque, pero no han encontrado ni rastro de ese bandido. Aun así, debemos seguir adelante con la velada. Theodore está en la cocina, dando de cenar al inspector de la policía metropolitana. Angus Cunningham vendrá luego, así que habrá que informarle sobre lo ocurrido.

—El último toque —dijo Molly mientras colocaba un alfiler adornado con una piedra en el pelo de Ally. Retrocedió y juntó las manos—. ¡Como una princesa! —exclamó.

Ally la besó en las mejillas.

—No soy una princesa, Molly. Soy una chica corriente, una chica corriente que te quiere mucho y te está muy agradecida.

Molly dejó escapar un repentino sollozo y se metió la mano en el bolsillo, en busca de un pañuelo.

—Basta, Molly —dijo Ally—. Me quedaré aquí arriba contigo, ¿quieres?

—Tonterías, tienes que bajar —dijo Camille, riendo—. Vamos, muchacha.

Allí estaba otra vez esa palabra: «muchacha». Seguramente seguiría siendo una muchacha a ojos de quienes habían ayudado a criarla hasta que se muriera de vieja.

—Yo también quería hablaros de una cosa —le dijo a la condesa.

—¿Ah, sí?

—Sí. Debería decíroslo enseguida, supongo —dijo Ally—.

Porque esta noche estaréis todos aquí, todos los que me habéis cuidado casi como si fuera vuestra hija. Sir Hunter y lady Kat, lord James y lady Maggie, y lord Stirling y tú.

—Espero —dijo Camille, echando un vistazo al delicado reloj de oro que llevaba colgado alrededor del cuello— que podamos estar juntos unos minutos antes de que el castillo empiece a llenarse de gente. Pero, primero, a la cocina. El inspector Turner está esperando.

—Mark, ¿acabas de llegar?

Joseph Farrow estaba en pie junto al fuego. Era un hombre alto y de apariencia majestuosa. Todavía, pensó Mark con orgullo, era guapo y estaba en forma.

Mark era hijo único. Su madre había muerto de fiebres cuando él era sólo un niño y, aunque recordaba su sonrisa tierna, la sensación de cariño con la que lo había rodeado y el olor de su perfume, era su padre quien había guiado su vida.

Mark siempre había consentido en aquel trato por la única razón de que Joseph era un hombre excelente. Rompería el corazón de su padre si lo obligaba a incumplir su palabra. Pero aun así...

—Padre, no puedo ir esta noche —dijo Mark.

Vio que la frente de su padre comenzaba a fruncirse de inmediato.

—Mark, esta fiesta está planeada desde hace años...

—Lo sé.

—Hay un buen motivo para que diera mi palabra.

—Tengo intención de cumplir lo prometido, padre. Pero...

El teléfono comenzó a sonar. Aunque la suya había sido una de las primeras casas de Londres que habían tenido teléfono, Joseph Farrow no acababa de acostumbrarse a su sonido. Hizo una mueca al oír aquel estrépito. Jeeter, su ayuda de cámara y mayordomo, entró apresuradamente en el salón para levantar el aparato de su soporte. Contestó con perfecta dignidad, anunciando que quien llamaba hablaba con la casa de lord Farrow. Luego se quedó callado con el teléfono en la mano y miró a Joseph.

—El inspector Douglas —dijo en voz baja.

Joseph miró a su hijo mientras se acercaba al teléfono.

—Aquí lord Farrow —escuchó sin apartar los ojos de Mark—. Desde luego —dijo al fin.

Jeeter tomó el teléfono y lo devolvió a su soporte.

—Bueno, hijo —dijo Joseph con calma—, será muy violento disculparte, pero... Giles Brandon, maldita sea —dijo con tristeza—. Jeeter, por favor, ocúpese de que preparen mi coche enseguida —cuando Jeeter hubo salido de la habitación, Joseph miró a su hijo—. Vete, pues. Hay un hombre muerto que clama tu nombre.

En la cocina había un gran trasiego. Theodore daba órdenes y al menos dos docenas de mozos y sirvientes iban de acá para allá. Todos se pararon un momento cuando entró Camille, seguida de Ally, e inclinaron la cabeza para saludar a la señora del castillo.

—Por favor —murmuró Camille, algo sonrojada—, no dejen que interrumpa su trabajo —condujo rápidamente a Ally hacia la gran mesa donde esperaba el inspector Turner.

Le habían dado bien de comer. Theodore se había encargado de ello. El inspector se levantó al verlas llegar.

—Lamento venir a molestar en una noche como ésta —se disculpó. Ally se dijo que tenía la mirada triste de un viejo sabueso. Sus ojos oscuros parecían haber visto demasiadas cosas, y su cara estaba repleta de arrugas. Era, sin embargo, alto y de porte digno, y hablaba con suavidad. Ally pensó que se tomaba su trabajo muy a pecho.

—¿Cómo está? —murmuró ella.

—Inspector, mi ahijada, Alexandra Grayson.

—Señorita Grayson, he hablado con lord Stirling, pero es usted quien de veras puede ayudarme. Necesito una descripción de ese hombre, el salteador de caminos.

—Ojalá pudiera serle de más ayuda, inspector —dijo

Ally–, pero en cuanto a una descripción... es bastante difícil.

–Está bien, entonces, déjeme hacerle algunas preguntas. ¿Era alto o bajo?

–Alto.

–¿Y su complexión? –preguntó el inspector. Ella titubeó–. ¿No era un enclenque? Aunque es cierto que una pistola puede hacer que un hombre bajo parezca mucho más poderoso de lo que es en realidad.

–No, no era un enclenque –dijo ella. Los dos la miraban fijamente. Tenía que ofrecerles algo más–. Tenía una complexión parecida a la de lord Stirling, supongo...

–¿Monta bien a caballo? –inquirió el inspector.

–Muy bien, sí.

–Puede que sea alguien que haya servido en el ejército de la reina –dijo el inspector, más para sí mismo que para Ally o Camille–. ¿Qué me dice de su cara? ¿De su color de pelo?

Ella frunció el ceño.

–Ojalá pudiera ayudarlo en algo más, inspector, pero todos llevaban antifaces, sombrero y manto.

–Pero, según Shelby, el cochero de lord Stirling, el propio jefe de la banda la llevó consigo.

Ella sacudió la cabeza.

–Sólo quería saber mi nombre, y quizá me puse un poco terca. No me quitó nada.

–¿Y... no le hizo daño en modo alguno?

Si no se hubiera sentido tan incómoda, Ally se habría compadecido del inspector. Turner intentaba formular aquella pregunta con toda delicadeza.

–No fui agredida en modo alguno –le aseguró rápidamente, y se preguntó si se estaría sonrojando.

–¿Y no les robó nada?

–Nada –Ally vaciló–. Puede que pensara que había parado un carruaje perteneciente a lord Stirling, y que lord Stirling iría tras él en persona y sin darle tregua.

—Podría ser —dijo el inspector.

Volvió a fijar la mirada en ella y Ally se sintió aún más incómoda. El trabajo de aquel hombre consistía en interrogar a la gente. Era como si interpretara cada uno de sus movimientos y de los matices de su voz mientras escuchaba sus palabras.

—Entonces... ¿no puede decirme de qué color tiene los ojos?

—Ojalá pudiera. Eran oscuros, creo, aunque la máscara hacía sombras, ¿comprende usted?

—Y tú tenías que estar asustada —murmuró Camille, arrojando de ese modo otra carga de culpabilidad sobre los hombros de Ally.

—Sin duda otras personas se lo habrán descrito —susurró Ally.

—Siempre es lo mismo —dijo el inspector Turner con un suspiro—. Hasta a plena luz del día. La gente recuerda el antifaz y la capa o el manto... y las botas de montar. ¿Quién no tiene un par de botas de montar en Inglaterra? Pero no tema, señorita Grayson. Atraparemos a ese sinvergüenza.

—Creo que los invitados están llegando —dijo Camille al ver que los camareros, vestidos de gala, empezaban a salir de la cocina con bandejas cargadas de copas de champán.

—Atiendan a sus invitados, por favor. Creo que, de momento, la señorita Grayson me ha dicho todo lo que puede. Todo lo que su mente le permite —dijo el inspector Turner.

¿Qué había querido decir exactamente?, se preguntó Ally.

—Es asombroso —añadió Turner, sacudiendo la cabeza con tristeza—. Al menos usted, señorita Grayson, no parece aturdida, como algunas de las damas a las que ha asaltado ese bandido. Algunas hasta parecían creer que merecía la pena perder un anillo de diamantes por encontrarse con ese hombre.

—¿Qué? —exclamó Camille, asombrada.

El inspector Turner se encogió de hombros.

—Dicen que, aunque les esté robando, se muestra amable y encantador.

—Ally no es una chiquilla boba capaz de perder la cabeza por semejante rufián, por muy cortés que sea —dijo Camille.

—Desde luego —repuso él—. En fin, les agradezco su ayuda. Y confío en que disfruten de la velada.

—Nos alegraría mucho que se uniera a nosotros, inspector —dijo Camille.

—El deber me llama, lady Stirling, pero se lo agradezco. Ya he disfrutado de su hospitalidad. Su cocinero se ha ocupado de que tomara la mejor cena que he comido en... en fin, quizá en toda mi vida. Les deseo buenas noches.

—Gracias por venir, inspector —dijo Camille.

—Sí, gracias —murmuró Ally.

Camille la agarró del brazo. Ally sonrió al inspector con nerviosismo mientras Camille se la llevaba de la cocina. En el pasillo que llevaba al vestíbulo, Camille sacudió la cabeza y dijo:

—Tenía que pasar todo esto precisamente esta noche.

—Camille, por favor, ¿por qué es tan especial esta noche? —le suplicó Ally.

Camille abrió la boca para responder, pero Brian se había apartado de un caballero corpulento para acercarse a ellas.

—Camille, querida, te necesito un momento. Ally, ven a conocer a lord Wittburg.

Ally no llegó a cruzar el espacioso vestíbulo. Alguien le dio un golpecito en el hombro y ella se giró. Era Hunter

MacDonald, otro de sus padrinos. Ally lo quería muchísimo. Hunter era, a su modo, un auténtico bribón... o lo había sido hasta que se enamoró perdidamente de su esposa, Kat. Eran una pareja muy inquieta, osada y un poco estrafalaria, siempre dispuestos a lanzarse a la aventura.

—¡Cariño! —exclamó Hunter con los ojos brillantes—. Estás hecha toda una mujer. Cielo santo, irás dejando un rastro de petimetres desmayados allí por donde pases.

—Es usted muy amable, sir Hunter —dijo ella—. Pero soy mayor desde ya algún tiempo, sólo que vosotros no lo habéis notado.

—Me siento herido.

Ella se echó a reír.

—Cuánto me alegra que estés aquí. Creía que quizá estuvieras corriendo alguna aventura en Egipto.

—Ally, Ally, ¿es que todas mis enseñanzas han sido en vano? Ahora hace demasiado calor en Egipto. Quizás este año puedas venir con nosotros. Puede que sea tu única oportunidad.

—¿Mi única oportunidad? —inquirió ella.

Pero Hunter no le contestó. Kat había pasado a su lado para dar a Ally un fuerte abrazo.

—Es increíble —dijo, alborozada—. Debo pintarte con este vestido.

—Sí, es una estampa preciosa —convino Hunter.

—Quizá deberíamos dejar ese honor a mi padre —dijo Kat.

—Tu padre es un gran artista, pero tú tienes tanto talento como él, amor mío —repuso Hunter.

Ally sintió una punzada de melancolía al verlos. De pronto experimentaba un profundo anhelo de conocer un amor como el que ellos compartían, de conocer a alguien que la mirara como Hunter miraba a Kat.

—Ally —dijo Kat, apartándose un poco de ella—, sea mi padre o sea yo, alguien tiene que retratarte al óleo.

—Gracias —antes de que alguno de los dos pudiera sacar a colación otro tema, preguntó—: ¿Se puede saber qué pasa esta noche?

De nuevo, sus esperanzas de obtener una respuesta se vieron frustradas.

—¡Ahí está! —gritó alguien.

Un momento después, lady Lavinia Rogers se reunió con ellos. A Lavinia, viuda del conde propietario de la mitad de las tierras del noreste del condado, se le permitía ser descarada, curiosa y bastante franca.

—¿Os habéis enterado? —preguntó después de besarlos a todos en la mejilla—. ¡A nuestra Ally la ha atacado ese bandido!

Ally podría haber gruñido en voz alta.

—¡Santo Dios! —exclamó Hunter, enfurecido. Parecía dispuesto a salir de la casa inmediatamente y peinar cielo y tierra para encontrar a aquel salteador de caminos.

—No me ha atacado —protestó Ally.

—¿No te ha atacado? —preguntó Kat.

—Paró el carruaje, eso es todo. Estoy bien.

—Ah, en eso tienes toda la razón —dijo lady Lavinia. Era una mujer baja y un tanto recia, provista de brillantes ojos azules y un cabello que parecía de plata. Llevaba un traje de noche malva e iba adornada con joyas. Alguien podría haber pensado que iba excesivamente engalanada, pero a Ally le parecía que aquel exceso de joyas era perfecto para ella. Sabía que a Lavinia le importaba muy poco lo que se dijera de ella. Se conocía muy bien. Amaba la vida y a la gente, y dejaba que se supiera.

—A mí también me encandiló ese granuja —anunció con un guiño.

—¿A ti también te paró ese hombre? —preguntó Hunter con el ceño fruncido.

—Sí. El caso es que la policía anda tras él, pero yo no creo que deban buscarlo. Deberían buscar a ese horrible sujeto que se dedica a matar gente. Ha habido un tercer asesinato. Lo sabíais, ¿no?

Hunter y Kat asintieron con la cabeza, muy serios. Ally arrugó el ceño.

—¿Un tercer asesinato?

—Giles Brandon. Lo degollaron. La policía no sabe nada. Nada. O eso he oído —dijo Lavinia.

—Lavinia, por favor, dales una oportunidad —repuso Hunter.

Lavinia soltó un bufido.

—¿Darles una oportunidad? Para cuando encuentren a ese asesino, el país ya se habrá hundido. Sabes quién era Giles Brandon, ¿verdad, querida? —preguntó a Ally.

—Sí, claro. He leído sus columnas. Son bastante incendiarias —dijo ella.

Lavinia asintió gravemente con la cabeza.

—Me parece asombroso que nosotros, los que apoyamos a la querida reina Victoria y a su familia, debamos ser siempre tan nobles, a pesar de cómo se nos provoca. Brandon fue encontrado con su último artículo agarrado entre los dedos ensangrentados. Ese artículo saldrá en el periódico de mañana... junto con la noticia de su asesinato. Los antimonárquicos están ya que trinan. ¿Os imagináis lo que ocurrirá mañana?

—¡Ally!

Esta vez, fue lady Maggie quien la llamó. Se iba abriendo paso entre el gentío y saludaba a los invitados elegantemente con una inclinación de cabeza. Lord Jamie iba tras ella.

Maggie, ajena a cuanto tenía lugar a su alrededor, la abrazó. Jamie hizo lo propio. Siguieron unos instantes de confusión mientras saludaban a Hunter, Kat y lady Lavinia. Luego, Maggie contempló con regocijo el vestido de Ally.

—El color es simplemente perfecto.

—Perfecto para esta noche —apostilló Jamie, ladeando la barbilla, y le dio un beso en la mejilla.

—¿Qué pasa esta noche? —preguntó Ally otra vez.

—¿Habéis oído lo del asesinato? Estábamos hablando de eso —dijo lady Lavinia.

—¿Sabías que ese bandido paró el carruaje de Ally? —preguntó Hunter a Jamie, con voz de enfado.

—Me acabo de enterar —contestó Jamie.

—¿De lo del asesinato o de lo del bandido? —preguntó Lavinia.

—Me llamaron por lo del asesinato, y acabamos de enterarnos de que ese maldito ladrón paró a Ally —dijo Jamie.

—No es un maldito ladrón, querido —dijo Lavinia—. En realidad, es encantador. Ahora, en cuanto a los asesinatos...

—Es atroz. Ahora aumentarán las protestas contra la monarquía, claro, como si la reina pudiera estar detrás de una brutalidad tan espantosa —dijo Jamie, indignado—. Pero quédate tranquila, Lavinia. Atraparán a ese sujeto.

Lavinia volvió a bufar.

—A Jack el Destripador no lo atraparon.

—Lavinia —dijo Jamie en voz baja. Parecía extrañamente incómodo—, los crímenes del Destripador pasaron hace tiempo, y nadie creía realmente que la monarquía tuviera algo que ver con ellos.

—No seas tan ingenuo, Jamie. Esa teoría, como todas las demás, no aparecerá en los libros de historia. Pero todos sabemos que... —comenzó a decir Lavinia.

—Los asesinatos cesaron. Creo que es evidente que la policía sabía más de lo que podía decir —dijo Maggie dirigiéndose a ella—. Con el silencio sólo se consigue ofuscar más aún a la gente.

Camille apareció repentinamente junto a ellos y dio el brazo a Lavinia.

—¿Vamos al salón? Están sirviendo la cena. Después, cuando empiece el baile, se hará el anuncio. Tengo que llevar a toda esta gente al comedor. Hunter, Jamie, ¿alguno de vosotros sería tan amable de acompañar a lady Lavinia?

—¿Qué anuncio? —preguntó Ally.

—Ah —dijo Camille—, ahí está lord Farrow, el conde de Warren. Ally, debes venir conmigo un momento. Qué raro, parece que está solo. Ven, querida.

—Camille... —imploró Ally—. ¿Qué anuncio? —hablaba en serio, llena de determinación.

Camille la miró y sus encantadoras mejillas se tiñeron de rojo.

—Uno del que deberíamos haberte hablado hace tiempo, me temo. Pensábamos hacerlo. Pero es que queríamos estar todos juntos, y una cosa llevó a la otra... —levantó las manos—. La vida, ¿comprendes? —murmuró suavemente—. Supongo que alguno de nosotros debería haber hablado de ello, sencillamente. Todo esto surgió hace años, antes de que fueras lo bastante mayor como para comprenderlo. Luego creciste, pero siempre parecía que no había llegado el momento adecuado.

—Lady Camille, ¿de qué anuncio se trata?

Pero las interrumpió la llegada de un caballero.

—Queridísima Camille —murmuró éste. Era alto, de cabello blanco y poseía un rostro fascinante y cargado de arrugas. Parecía uno de esos hombres que no necesitan título para imponer respeto. Ally sabía que era lord Farrow, el caballero al que Camille le había indicado un instante antes. Pertenecía a la Cámara de los Lores y luchaba constantemente por acortar la jornada y mejorar los salarios de los trabajadores. Era, si Ally no recordaba mal cuanto había leído sobre él, un par del reino, un vehemente defensor de la reina y un muy buen amigo del pueblo llano.

A Ally le gustó conocerlo.

—Lord Farrow, permítame presentarle a mi ahijada, la señorita Alexandra Grayson —dijo Camille.

Él hizo una reverencia y tomó su mano mientras estudiaba con curiosidad sus ojos oscuros y tiernos. Ally sintió el calor de su contacto y una extraña sensación se apoderó de ella, como si aquel hombre la viera como un raro artefacto extraído de una excavación arqueológica y la encontrara fascinante en todos los aspectos.

—¿Cómo está? —murmuró ella.

—Muy bien, y encantado de conocerla —dijo lord Farrow. Le sonrió y miró a Camille—. La señorita Grayson es de una rara belleza —pareció apenado por un instante—. Lamento terriblemente que Mark no pueda estar aquí. Ha sido requerido por la reina. Ninguna otra cosa podría haberle impedido venir, le doy mi palabra solemne. Tendrán que perdonarle —dijo esto último dirigiéndose a Ally.

«Ni siquiera lo conozco», pensó Ally, pero de todos modos contestó cortésmente.

—Naturalmente, los asuntos de la reina están antes que cualquier fiesta, milord.

—Es horrible, ¿verdad? —dijo él, mirando a Camille—. Giles Brandon era un fanfarrón y un asno, pero temo que su muerte inflame a las masas.

—Eso tememos todos —repuso Camille.

—Bueno, no quisiera hablar de tales cosas ante tanta belleza —dijo lord Farrow.

—¿Tendría la amabilidad de acompañar a Ally al comedor? —preguntó Camille—. Van a sentarse juntos, por supuesto —añadió, y luego se marchó como una exhalación.

¿Por supuesto?

—Giles Brandon era un fanfarrón, pero también era un escritor convincente —le dijo Ally, muy seria, a lord Farrow.

—¿Ha leído su obra? —preguntó lord Farrow con el ceño fruncido.

—Yo lo leo todo, milord. Para rebatir un argumento, hay que saber de qué se trata.

Él enarcó una ceja.

—Es curioso. Estoy deseando conocerla mejor, querida mía. Entremos, ¿quiere? Me parece que Camille está ansiosa por sentar a los invitados.

Ally aceptó su brazo. El cortejo entró lentamente en el enorme comedor. Se sentaron en el lado norte, rodeados por Brian y Camille, Maggie y Jamie, y Hunter y Kat. Mientras la cena era servida y consumida, la conversación giró en torno a la siguiente expedición a Egipto, el estado de los museos de Londres, el arte y la literatura e incluso el tiempo.

Ally sonreía, contestaba y hacía de vez en cuando algún comentario. Deseaba ponerse en pie y gritar. Sabía que tenía fuerza de voluntad suficiente para exigir una respuesta a la pregunta que llevaba formulando toda la noche.

¿Qué estaba sucediendo? ¿De qué anuncio se trataba?

Pero, al mirar a quienes la rodeaban, comprendió que no lo haría. Lady Maggie y Jamie se habían ocupado de ella cuando fue abandonada al cuidado de un párroco de las cercanías. El mayordomo de Maggie, un hombre muy querido, fallecido hacía varios años, era pariente de sus «tías», a cuyo cuidado ella había sido entregada en el bosque, donde podría crecer sin padecer el estigma de ser una huérfana. La finca donde se levantaba la casita pertenecía a lord Stirling. Kat y Hunter, como buenos amigos de los Stirling, también la habían adoptado como ahijada, por puro amor. Les debía mucho a todos. Eran los tutores perfectos, aunque a veces resultara difícil tener tantos padres de facto. Todos eran guapos, poderosos y compasivos. Sentían una intensa responsabilidad por la posición que les había concedido la vida. Ella jamás los deshonraría y, por tanto, no se mostraría maleducada en la mesa de Camille. Aun así, mientras miraba a su alrededor con una sonrisa, fingiendo que conversaba despreocupadamente y que disfrutaba de la velada, aquella pregunta seguía resonando dentro de ella.

¿Qué estaba pasando?

Una sensación de angustia se apoderó de ella.

Tenía intención de hacer ella misma un anuncio importante esa noche, de confesar que había tomado las riendas de su vida y lo había hecho con pasión. Algo le decía que no tendría oportunidad de hacerlo.

El depósito de cadáveres olía intensamente a desinfectante, el cual, sin embargo, no disimulaba el hedor a muerte y descomposición que se adivinaba debajo.

Mark se hallaba junto a la mesa en la que yacían los restos mortales de Giles Brandon. A pesar de las bombillas peladas que había sobre el cadáver, la sala parecía en sombras. Estaba acompañado por dos hombres, el doctor Evan Tiel, el forense, y el inspector Ian Douglas.

El inspector Douglas era uno de los hombres de más valía que Mark había tenido el placer de conocer. Grande y de maneras bruscas, podía vérselas con cualquiera. Era el quinto hijo de un pequeño terrateniente escocés, había pasado algún tiempo en Eton estudiando leyes y después había regresado a su Edimburgo natal para estudiar medicina. Al acabar sus estudios, se había dado cuenta de que lo que más despertaba su interés era atrapar a criminales para llevarlos ante la justicia y evitar que se condenara por error a personas inocentes. Era un hombre guapo, fuerte y de anchas espaldas, pero mostraba la tensión reveladora de quien luchaba en una batalla perdida: defender a los inocentes y desarraigar el mal. La época en la que vivían podía ser grande y gloriosa, pero en Londres la pobreza campaba por sus respetos, y la pobreza era siempre caldo de cultivo para el delito.

El doctor Evan Tiel era igualmente un hombre admirable. Más bajo, delgado y fibroso, tenía la energía de un colibrí. Sentía fascinación por el uso, cada más vez extenso, de la ciencia y la medicina en la búsqueda de la justicia. Douglas y él habían asistido en Edimburgo a las clases del doctor Bell, el maestro y cirujano que había servido a Arthur Conan Doyle como inspiración para el personaje de Sherlock Holmes. Aunque algunos se habrían burlado de la idea de prestar atención a un escritor de ficción en la búsqueda de la verdad, tanto Tiel como Douglas admiraban la sabiduría de los métodos preconizados por Holmes. Aunque Bell consagraba sus observaciones al descubrimiento de las causas de la enfermedad, tales métodos podían aplicarse igualmente a otros campos de estudio.

–Fue encontrado desplomado sobre su escritorio, aferrado a su último artículo –dijo Ian Douglas.

–En efecto –añadió Tiel–, por la disposición de la sangre, parece que le echaron la cabeza hacia atrás, le cortaron la garganta y arrojaron luego su cuerpo sobre el escritorio, donde se desangró hasta morir.

–Pero, ¿se defendió? –preguntó Mark, señalando los cortes de los brazos.

–Deduzco –dijo el doctor Tiel– que vio a su atacante y se defendió, pero al final el asesino logró situarse detrás de él. Debió de colocarse así –Tiel hizo una demostración, usando a Douglas como víctima. Fingió que sujetaba un cuchillo y que seccionaba con él la garganta.

–Está bien –dijo Mark, teorizando en voz alta–. Giles Brandon está en su escritorio, escribiendo a máquina. Acaba su artículo. El asesino entra en la habitación y hay un forcejeo, pero el asesino consigue colocarse tras él y lo degüella.

Ian Douglas carraspeó.

–He ahí el problema. La puerta que da al patio estaba cerrada por dentro. La verja de entrada al patio estaba cerrada con llave. Y Giles Brandon siempre cerraba con llave la puerta de su despacho. No creo que el asesino entrara sencillamente por la puerta y pillara a Brandon por sorpresa. Creo que estaba allí, esperando el regreso de Brandon.

—Se diría, entonces, que el asesino estuvo al fondo de la habitación, entre las sombras, bastante tiempo —dijo Mark.

—Sí, podría ser —convino Ian.

—Es... es más bien un asesinato que un simple homicidio —dijo Mark.

Ian Douglas lo miró con fijeza.

—Sí, tal vez.

Mark contempló los restos mortales de Giles Brandon. Muchos odiaban a aquel hombre, pero pocas personas desearían tal fin a nadie, ni aunque fuera su peor enemigo. Mark observó los arañazos de los brazos y miró el profundo corte del cuello.

—¿No hay más heridas? ¿No sufrió ningún daño tras la muerte?

—No, ninguno —le aseguró el doctor Tiel. Mark se apartó de la mesa.

—Así pues, si el asesino estuvo en la habitación todo el tiempo, él (o ella) tenía que tener una llave —dijo.

Ian Douglas sacudió la cabeza.

—Su mujer lo adoraba. Según cuenta, Brandon era una canalla que de vez en cuando la maltrataba de palabra, incluso en público. Pero ella lo adoraba. Creía que era un genio.

—Cosa que probablemente le dijo él mismo —dijo Mark con sorna.

Douglas asintió con la cabeza.

—Sin duda. Pero es imposible que lo hiciera ella, o que hubiera permitido que ocurriera.

—¿Quién más tenía llave? —preguntó Mark.

—Sólo el propio Brandon y Tilly, el ama de llaves. Y en cuanto la conozcas te darás cuenta de que ella tampoco ha sido. Es un saco de huesos, muy trabajadora, pero incapaz de vencer a un hombre como Brandon. Además, necesitaba el salario que él le pagaba, y, a pesar del mal carácter de Brandon, Tilly se sentía orgullosa de servir a un hombre tan importante.

—Si la esposa no es culpable y el ama de llaves tampoco, el asesino tuvo que usar a una o a otra. Yo diría que a alguna de las dos le robaron la llave y luego se la devolvieron sin que se diera cuenta. Evidentemente, no se trata de un asesinato al azar. El asesino lo planeó todo cuidadosamente —dijo Mark.

—Es otro ataque contra los republicanos —dijo Douglas, meneando la cabeza—. ¿No se da cuenta ese fanático de que lo único que está consiguiendo es poner las cosas más difíciles a la reina?

Mark se quedó callado un momento.

—Creo —dijo— que el asesino es un republicano.

—¿Qué? —preguntó Douglas—. Entonces, ¿por qué matar...? —su voz se desvaneció al darse cuenta de lo que insinuaba Mark.

—Exactamente —murmuró Mark—. La idea consiste en hacer creer al populacho que los monárquicos matan a esos hombres por hablar demasiado. ¿Qué mejor manera de ganas adeptos que crear un ejército de mártires?

—¿Entonces...? —dijo, entornando los ojos.

—Creo que debemos investigar a los amigos y compañeros de Giles Brandon. De una cosa estoy seguro —añadió Mark.

—¿De qué?

—Giles Brandon conocía a su asesino. Yo diría que lo conocía muy bien.

Al acabar la cena, la larga mesa pareció desaparecer en un instante. Se pusieron junto a las paredes otras mesas con elegantes tacitas de café, platitos de postre y aperitivos. Cuando el baile dio comienzo, Ally empezó a reconocer cada vez a más invitados a los que conocía personalmente o de los que había oído hablar.

El primero en sacarla a bailar fue Brian Stirling. Ally bailaba muy bien con él, puesto que, de niña, había recibido sus primeras lecciones de baile encaramada sobre sus zapatos, riendo mientras él la hacía girar por el salón. Mientras se movían por la pista de baile, Ally susurró:

—Ese periodista, Thane Grier, está aquí.

—Sí.

Brian no parecía complacido.

—¿Lo invitaste tú?

—Por supuesto. Si no lo hubiera invitado... En fin, conviene tener contento al enemigo.

—¿Él es el enemigo?

—Cualquiera que controle la prensa puede ser un enemigo peligroso —contestó Brian—. Así que le pedí que viniera esta noche, desde luego. Esta noche, especialmente.

—Brian, te ruego que...

Brian se detuvo. Ally se dio cuenta de que alguien le había tocado el hombro.

—Lord Stirling, ¿me permite?

Era sir Andrew Harrington. Ally recordaba haberlo visto esa misma mañana, acompañado de sir Angus Cunningham y lord Lionel Wittburg. Sus caminos se habían cruzado un par de veces a lo largo de los años, una vez en una fiesta para recaudar fondos a beneficio del departamento de antigüedades, y otra en una función benéfica que celebró Maggie para llamar la atención sobre las condiciones de vida de los pobres del East End.

Brian hizo una reverencia, aunque parecía algo rígido al cederla a sir Harrington. Éste dirigió a Ally una sonrisa encantadora, tomó su mano y, enlazándola con un brazo, comenzó a bailar el vals.

—Se ha convertido usted en una mujer bellísima, señorita Grayson —dijo.

—Gracias. ¿Y usted, sir? ¿Qué tal le van las cosas? Lo vi esta mañana.
—¿De veras?
—En el pueblo.
—Ah, sí. Me pareció que a Angus le vendría bien un poco de ayuda.
—Los militares, siempre formando una piña —murmuró ella.
Él sonrió. Luego pareció ponerse serio.
—Tengo entendido que fue asaltada por ese monstruo, el salteador de caminos.
—Estoy perfectamente.
—Ojalá hubiera estado allí —dijo él en tono de enfado—. Alguien debería darle su merecido a ese canalla.
—Gracias, pero puedo arreglármelas perfectamente.
Él sacudió la cabeza y dijo en voz baja:
—Subestima usted su belleza y su atractivo, querida, y la maldad de la mente de los hombres. Le aseguro (y se lo digo de todo corazón, aun sabiendo que dispone de poderosos guardianes) que, si alguna vez necesita ayuda, se la prestaré sin dudarlo un instante.
Era un hombre muy guapo, de hermoso cabello castaño y ojos de color topacio. Fuerte, alto, no demasiado fornido, pero aun así... Ally sentía la acerada fortaleza de sus brazos. Sonrió e inclinó la cabeza.
—Gracias.
—Bueno... ¿cuál es el misterioso anuncio que va a hacerse esta noche? —preguntó él.
Ally no tuvo ocasión de decirle que no lo sabía, pues, como si hubiera notado de qué estaban hablando, sir Angus Cunningham los interrumpió en ese preciso momento.
Para ser un hombre tan corpulento, sir Angus bailaba muy bien.
—Mi querida muchacha —dijo con voz gruñona—, me avergüenza lo que te ha ocurrido. Como magistrado y al-

guacil del pueblo y de los bosques que lo rodean, te he fallado. Perdóname.

—¡Angus! —Ally lo conocía desde muy niña—. Estabas muy ocupado esta mañana. Ese salteador de caminos no es ninguna amenaza. Pero una multitud enfurecida sí lo es.

—Los viste —murmuró él.

—Y estoy muy orgullosa de ti..., de ti, de lord Wittburg y de sir Harrington. Fuisteis muy hábiles apaciguando a la multitud.

Angus miró hacia el otro lado del salón con expresión meditabunda.

—Sí, bueno... Thane Grier también estaba allí. Ya veremos qué porquerías dice en el periódico de mañana. Claro, que puede que mañana sea aún peor. Quizás haya otro asesinato —pareció arrepentirse de lo que había dicho—. Discúlpame. No deberíamos hablar de eso esta noche.

—Es de suma importancia —dijo en voz baja. Luego su mente tomó bruscamente otra dirección y arrugó el ceño. Había notado que esa noche había allí varias mujeres vestidas de negro. El largo luto de la reina Victoria por su querido Alberto había puesto de moda el negro. Ahora, las mujeres vestían de negro incluso mucho tiempo después de haber perdido a un ser querido. No tenía nada de raro ver a una mujer enlutada. Y sin embargo...

Ally miró más allá de los anchos hombros de sir Angus y vio a alguien que le dio que pensar. Sin saber por qué, pensó de pronto en la mujer que había visto en el pueblo, gritando contra la reina.

—Sir Angus... —dijo de pronto.

—¿Qué, querida?

—¿Quién era la mujer de esta mañana?

—¿Qué mujer?

—La que estaba entre la gente, la que gritaba contra la monarquía con tanta furia.

—¿Y quién no gritaba? —preguntó él retóricamente—.

Estoy seguro de que alguien agitó a esa gente. Había pancartas por todas partes. Nuestros vecinos, quitando a ese maldito bandido, suelen ser pacíficos y respetuosos con la ley. Aunque en mi opinión ese ladrón viene de Londres y sólo usa mis caminos para fines despreciables.

–Había una mujer en particular, ¿no se acuerda de ella? Estaba junto a la prima de sir Andrew, que intentaba calmarla, creo.

Sir Angus abrió la boca para contestar, pero de nuevo interrumpieron su baile. Esta vez era lord Joseph Farrow, el conde de Warren. Angus le cedió su puesto.

–Baila usted muy bien –le dijo el conde a Ally.

–Gracias.

–Tengo entendido que tiene además la voz de una alondra y que toca el piano de maravilla.

Ella sonrió.

–Toco el piano. Que sea de maravilla o no deben juzgarlo quienes escuchan.

–Estoy muy satisfecho –murmuró él con ojos brillantes. Parecía divertido.

Ella sonrió y se preguntó si importaba o no que lord Farrow estuviera satisfecho.

La música se detuvo y no volvió a empezar. Ally se dio la vuelta. Lord y lady Stirling, sir Hunter y lady Kat, y Maggie y lord James se habían reunido frente a los músicos. Brian, que había tomado a Camille de la mano, comenzó a hablar.

–Amigos, les agradecemos mucho que hayan venido. Como saben, todos hemos tenido el privilegio de tomar parte en la crianza de una joven muy bella. Esta noche tenemos también el privilegio de anunciar el compromiso de nuestra pupila, la señorita Alexandra Grayson.

Ally se quedó boquiabierta. Cerró la boca rápidamente.

–Vamos, querida –dijo Joseph Farrow, tomándola del brazo.

Ella fijó la mirada en él, pero estaba tan asombrada que no protestó cuando la condujo hacia Brian y los demás. ¿Él?, pensó. ¿Iban a casarla con lord Farrow?

Por suerte, se dio cuenta de que lord Farrow se disponía a hablar. La tomó de la mano y la hizo volverse hacia los invitados.

—Estoy encantado de hallarme aquí esta noche en representación de mi hijo Mark, que no ha podido venir. Lord Stirling y yo teníamos planeado este acontecimiento desde hacía mucho tiempo. Esta noche, anunciamos el compromiso de mi hijo Mark con la señorita Alexandra Grayson.

Se alzó una estruendosa ronda de aplausos. Pero los aplausos no sonaban más altos que el martilleo del corazón de Ally. Se sentía como si la hubiera arrollado un tren. ¿Comprometida? Y no con un hombre que podía ser su padre, sino con un hombre que ni siquiera se dignaba a asistir a su fiesta de compromiso.

Naturalmente, no importaba quién fuera él. Aquello era... arcaico. Ella tenía sus propios planes, sus sueños y aspiraciones. Ya había puesto en marcha sus proyectos...

Estaba aturdida. Apenas se daba cuenta de que sus padrinos la abrazaban y le besaban las mejillas. Apenas fue consciente de que lord Farrow se sacaba un anillo del bolsillo. Un anillo que, de alguna forma, encajaba a la perfección en su dedo. En su mano brilló de pronto un diamante.

—Y —anunció Camille alzando la voz para hacerse oír entre la algarabía que reinaba en el salón— aquí está nuestro primer regalo para los prometidos. Mi ahijada canta como un ángel y sus dedos son pura magia sobre el teclado, así que...

Shelby y otros sirvientes llevaron a la habitación un hermoso piano provisto de ruedecillas. La boca de Ally se movió. Intentaba dar las gracias a Camille.

—No hay mujer en toda Inglaterra a la que le siente tan bien un vestido —anunció Maggie a continuación—. Lord Jamie y yo hemos preparado su ajuar.

Ally parpadeó cuando entró Molly con una amplia sonrisa, llevando un surtido de hermosas telas. El salón se llenó de nuevo de aplausos y Ally se descubrió abrazando a Maggie y Jamie, mientras se sentía la mayor hipócrita del mundo.

Le llegó a Kat el turno de hablar. Se adelantó con un brillo juguetón en los ojos.

—Hunter y yo...

Un grito espantoso cortó sus palabras. El salón entero pareció paralizarse. Otro grito, seguido por un torrente de palabras ininteligibles, resonó en el vestíbulo.

—Disculpadme —murmuró Brian, y echó a andar hacia el lugar de donde procedía aquel tumulto.

Los invitados lo siguieron como un solo cuerpo.

Ally, todavía asombrada, se descubrió arrastrada por aquel mar de gente.

En el vestíbulo, Shelby sujetaba a una mujer a la que intentaba calmar. Ella parecía tener unos cuarenta años e iba completamente vestida de negro. Su cabello era gris y sus ojos parecían del mismo color y ardían, llenos de locura.

—¡Está muerto! —chilló. Y, con una fuerza surgida de la histeria, logró desasirse de Shelby.

Brian levantó una mano para indicarle a Shelby que no pasaba nada, que dejara marchar a la mujer.

—Eleanor —dijo en voz baja, tendiendo un brazo hacia ella.

La mujer lo miró. Luego entornó los ojos y dejó escapar otro grito horrible. Comenzó a dar vueltas, mirando a la multitud que se había reunido en torno a ella. Su negro atuendo giraba a su alrededor.

—¡Está muerto! ¡Y vosotros, todos vosotros, apoyáis a la reina! ¡Malditos seáis! Volveréis a matar para saliros con la vuestra. Está muerto. Mi marido está muerto. Giles Brandon, que valía más que docenas de vosotros juntos. ¡Está muerto!

–Eleanor –repitió Brian. Al ver que Shelby se disponía a hacer algo, sacudió en silencio la cabeza y dejó que la mujer siguiera expresando su dolor y su rabia.

Ella dio otra vuelta como si buscara a alguien en particular. Ally se sobresaltó cuando los ojos enloquecidos de la mujer se clavaron súbitamente en ella y tendió hacia ella una mano huesuda y cubierta con un guante negro.

–¡Tú! –gritó la viuda de Giles Brandon–. ¡Tú, la supuesto hija de los poderosos! ¡Maldita seas! ¡Que mueras mil veces! Así que es tu cumpleaños. ¿Y te acabas de prometer en matrimonio? ¡Pues yo te maldigo! ¡Que mueras de una muerte cruel antes de que llegue el día de tu boda!

4

La casa de Giles Brandon en Londres estaba fuertemente custodiada y protegida por una veintena de policías. Al entrar en ella con Ian Douglas, Mark preguntó:

—¿Cuánta gente pasó por aquí después de que se descubriera el cuerpo?

Ian levantó las cejas y se encogió de hombros con pesar.

—El ama de llaves y el primer policía que encontró patrullando en la calle, y después otros tres o cuatro agentes. Después de eso, el forense y algunos ayudantes suyos.

Mark asintió con la cabeza. No había nada que hacer.

Llevaba una linterna y comenzó su registro en la acera, frente a las pesadas puertas de hierro de la verja. No vio restos de sangre, ni desperfecto alguno en el jardín bien cuidado. Al llegar a la puerta principal, Ian y él observaron escrupulosamente la entrada de mármol, baldosas y ladrillo. El portal también estaba limpio.

—Por favor, dime que no se permitió al ama de llaves fregar los suelos ni colocar nada una vez descubierto el cuerpo —dijo Mark.

—En cuanto me avisaron, me aseguré de que nada se tocara. Le pregunté por los suelos, y me dijo que no los había fregado. Había estado trabajando en la cocina, pensando que allí podría ir adelantando faenas sin hacer ruido. Al llegar, creyó que Giles seguía trabajando.

Una observación cuidadosa de los suelos, paredes y muebles de la parte delantera de la casa no reveló indicio alguno de sangre o desperfectos. Pero, mientras subían las escaleras, el inspector dejó escapar un leve grito.

—¡Una mancha!

Mark iluminó aquel lugar con la linterna. Parecía, en efecto, una mancha de sangre dejada por un zapato. Era pequeña, sin embargo, y sugería únicamente que el asesino debía de haber salido por la escalera principal.

—Brandon debió de sangrar como un volcán echando lava —dijo Ian—. Pero parece que su asesino escapó a la riada.

—Sin duda estaba detrás de su víctima, y la sangre brotó hacia delante.

—Aun así, debió de ser un baño de sangre —dijo Ian.

—Pero creemos que este mismo asesino ha matado a otras dos personas de la misma manera. Eso significa que sabe cuánta sangre sale cuando se degüella a alguien.

—Matar a un hombre... y tomar la precaución de apartarse mientras muere —dijo Ian con repugnancia.

—¿Puedo ver la habitación? —preguntó Mark.

—Claro, para eso estamos aquí —contestó Ian.

Arriba, en el despacho de Giles Brandon, se hizo aún más evidente que el asesino sabía lo que hacía. Brandon había sido asesinado cuando se hallaba de pie detrás de su escritorio. El asesino se había encargado de que mirara de frente y cayera hacia delante al morir. Sobre la mesa había un charco de sangre coagulada. La máquina de escribir, el arma de Giles, estaba cubierta de ella.

—¿Tenía en la mano su última obra cuando murió? —preguntó Mark con suavidad.

Ian asintió con la cabeza.

—Entregamos el artículo al periódico, aunque arremetía

contra el gobierno, como de costumbre. El comisario pensó que ocultar semejante artículo, sabiendo que sin duda se correría la voz, sería mucho más peligroso que permitir su publicación.

—Tenía razón, imagino. Aun así... las páginas debían de estar manchadas de sangre.

—El artículo saldrá en el periódico de mañana —dijo Ian—, junto con la noticia de su muerte.

Mark asintió con la cabeza.

—Esperemos que haya ahí fuera suficiente cordura como para contrarrestar su efecto.

Comenzó entonces a intentar imaginar qué había ocurrido. Había un rincón en la habitación en el que alguien podía haber pasado desapercibido. Muy al fondo, detrás del escritorio. Allí confluían dos estanterías de libros, llenas de volúmenes oscuros. Si alguien se quedaba muy quieto...

Mark se acercó al rincón y observó el escritorio.

—Yo seré Brandon —dijo Ian tranquilamente.

Y así recrearon juntos la escena.

—Creo que Brandon se levantó primero, luego oyó a su asesino y se volvió —dijo Ian.

—Exacto. Luego, el asesino se acercó —dijo Mark.

—Brandon levantó los brazos así, al darse cuenta de que el asesino llevaba un cuchillo... —prosiguió Ian.

—El asesino se adelantó... y lo apuñaló.

—Hirió a Brandon en los brazos, y goteó algo de sangre.

—Cuando Brandon se volvió, el asesino lo agarró por el hombro y lo empujó hacia atrás.

—Entonces le cortó el cuello —dijo Mark—, de izquierda a derecha.

—Brandon cayó hacia delante y echó mano de su artículo.

—El asesino retrocedió inmediatamente. La sangre brotó hacia delante. El cuchillo, sin embargo, tenía que estar goteando.

—Así pues —añadió Ian—, tuvo que enfundarlo rápidamente para que no goteara al salir de la habitación.
—A la escalera otra vez —murmuró Mark.
Ian asintió con la cabeza.
Pasaron junto a la pequeña mancha y bajaron las escaleras. Al llegar abajo, se detuvieron.
—La entrada de atrás —dijo Ian.
—Intentémoslo.
Tomaron el pasillo que pasaba junto al comedor, el salón, la cocina y la despensa. Al llegar a la puerta de atrás, Mark ladeó la linterna y dirigió la luz hacia el picaporte.
—Sí, salió por aquí.
—No veo... ¡ah! —murmuró Ian. La mancha de sangre era tan pequeña que podría haber pasado desapercibida—. Pero esta puerta también estaba cerrada con llave.
—El asesino tenía la llave —dijo Mark.
Ian abrió la puerta. Mark levantó la linterna. Un camino de baldosas se adentraba en un jardín decorado con muebles de hierro forjado pintados de blanco. Una pequeña fuente gorgoteaba con un sonido extrañamente alegre. Los hombres se miraron y se acercaron a ella. Había manchas de sangre en la piedra.
—Bien, aquí es donde limpió su arma —dijo Ian en voz baja—. Luego...
—Luego siguió por aquí detrás —dijo Mark, y echó a andar por un camino de tierra que serpeaba entre robles. Fue a parar a un muro de ladrillo.
—Está bien, ¿cómo trepó por aquí? —preguntó Ian.
Mark se volvió hacia él.
—Tenía un cómplice, alguien que lo esperó y le arrojó una cuerda. Trepó hasta arriba, saltó el muro y aterrizó al otro lado, en la acera. Aquí, en la parte de atrás de la casa, hay una calle con muy poco tráfico. Hay otras casas de clase alta, pero a esa hora de la noche la mayoría de la gente estaría durmiendo. Saltó a la acera y luego su cóm-

plice y él se confundieron tranquilamente entre la gente y se dirigieron a un lugar seguro, porque parte de su ropa tenía que estar manchada de sangre.

—A un lugar seguro o... —murmuró Ian.

—A un carruaje —concluyó Mark.

—Un buen carruaje, uno que pueda moverse por las calles con escaso peligro de que lo pare la policía —dijo Ian—. Estoy seguro de que descubriríamos a ese individuo si supiéramos dónde dejó la ropa manchada de sangre.

Mark asintió y se encogió de hombros sombríamente.

—Ian, puede que el asesino oculte sus actos huyendo en un buen carruaje, como tú dices. Pero, ¿de veras crees que se atrevería a conservar ropa manchada de sangre? ¿Por qué no deshacerse de ella?

—Porque, si te deshaces de algo, alguien puede encontrarlo —contestó Ian con firmeza—. Y además creo que... —hizo una pausa.

—¿Qué? —preguntó Mark.

—No tengo nada en qué basarme, pero... no creo que estemos viéndonoslas con un demente, sino más bien con un asesino político frío y calculador. Creo que se trata de una persona convencida de su propia superioridad. De su rectitud. Por tanto opino que conserva las prendas que utiliza para ocultar el cuchillo mientras escapa. Quizás incluso se complazca en ello. ¿Por qué me miras así? —preguntó—. ¿Te parece ridícula mi teoría?

Mark sacudió la cabeza.

—En absoluto. Pero estaba pensando que... De acuerdo, sabemos que el asesino es ágil. Capaz de moverse con sigilo. Capaz de escalar una pared con una cuerda.

—Sí.

—Lo que no sabemos es si se trata de un hombre. Podríamos estar buscando a una mujer.

—Pero Giles Brandon es... era... un hombre grande y fuerte.

—Por eso quizá hemos visto heridas defensivas. Quizá pensó que podía arrancarle el arma a su agresor. No digo que debamos buscar a una mujer. Sólo sugiero que no debemos descartar que se trate de una asesina.

Después de que Eleanor Brandon gritara aquella maldición desesperada, el castillo entero quedó en silencio, suspendido en el tiempo. Nadie se movió. Parecía que nadie respiraba.

Quizá, sin embargo, sólo se lo pareció a Ally porque estaba profundamente asombrada y turbada por la maldición que acababan de lanzar contra ella. Intentó sofocar el escalofrío que recorrió su columna vertebral y tomó la palabra.

—Señora Brandon, lamento mucho la muerte de su marido. Sólo puedo rezar por que Dios le dé paz.

Brian Stirling agarró a la mujer por los hombros y la hizo volverse para que lo mirara.

—Eleanor, por favor, juro ante Dios que ninguno de nosotros deseaba la muerte de Giles —dijo—. Todos sentimos mucho tu pérdida.

Eleanor Brandon no era ya un torbellino, una arpía desaforada. Pareció derrumbarse en brazos de Brian. Temblaba y sollozaba. Comenzó a golpearle el pecho con las manos.

—¿Qué voy a hacer ahora, lord Stirling? ¿Qué voy a hacer? —se irguió de repente—. Hará usted que me arresten.

—No, Eleanor, no voy a hacer que la arresten —Brian levantó la mirada. Ally comprendió que estaba buscando a Camille.

Ella se acercó, seguida por lady Maggie.

—Vamos, Eleanor, deja que te lleve arriba. Debes quedarte con nosotros esta noche. Te traeré un coñac.

Eleanor sacudió la cabeza y las miró a las dos.

—Giles escribía contra la Corona. Sé lo que pensaban de sus artículos.

—Esto es Gran Bretaña —dijo Camille—. Somos libres de expresar nuestras opiniones. Giles tenía derecho a defender sus creencias. Vamos, Eleanor. Por favor, déjanos ayudarte.

La mujer levantó la mano débilmente.

—Mi... cochero...

—Nosotros nos ocuparemos de él —le aseguró Maggie.

Brian se volvió para dirigirse a los invitados elegantemente vestidos, que seguían en el vestíbulo observándolo todo en silencio, boquiabiertos.

—Por favor —dijo—, para los que deseen quedarse, los músicos seguirán tocando —mientras Camille y Maggie reconfortaban a Eleanor, Brian se abrió paso entre la gente y se fue derecho a Lavinia—. Si no vas a marcharte, mi querida amiga, me encantaría bailar contigo.

—Como si pudiera marcharme después de semejante oferta —respondió Lavinia en broma—. Me apetece mucho bailar.

Regresaron los dos al salón de baile, y Hunter hizo lo propio: se inclinó ante una viuda y la tomó de la mano. Lord Jamie también se prestó voluntario para bailar.

Ally no se dio cuenta de que no se había movido hasta que Kat se acercó a ella.

—¿Estás bien, cariño?

Ally sonrió con desgana.

—Vamos. Acabo de descubrir que estoy comprometida, mi prometido no se ha molestado en aparecer (puede que él tampoco lo supiera), y me han echado una maldición. Ha sido una velada bastante interesante.

Kat rió suavemente.

—Has olvidado que también te asaltó un bandido. Ally, por favor, no permitas que lo que ha dicho Eleanor se convierta en algo real para ti.

—Era una maldición en toda regla.

—Bueno, yo no creo en maldiciones, así que no dejes que ésta te perturbe. Además, Hunter y yo todavía no te hemos dado nuestro regalo. Así que... —Kat sacó una cajita del bolsillo de su falda—. Por favor, Ally, acéptalo.

—Gracias —dijo Ally en voz baja. Tomó la caja y la abrió. Contenía un escarabajo, una pieza de exquisita artesanía fabricada en oro y piedras preciosas. Ally calculó que valía una pequeña fortuna, y sacudió la cabeza—. No puedo aceptar esto.

—Ally, nosotros nos dedicamos a la egiptología —le recordó Kat—. Y no es una pieza antigua. Es nueva, la encargamos nosotros. Hunter se ha ocupado de que el auténtico escarabajo esté en el museo de El Cairo. Pero, aunque esto es una copia, es muy exacta. Se supone que estas piedras preciosas, colocadas así, son mágicas. Alejará cualquier amenaza —sonrió—. El original perteneció a la princesa Netahula-re. Se dice que la esposa de su hermano intentó envenenarla. Netahula-re no murió, sólo se puso enferma, y la esposa de su hermano fue descubierta y tuvo un horrible final. Así que este escarabajo, como el original, te protegerá. Si existen las maldiciones, y no creo que existan, desde luego, ahora estás a salvo. Así que no pasa nada.

—Yo tampoco creo en maldiciones, pero os lo agradezco a Hunter y a ti con todo mi corazón. Kat, necesito hablar con todos vosotros, de veras. No tenía ni idea de lo que iba a pasar esta noche y...

—¡Kat! ¡Ahí estás! —Hunter apareció en la puerta, un poco falto de aliento—. Ah, ya le has dado el escarabajo. ¿Te gusta?

—Me encanta. Es precioso. Es demasiado.

—Tonterías. Te has convertido en toda una mujer y todos te tenemos en gran estima —le dijo Hunter. Le besó la mejilla y luego tomó de la mano a su esposa—. No quisiera ser grosero en modo alguno, pero ya he bailado con una docena de señoritas y señoras algo pasadas de peso y de años, y me gustaría bailar una vez con mi esposa. Ally, ¿nos disculpas?

—Sí, pero...

Se alejaron los dos hacia la pista de baile y Ally se quedó mirándolos, llena de frustración. Bajó la cabeza y pensó que quizás esa noche no fuera el mejor momento para intentar hablar con ellos y hacerse entender. Pero de algún modo tendría que convencerlos de que habían hecho un gran trabajo al educarla y que, por tanto, no podía evitar sentir el anhelo de darle algún uso a cuanto había aprendido.

—Querida... —Ally se volvió. Lord Joseph Farrow, conde de Warren y su futuro suegro, estaba a su lado—. No deben preocuparte las palabras de una lunática fuera de sí —dijo con suavidad.

—No estoy preocupada —respondió ella. Sabía racionalmente que estaba diciendo la verdad y, sin embargo, seguía sintiendo un cosquilleo de temor en la columna vertebral. Pero, se dijo, tenía el escarabajo.

—¿Me concedes el honor de un último baile? —inquirió él—. Se ha hecho bastante tarde y debo irme.

—Por supuesto —murmuró ella.

Mientras se dirigían a la pista, advirtió un brillo de regocijo en los ojos del conde. Lo miró inquisitivamente y él sonrió y dijo:

—Me parece que no sabías nada de esto hasta que ha ocurrido.

Ella se sonrojó.

—¿Cómo lo sabe?

—Porque te has quedado boquiabierta, querida.

—Lo siento mucho.

—No tiene importancia. Pero, dime, y dime la verdad, ¿te alegra o te desagrada descubrir que algún día serás condesa, la esposa de un conde?

—No voy a casarme con usted, milord —contestó ella—. Parece usted muy sano y en forma y yo, por supuesto, le deseo una vida muy larga.

—Gracias, pero una generación debe siempre ceder paso a la siguiente, y reconozco que me siento muy afortunado por tener un hijo varón.

—No es usted precisamente un viejo decrépito, milord. Podría volver a casarse y tener muchos hijos, si quisiera.

Él bajó un poco la cabeza y luego sus ojos se encontraron con los de Ally.

—Nunca volveré a casarme. Y tú, querida, has eludido mi pregunta. ¿Qué opinas de tu enlace con mi hijo?

—Dado que no conozco a su hijo, no puedo tener una opinión al respecto.

Le sorprendió que él no contestara de inmediato que su hijo era un dechado de virtudes, un hombre al que se tenía en la mayor estima.

—Eso es cierto. Creía que alguno de tus tutores te habría explicado la situación —dijo lord Farrow.

—Creo que pensaban hacerlo, aunque no hasta hoy —dijo Ally—. Y luego... En fin, parece que hubo una interrupción tras otra.

—Incluso sin conocer a mi hijo, ¿qué te parece este matrimonio? A fin de cuentas, muchas muchachas se casarían con un imbécil con tal de convertirse en condesas.

Ella sonrió.

—¿Tengo el honor de que se me considere una persona valiosa? Ciertamente. ¿Quiero a mis padrinos y agradezco todo cuanto han hecho y siguen haciendo? Sí.

—Muy bien dicho —dijo lord Farrow, inclinando la cabeza ligeramente con una sonrisa divertida—. Francamente, estaba bastante preocupado. Todo esto tiene que ver con una promesa, ¿comprendes? Aunque me temo que, en realidad, no soy libre de hablar de ella.

Ally sacudió la cabeza.

—Sean cuales sean las promesas que se hicieron por mí, me han educado de tal manera que puedo abrirme camino sola en el mundo. Su hijo no tiene por qué casarse conmigo.

—No, querida, el futuro está sellado —le dijo él.

Ella lo miró con el ceño fruncido. Luego se dio cuenta de que la música había cesado. La gente empezaba a marcharse.

—Pero...

No pudo decir nada más. Los invitados que pasaban a su lado le ofrecían sus felicitaciones y se congratulaban por su unión.

—Querida, debo marcharme —dijo lord Farrow—. No me cabe duda de que volveremos a hablar —la tomó de las manos, le dio un beso en la mejilla y se marchó. Ella lo vio alejarse y sintió luego que alguien le tocaba el hombro. Se volvió y vio tras ella a lady Lavinia.

—Mark es guapísimo y todo un caballero —le dijo Lavinia—. Tendréis unos hijos preciosos.

Andrew Harrington, que estaba tras ella, se echó a reír.

—Santo cielo, Vinnie —susurró, y se estremeció en broma—. A veces, los más guapos tienen los hijos más feos.

—Eso es horrible, Andrew —le dijo Lavinia.

—Pero cierto —esbozó una sonrisa malévola y tomó a Ally de las manos—. Perdóneme. Hablo con la boca llena de uvas amargas. De buena gana sería su pretendiente. Es injusto que lord Stirling la haya tenido oculta todos estos años y nos haya permitido vislumbrar una belleza tan exquisita sólo para anunciar que va a casarse.

—Es usted muy amable —murmuró Ally. Se había dado cuenta de que Thane Grier, el periodista, estaba cerca, tomando notas en su libreta.

—No soy nada amable. Estoy celoso —repuso Andrew—. En fin... ya veremos qué sucede, ¿no? De todos modos, yo no soy más que un vulgar caballero, y a usted le han ofrecido un futuro conde.

—Mi mayor deseo en la vida, señor, es ser una persona que se abra camino gracias a sus propios méritos y no necesite títulos ni la grandeza de otros para dejar su huella en el mundo —dijo ella.

—¡Bravo! —era Thane Grier quien había hablado. Guardándose la libreta en el bolsillo, se acercó a ellos—. Entonces, ¿un hombre humilde sin más título ante su nombre que un «sir» podría tener una oportunidad?

—Podría ser —contestó Lavinia en tono cortante—. Pero la señorita Grayson está ya comprometida oficialmente con Mark Farrow.

—Comprometida no es lo mismo que casada —dijo Thane.

Ally notó que era un hombre de complexión atractiva, que su sonrisa parecía sincera y que su rostro era apuesto. Claro, que Andrew Harrington, con su cabello trigueño, sus ojos verdes, su porte soberbio y su impecable indumentaria era también muy atractivo. Y, pese a todo, ninguno de ellos podía compararse siquiera con el bandido... Ally se sobresaltó, alarmada por sus propios pensamientos.

—¿Estás bien, querida? —preguntó Lavinia.

—Sí, sí, muy bien —se apresuró a contestar ella.

—Santo cielo, no estará preocupada por la maldición de esa mujer, ¿verdad? —preguntó Andrew.

—Es una joven demasiado sensata y práctica para caer en semejante necedad —dijo Thane, que la miraba con admiración y un destello en los ojos, como si comprendiera algo sobre ella que ni siquiera la propia Ally entendía.

Mientras estaban allí, Shelby se acercó a ella.

—Disculpen —dijo educadamente—. Lord Stirling ha sugerido que la lleve ya a casa, señorita Grayson. Teme que las tías empiecen a preocuparse.

—Sí, sí, debo irme. Buenas noches —dijo, inclinando la cabeza hacia Thane, Andrew y Lavinia.

—Buenas noches y que Dios la bendiga —dijo Thane tras ella.

Cuando se dirigían hacia la puerta, Shelby susurró:

—Camille dice que te negaste a quedarte a pasar la noche cuando se planeó la fiesta, que te empeñaste en volver a casa de las tías. Pero todavía puedes quedarte, ¿sabes? Tu habitación siempre está lista.

—No, pero gracias. Y gracias por llevarme a casa. Cuando las tías se negaron en redondo a venir, supe que tendría que volver con ellas —le aseguró Ally.

Marcharse no fue fácil. En la escalinata del castillo quedaban aún muchos invitados que esperaban sus carruajes. Sir Angus volvió a dirigirse a ella para felicitarla. Lord Lionel Wittburg, que parecía viejo y cansado, también la detuvo y le deseó salud, felicidad y una vida muy larga. Cuando Shelby la ayudó por fin a montar en el carruaje de lord Stirling, Ally vio que otro sirviente de Brian (un hombre fornido que a menudo montaba guardia en la verja) iba sentado en el pescante. Lord Stirling estaba decidido a que ninguno de sus carruajes volviera a ser asaltado.

Ya sentada, mientras Shelby subía para hacerse cargo de las riendas, Ally contempló el castillo. De pronto tuvo la extraña sensación de haber vivido ya aquel instante.

Thane Grier, el periodista, estaba en la puerta, algo apartado de los otros. Allí estaba también el magistrado local, sir Angus Cunningham. Junto a él se encontraba Andrew Harrington y, al lado de éste, sir Lionel Wittburg.

La luz de la puerta enmarcaba a los tres y las sombras parecían caer a su alrededor. A Ally le pareció ver una mujer... de negro. Se recordó que había varias mujeres de negro en la fiesta. Viudas enlutadas, hijas que habían perdido a sus padres, madres que habían perdido a sus hijos.

Eleanor Brandon vestía de luto.

Eleanor Brandon, la viuda de Giles. El cuerpo de su marido aún apenas se había enfriado. Aquella mujer debería haber estado descansando, sedada, en su casa, pero por alguna razón había ordenado a su cochero que la llevara al castillo. No podía ser la mujer que se hallaba junto a la prima de Andrew Harrington esa mañana, ¿verdad? En aquel momento aún no se tenía noticia del asesinato.

Ally intentó concentrarse. Estaba teniendo alucinaciones. Eleanor Brandon había sido llevada a la cama. Le habrían dado ya un coñac y, si había seguido tan histérica y acongojada, Brian Stirling habría llamado a un médico.

Pero, mientras bailaba con sir Angus, la había sobresaltado otra figura ataviada de negro, una figura que le había recordado esa mañana.

Se reclinó en el asiento del coche y miró de nuevo por la ventanilla. Imaginada o real... entre las sombras había una mujer de negro.

Mark le sirvió a Ian un whisky que el inspector aceptó agradecido y se bebió de un trago. Sonriendo, Mark volvió a llenar su vaso.

—La verdad saldrá a la luz —le aseguró a su amigo.

Ian tomó el segundo whisky y se acercó al hermoso diván del salón, se sentó en él y acunó el vaso entre las manos.

—Pero no será por medios legales y rutinarios, me temo —dijo.

—Sea como sea, averiguaremos la verdad —repuso Mark con determinación.

Ian lo miró atentamente.

—¿Y si te atrapan? —preguntó.

—No me atraparán.

Ian sacudió la cabeza.

—Ni siquiera tú eres infalible, amigo mío.

—Entonces tendré que moverme muy deprisa —Mark bebió un sorbo de whisky—. Tres asesinatos idénticos. Cada víctima trabajando en su escritorio. Ninguna evidencia de que forzaran la entrada. Como si esos hombres hubieran sido asesinados por un fantasma. Pero nosotros sabemos que no fue así. En cada caso tuvo que haber un juego de llaves. O bien alguien del servicio se lo proporcionó al asesino, o bien éste lo robó. Mañana por la tarde, iré contigo cuando vuelvas a entrevistar al ama de llaves —titubeó—. Ian, no sólo creo que las víctimas conocían muy bien a su asesino, creo que el asesino mismo es un antimonárquico. Él cree que matar a sus aliados es lo mejor para fomentar su causa y derribar al gobierno.

Antes de que Ian pudiera responder, se oyó abrirse y cerrarse la puerta del vestíbulo. Joseph Farrow entró quitándose la capa, dejó ésta en manos de Jeeter y le dio las gracias. No pareció sorprendido al ver a Mark y a Ian en el salón. Ian se levantó de inmediato e inclinó la cabeza respetuosamente.

—¿Y bien? —preguntó Joseph, y luego pareció arrepentirse—. Perdonadme. Hola, inspector Douglas. Espero que mi hijo le haya hecho sentirse como en su casa.

—Por supuesto —murmuró Ian.

—Tenemos unas cuantas teorías, padre —dijo Mark, y se las explicó.

—¡Eso es absurdo! —exclamó Joseph—. ¿Por qué iba a matar un antimonárquico a los suyos?

—Está fabricando mártires... e intentando culpar a la monarquía —repuso Mark.

Joseph se sirvió un whisky y comenzó a pasearse por la habitación.

—Hubo quienes hicieron lo imposible por culpar a la monarquía de los crímenes de Jack el Destripador —dijo mientras sacudía la cabeza—. ¡Es ridículo! La reina ha soportado infamias semejantes otras veces y no se ha dejado doblegar. No se saldrán con la suya.

—No, padre —le aseguró Mark.

—¿Entonces...? —preguntó Joseph.

Ian miró a Mark con expresión culpable y luego le dijo a Joseph:

—Lord Farrow, creo sinceramente que el asesino es un hombre bien situado. Creo que, si consigue escapar tan fácilmente, es porque tiene un carruaje esperándolo cada vez que comete uno de sus crímenes.

Joseph dijo:

—Había muchos que creían que el Destripador escapaba en carruaje y que por eso nadie lo veía. Claro, que el Destripador se movía por barrios donde abundaban los mataderos, y la mitad del populacho llevaba mandiles cubiertos de sangre de animales. En este caso... —bajó la cabeza un momento y la sacudió—. En este caso, inspector Douglas, creo que puede que tenga usted razón.

—Así pues, debemos seguir todos los caminos hasta que demos con el adecuado —murmuró Mark.

Ian Douglas dejó su vaso en la mesa de cerezo.

—Les agradezco su hospitalidad. Ahora, me marcho.

—Gracias por su ayuda, inspector —le dijo Joseph.

—E mi trabajo —contestó Ian con sencillez. Jeeter apareció, listo para acompañarlo a la puerta.

Cuando se hubo ido, Joseph Farrow miró a su hijo.

—No has preguntado aún por tu baile de compromiso.

—Lo siento. Estoy seguro de que ha sido una fiesta muy elegante.

—Alexandra Grayson es encantadora. Y exquisita —dijo su padre.

—Lo sé.

—Claro que lo sabes. A fin de cuentas, tuvo un encuentro con el salteador de caminos —repuso Joseph.

—Padre, yo no sabía quién iba en el coche, no vi el escudo de armas hasta que lo detuvimos. Y, para mantener su credibilidad, el bandido no podía dejar escapar semejante presa.

Joseph no parecía apaciguado.

—La señorita Grayson no se ha mostrado muy proclive a un prometido que ni siquiera se ha presentado.

—No podía hacer nada.

—Creo que deberíamos celebrar la boda cuanto antes.

—¿Qué? —dijo Mark, sorprendido.

—Si no, la perderás —dijo Joseph suavemente.

—Padre, me has hablado de la promesa que os hicisteis lord Stirling y tú, y aunque sabes que todo esto me parece ridículo y anticuado, honraré tu promesa porque te honro a ti. Pero no puedo perder a una mujer que sólo es mía gracias a las maquinaciones de otros.

Joseph se apartó de él y se quedó mirando el fuego.

—Temo que su vida pueda estar en peligro. Y, aunque tú aún no la conoces en realidad, te aseguro que su pérdida sería una tragedia.

—Padre, ¿por qué...?

—No puedo decírtelo. Debes creerme, simplemente.

—Padre...

—Esta noche he descubierto algo gracias a sir Angus Cunningham, Mark. ¿Has oído hablar de lady Rowenna? Es la hija de lord Carnarenfew.

—Sí, sí, tiene tierras y una casa de campo pasados los bosques del oeste.

—Ayer estuvo a punto de ser asesinada.

—¿Cómo?

—Alguien disparó una bala contra su casa.

Mark sacudió la cabeza.

—Puede que algún cazador se perdiera y errara un tiro...

—Creo que fue un intento de asesinarla. Todo el mundo sabe que es nieta ilegítima del tío de la reina.

—Padre, reconozco que estoy completamente perdido.

—La señorita Grayson vive en una casita, en el bosque. Con tres tías ya mayores y ni siquiera un perro guardián.

—Padre, he aceptado casarme con ella.

—Muy pronto —dijo Joseph—. A menos que estés ciego, supongo que te darás cuenta de que no será ninguna penalidad.

Mark bajó la cabeza. ¿Una penalidad? En absoluto. Su encuentro con la joven en cuestión lo había acompañado durante todo el día. Alexandra Grayson no era en modo alguno como esperaba. Era fuerte, no una esposa a la que tendría sencillamente que proteger. Era voluntariosa y enérgica, inteligente, despierta y...

No la veía aceptando fácilmente semejante boda. Una sonrisa remolona curvó sus labios.

—Padre, ¿por qué nunca has vuelto a casarte? —preguntó con suavidad.

—¿Que por qué? —repitió Joseph con el ceño fruncido. Como de costumbre, Mark vio que los ojos de su padre se enternecían ante el mero recuerdo de su madre—. Todavía la quiero, hijo. Ninguna otra mujer será nunca mi esposa.

—Habría sido agradable experimentar esa emoción —dijo Mark con sencillez—. Pero, entre tanto, nos hallamos en una situación muy seria.

—Razón de más para acelerar la boda —repuso Joseph—. Lo siento, hijo. La situación es demasiado grave para permitir que nos dominen las emociones. Sólo rezo por que esto ocurra cuanto antes y por que la señorita Grayson esté a salvo. Algún día serás conde. Sin embargo, decidiste alistarte en secreto como guardia privado de la reina, debes hacer de detective, arriesgar tu vida... —Joseph se dio la vuelta.

Mark se puso rígido.

—Padre, tú serviste en el ejército.

—Sí, y sobreviví, gracias a Dios. Si vas a seguir arriesgando el pellejo, me gustaría al menos tener un nieto.

—Veo que vas al grano —murmuró Mark—. Me aseguraré de que... de que la señorita Grayson esté... a salvo. Pero, ¿es que no lo ves, padre? Cuanto antes resolvamos estos horribles crímenes, antes estaremos todos a salvo. Mañana por la mañana los periódicos contarán con todo detalle la muerte de Giles Brandon y aparecerá el último artículo que escribió. Ojalá hubiera ahí fuera algún escritor que sugiriera con el poder de su pluma que son los propios antimonárquicos quienes se esconden detrás de esos horrendos asesinatos.

—Ojalá —dijo Joseph cansinamente. Se dirigió a las escaleras y luego se volvió—. Perdóname, Mark. Estoy orgulloso de ti. Te eduqué para que decidieras por ti mismo. No soportaría perderte, eso es todo.

—No me perderás, padre —le aseguró Mark.

Joseph siguió subiendo las escaleras.

El reloj de la chimenea comenzó a dar la hora. Ya era por la mañana.

Jeeter entró en la habitación.

—Señor, he comprado la primera edición del periódico.

—Gracias, Jeeter.

Mark cruzó rápidamente la habitación y tomó el diario. Todavía olía a tinta fresca.

Tal como esperaba, el titular de primera plana anunciaba el asesinato de Giles Brandon. A media página, en el lado derecho, aparecía el último artículo de Brandon. Pero en el lado izquierdo había otro artículo. Sus primeras palabras también parecían saltar de la página.

¿Es culpable la monarquía? ¿O se trata de un fanático, de un antimonárquico dispuesto a asesinar a sus propios amigos y camaradas con el único fin de derribar a la monarquía y forzar un cambio de gobierno?

Mark se quedó boquiabierto. Por suerte, estaba junto a una silla en la que pudo sentarse. Si no, habría acabado en el suelo.

¡Santo Dios! Acababa de decir que necesitaban un escritor semejante y allí estaba...

Leyó el artículo. Era excelente, señalaba todos los motivos por los que era improbable que la reina o algún otro miembro de la monarquía estuvieran implicados en los asesinatos. El autor enumeraba las razones por las que un fanático enfervorizado podía ser el responsable de aquellos crímenes.

Era magnífico. Naturalmente, había sido escrito antes de que se conociera la muerte de Giles Brandon, pero, aunque se basaba únicamente en los dos asesinatos anteriores, era de una coherencia perfecta, estaba escrito con inteligencia y sus argumentos eran muy persuasivos.

Mark buscó rápidamente la firma.

A. Anónimo.

Dobló el diario, se levantó y lo dejó pensativamente sobre la mesa, junto al correo.

A. Anónimo.

Por suerte, el autor utilizaba un seudónimo.

Si alguna vez llegaba a conocerse su verdadero nombre, A. Anónimo se convertiría en el principal objetivo de un despiadado asesino.

—Sólo voy a dar un paseo por el bosque con mi cuaderno de dibujo, como he hecho mil veces —dijo Ally mientras miraba las caras alarmadas de sus tías. Sacudió la cabeza y sonrió—. ¿Se puede saber qué os pasa esta mañana? —preguntó.

Violet, alta y muy delgada, juntó las manos.

—Ally, todas esas veces fueron antes de que te asaltara ese bandido —miró a Merry, Merry miró a Edith y luego miraron todas a Ally.

Ally se dio cuenta de pronto de que, durante los días que habían seguido al baile, la habían tenido sumamente ocupada. El domingo habían ido a la iglesia y luego habían invitado al párroco a cenar en casa. El lunes, Violet había necesitado ayuda con un vestido. El martes, Merry había necesitado ayuda en el jardín. Edith le había pedido que la ayudara en la cocina el miércoles, y así sucesivamente. Todos los días había algo que hacer. Y ahora era sábado otra vez. Había pasado una semana desde el baile en el que se había anunciado su compromiso con un hombre al que aún no había visto.

Una semana para recordar su encuentro con el bandido. Una semana... y ninguna ocasión para hablar con sus padrinos.

Una semana en la que al menos había tenido un poco de tiempo para escribir.

—El bandido... ¡por favor! ¿Por eso me habéis tenido tan ocupada? ¿Para que no saliera? El bandido se fue hace días.

—Y, después, nuestra querida Ally se prometió en matrimonio —dijo Merry con una sonrisa soñadora, como había hecho muchas veces desde que Ally volviera de la fiesta—. Todavía sueño con tu vuelta a casa. ¡Parecías una princesa!

—No, querida, una princesa no —protestó Ally, pero Merry ya estaba bailando el vals por el salón con un compañero imaginario. Ally tuvo que sonreír. Las quería muchísimo a las tres. Violet era la más seria; Merry tenía un corazón eternamente joven; y Edith, que hacía de puente entre las dos, a veces era tan alegre como Merry y a veces apoyaba con determinación las opiniones, mucho más estrictas, de Violet.

Estaban esperándola en la puerta cuando regresó del baile y revolotearon a su alrededor como hadas madrinas, ansiosas por conocer cada detalle. Ally les había dado las gracias una y otra vez por el vestido. Ellas insistían en que todo el mérito era de Maggie, pero Ally advirtió el brillo de regocijo de su mirada cuando les contó cuántos cumplidos había recibido por el vestido. Les describió el castillo, la cena, el baile... y el anuncio que la había pillado tan por sorpresa y que para ellas, en cambio, no lo era en absoluto. Se había abstenido de hablarles de la aparición de la viuda de Giles Brandon, gritando histérica y maldiciéndola. Al pedir ellas más detalles, Ally las había complacido al principio, pero luego había dicho:

—No, ni una palabra más. Fue una fiesta preciosa... excepto por una cosa.

—¿Por cuál? —preguntó Violet, sorprendida.

—Porque vosotras no estabais allí. Y anoche decidí que no volveré a ir a ninguna fiesta ni a ningún acontecimiento social, por muy amables que sean mis padrinos, a no ser que vosotras también vayáis.

—¡Pero querida...! —exclamó Violet.

—Nosotras... nosotras... no somos... de fiestas —logró decir Merry.

—Ah, no, no, no —dijo Edith.

—Entonces yo tampoco soy de fiestas —contestó Ally—. No debí permitir que esta vez os salierais con la vuestra —dijo con severidad.

—Pero nosotras no somos... —dijo Violet otra vez.

—Si te atreves a decir que no formáis parte de la alta sociedad y yo sí, me negaré a volver a ir al castillo. Soy una huérfana. Vosotras me educasteis. Sois mis madres. ¿Entendido?

Merry soltó una risilla.

—No somos más que tres viejas, querida.

—Sois mi familia. Adoro a mis padrinos. Son maravillosos, y tengo muchísima suerte por contar con ellos. Pero vosotras sois mi familia. ¿Está claro?

Sus tías se miraron entre ellas.

—Por supuesto, querida —dijeron al unísono.

Ally, cuya mente había vuelto al presente, dijo:

—Por favor, sólo voy a dar un paseo por el bosque.

—No debes hacerlo —repuso Violet.

—Ahora estás prometida —le dijo Merry.

Ally se puso rígida. Si les decía que no se sentía en absoluto comprometida y que no estaba segura de que fuera a acceder a aquella boda, se quedarían allí discutiendo hasta el día del Juicio Final.

—Comprometida —murmuró. Llevaba el pesado anillo en el dedo—. Pero no casada —dijo alegremente.

—Ay, madre, ¿qué significa eso? —preguntó Merry a Violet, y luego miró a Ally—. Vas a casarte, ¿no?

—¡Debe casarse! —exclamó Edith, y miró a las otras con preocupación.

—Ally, querida —dijo Violet—, ¿qué has querido decir con que aún no estás casada?

—Quiero decir que voy a dar un paseo por el bosque —contestó Ally con una sonrisa—. Os quiero mucho a las tres —añadió, y dio a cada una un abrazo. Luego, antes de que pudieran detenerla, descolgó su capa de la percha que había junto a la puerta y salió apresuradamente.

Casi echó a correr por el sendero que partía de la casa. Sólo se detuvo cuando estuvo a más de cien pasos. Después, miró hacia atrás con profundo afecto.

La casa era perfecta, como salida de un cuento de hadas, con su tejado de brezo y una chimenea de la que siempre parecía salir un hilillo de humo. Merry era una enamorada de las flores, y alrededor de la entrada había hermosos parterres y pequeños maceteros de piedra. Las tías eran ya mayores, pero todavía alegres, infantiles y vivaces en muchos sentidos. Con cacao se curaban todos los males y, si el cacao fallaba, había té y magdalenas, todo recién hecho. Ally había aprendido de sus muchos preceptores, pero también había aprendido de aquellas mujeres. Sus tías nunca se estaban quietas y, si se paraban, era sólo para leer o coser. La habían enseñado a mantenerse ocupada, a respetar la tierra y, sobre todo, le habían enseñado lo que significaba el amor incondicional.

Ally sonrió, pensando de nuevo en lo afortunada que era. Luego su sonrisa se desvaneció, arrugó la frente y no pudo evitar preguntarse por qué. Sacudió la cabeza y se dio la vuelta. Echó a andar entre los robles, siguiendo el camino hacia el riachuelo que cruzaba burbujeando el bosque. Había en él una roca que ella misma había desgastado con el paso de los años. Estaba situada junto al enorme tronco de uno de los viejos robles que se alzaban a la orilla del agua. Allí podía quitarse los zapatos y las medias, balancear los pies en el aire y dibujar... o escribir.

Se preguntaba qué habría salido en el periódico ese día,

pero las tías no compraban los diarios hasta la tarde, así que pasaría algún tiempo antes de que pudiera verlo. Se subió a la roca, puso el cuaderno de dibujo sobre su regazo y se quitó las medias y los zapatos. Probó el agua con la punta de un pie y se recostó contra el roble, con el cuaderno entre los brazos. Cerró los ojos y procuró representarse las imágenes que quería plasmar.

Primero, el pueblo. Esa escena era la más importante. Por desgracia, el recuerdo de su compromiso y de su novio ausente seguía asaltándola.

El pueblo...

La gente reunida en la plaza. Los gritos...

¡Abajo la monarquía!

Las imágenes desfilaban velozmente por su cabeza. Thane Grier, observando despreocupadamente lo que ocurría. Sir Angus Cunningham, intentando calmar al gentío, y la mujer... la mujer de negro, cubierta con un velo, gritando. Lord Wittburg junto a sir Angus y, por último, sir Andrew Harrington. La multitud que por fin empezaba a escuchar, que comenzaba a disolverse cuando Shelby arreó a los caballos.

Y luego...

El bandido.

—¿Soñando conmigo?

La pregunta, formulada repentinamente por una voz profunda y masculina, en medio del bosque, donde lo único que se oía era el murmullo del agua y el dulce canto de los pájaros, resultó tan sorprendente que Ally dio un respingo y estuvo a punto de perder el equilibrio sobre la roca. El cuaderno de dibujo escapó de sus manos y el lápiz estuvo a punto de perderse para siempre en la corriente.

—¡Usted! —exclamó, asombrada. ¿Debía gritar? ¿Levantarse? ¿Echar a correr?

Era, en efecto, él. Iba vestido como el día que detuvo el

carruaje: calzas negras, camisa blanca de poeta, botas de montar hasta la rodilla... y antifaz de seda negro. Tenía un pie plantado sobre la roca y el codo apoyado en la rodilla, y Ally tuvo que preguntarse cuánto tiempo llevaba allí, observándola.

—Sí, yo —dijo él.

Rescató su lápiz y lo puso a su lado, junto con el cuaderno. Luego tomó asiento al lado de Ally, sobre la roca. Ella se dio cuenta de que estaba solo. Y de que no tenía malas intenciones. Por lo visto, había ido a buscarla. Ally no pudo evitar preguntar si lo habría hecho otras veces durante la semana anterior.

—¿Es de propiedad privada esta roca? —preguntó él.

—Pues sí.

—¿Son éstas sus tierras, entonces? —dijo él.

—No. Pertenecen a lord Stirling.

—Entonces estamos cometiendo los dos un allanamiento.

—No sea ridículo. Yo soy bienvenida en estas tierras. Usted, en cambio...

Él se echó a reír. Parecía hallarse completamente a sus anchas cuando se recostó contra el roble.

—A decir verdad —le informó—, estas tierras no pertenecen a lord Stirling.

—¿Ah, no?

Él señaló el sendero.

—Hasta ahí son suyas. Pero el lugar donde estamos sentados ahora mismo, si no me equivoco, pertenece a lord Farrow, conde de Warren.

Ella lo miró con toda la frialdad de que fue capaz, teniendo en cuenta que su corazón latía a toda velocidad y su sangre corría con un calor ardiente.

—Bueno, creo que lord Farrow me daría la bienvenida y dejaría que me sentara aquí, mientras que a usted le mandaría a paseo. O, mejor dicho, le haría arrestar.

Él se encogió de hombros.

—Es muy posible —la miró fijamente, divertido. Ally se fijó en sus ojos. Eran de un azul grisáceo y tenían la particularidad de parecer oscuros o claros, o envueltos en sombras. Cambiaban en cuestión de segundos, tan velozmente como el humor de su dueño.

—Es usted un necio y no entiendo qué hace aquí. Como verá, no llevo nada más valioso que un cuaderno de dibujo. ¿No debería estar en los caminos, asaltando a algún inocente?

—Querida señorita Grayson, por favor, no se engañe pensando que sólo asalto a inocentes —dijo él—. En realidad, me gusta bastante estar aquí. Y un bandido tan trabajador como yo se merece un descanso de cuando en cuando.

—En mi roca, no.

—Ya hemos dejado claro que esta roca no es suya ni mía —repuso él con indolencia.

Ally sabía que debía levantarse e irse. Él no parecía llevar armas, y no había ni rastro de su caballo. La miró, se estiró cómodamente y se puso una mano detrás de la cabeza.

—Tengo entendido que debo felicitarla.

—¿Cómo lo sabe? —preguntó ella en tono cortante.

—Porque leo.

—Qué maravilla. Entonces, podría buscarse un empleo.

Él se encogió de hombros y miró el agua.

—Había toda una página dedicada a usted, señorita Grayson. La segunda página del periódico. Venía usted detrás de la noticia de un asesinato, de un artículo que difamaba a la reina y de otro que la defendía. Un artículo excelente, a decir verdad —dijo en tono pensativo. Su sonrisa se hizo más profunda—. La noticia de su compromiso tenía prioridad sobre la noticia de que había sido usted asaltada por el bandido. Triste, pero cierto.

—Ya le dije que no era usted más que un sinvergüenza de poca monta —repuso ella, y sin embargo su mente giraba en un torbellino.

«Un artículo excelente, a decir verdad».

¿Y aquello, de un salteador de caminos?

—Así que pronto será lady Farrow —ella no contestó—. ¿No está ansiosa por convertirse en condesa? —preguntó él con sorna.

Ally lo miró fijamente. Para su propia sorpresa, dijo:

—¿Mencionaba ese artículo que el futuro novio no estaba presente?

—Sí, así es. Qué desconsiderado por su parte, ¿no le parece?

Ella apartó la mirada y sacudió la cabeza.

—Si quiere que le diga la verdad, no me importa lo más mínimo.

—¿No se sintió dolida?

—¿Cómo iba a sentirme dolida por alguien a quien no conozco? En realidad no sabía nada del compromiso hasta que se anunció.

—¿Brian y Camille no se lo dijeron? —preguntó él, sorprendido.

—¿Brian y Camille? Los trata con mucha familiaridad, ¿sabe? —replicó ella.

—Le ruego me disculpe. Permítame volver a formular la pregunta. ¿No le dijeron ni lord Stirling ni su esposa cuál iba a ser su destino?

Ella rompió a reír.

—¿Mi destino?

—Bueno, es su destino, ¿no?

Ally miró el riachuelo, decidida a no compartir sus sentimientos con un forajido, por muy encantador que fuese.

—El destino es lo que hacemos de él, ¿no cree? —murmuró.

—No se lo dijeron —dijo él.

—¿Acaso es asunto suyo? —preguntó ella con aspereza.

Él sonrió y se encogió de hombros. Ally se dio cuenta de que sus hombros se tocaban y, aunque sabía que debería haber dado la voz de alarma o haber huido nada más verlo, le agradaba estar allí sentada, con él. Estaba contenta. No, contenta, no, en realidad. Eufórica.

Disfrutaba discutiendo con él, y no le molestaba en absoluto su cercanía. Para ser un forajido, tenía un olor muy seductor. Por lo visto, su trabajo no le impedía bañarse o mantener su ropa limpia.

—Soy un estudioso de la naturaleza humana, y bastante curioso —le dijo él.

—Fue simplemente una de esas noches —murmuró ella—. Me lo habrían dicho... si no hubiera sido por usted —lo acusó, enfadada, y golpeó su antebrazo con el puño.

—¡Yo ni siquiera estaba allí! —protestó él mientras se frotaba el lugar donde lo había golpeado.

—Cuando llegamos al castillo, Shelby estaba fuera de sí. Luego Brian montó en cólera y salió a caballo... Tuvo usted suerte de que no lo atrapara. Pero, recuerde mis palabras, será mejor que se ande con cuidado, o puede que todavía lo haga.

—Créame —dijo él en voz baja, sin dejar de sonreír—, nunca he subestimado al conde de Carlyle.

—Pues no lo haga.

—Quedo advertido. Así que... ¿nadie se lo dijo?

—Luego tuve que prepararme para la fiesta, y el inspector Turner estaba en la cocina y para entonces ya habían empezado a llegar los invitados. Así que, gracias a usted, el conde de Warren (que parece un hombre completamente decente) tuvo que ver a su futura nuera boquiabierta como una idiota cuando se anunció el gran acontecimiento.

—No parece muy entusiasmada con la idea de casarse.

—No lo estoy.

—¿Por qué no? La mayoría de las mujeres en su posición estarían encantadas ante la oportunidad de convertirse en condesas.

Ella agitó una mano en el aire.

—Eso no es asunto suyo.

Para su sorpresa, él la agarró de la mano. Ally se había olvidado del anillo que llevaba. Él llevaba la mano enfundada en un guante de cabritilla que dejaba al aire las puntas de sus dedos. Ally se sorprendió al no protestar cuando él se incorporó un poco para observar la sortija.

—Muy bonito —dijo él.

Ally apartó la mano y sintió que sus mejillas se sonrojaban.

—Si no le importa, preferiría no discutir mi situación con un forajido.

—Tengo entendido —dijo él sin hacerle caso— que este compromiso secreto fue acordado entre lord Stirling y lord Farrow hace años.

—¿Tiene que insistir? —preguntó ella.

—Así que, todos estos años, ha sido educada para ser la condesa perfecta. Canta como una alondra, baila como un ángel y todas esas cosas.

Ella apretó los dientes.

—Quizá bailar no fuera mal oficio para usted. Mejor que robar carruajes.

—¿Qué le hace pensar que no sé bailar, señorita Grayson? —se levantó ágilmente y ejecutó ante ella una elaborada reverencia.

Ally lo miró y luego se echó a reír.

Él se irguió.

—Soy un forajido peligroso, ¿sabe? No debería reírse de mí.

—Si lo considerara peligroso, me habría ido hace rato.

—Comprendo. ¿Me encuentra divertido? —él la agarró de la mano y la hizo levantarse, a pesar de sí misma. Ally se halló de pronto muy cerca de él y se preguntó por su propia cordura. Pero aquel hombre no era peligroso. No para ella. De algún modo, lo sabía.

Sonrió y ni siquiera protestó porque la agarrara.

—Sí, le encuentro bastante... entretenido —contestó.

—Entonces, baile conmigo.

—No hay música.

—Canturree.

—No sea tonto.

—Está bien, lo haré yo.

Y lo hizo: comenzó a canturrear pasablemente un vals vienés y, antes de que Ally se diera cuenta de lo que ocurría, estaban bailando entre los árboles. Ally sintió el contacto de su cuerpo y pensó que nunca se había sentido tan compenetrada con su pareja de baile. Él la llevaba con seguridad y fuerza, pero sin ímpetu excesivo. A Ally le encantaba su contacto, el modo en que se movía, la sensación que le producía la tierra bajo los pies descalzos. El aire parecía susurrar a su alrededor con dulzura fresca y límpida. Él tenía los muslos duros y recios, y su cuerpo entero parecía lleno de vida.

Ally reía. Le parecía absurdo estar bailando en el bosque con un bandolero. Estaban tan cerca que sus caras casi se tocaban. La boca de él estaba tan cerca de la suya...

Al cobrar conciencia de lo que estaba ocurriendo, Ally se asustó de pronto. No estaba segura de poder casarse si deseaba vivir su propio sueño, pero aquel comportamiento era sin duda una deshonra para aquellos que se preocupaban por ella. Su risa se desvaneció. Se apartó de él. Aquello era absurdo. Debería avergonzarse de sí misma.

—No puedo hacer esto —dijo en voz baja.

—¿Bailar en el bosque? Ah, es cierto. Está usted prometida.

—No le debo nada al hijo de lord Farrow.

—¿Ah, no?

—Ni siquiera lo conozco.

—Ah.

Ella sacudió la cabeza.

—Usted es un delincuente —le informó.

—Pero tengo un periódico —le dijo él.

Ally se olvidó de todo lo demás.

—¿Dónde? —preguntó.

Él titubeó.

—Lo traeré.

Desapareció por uno de los senderos y ella aguardó, insegura y con el corazón acelerado. Su caballo debía de estar cerca. Él regresó con el periódico de ese día y ella se lo arrancó con un grito de alborozo.

El domingo anterior había salido el primer artículo de A. Anónimo. La edición del domingo era tal y como él se la había descrito, con el reportaje acerca del asesinato de Giles Brandon y el artículo de opinión escrito por éste antes de morir. Había luego una defensa de la monarquía a cargo de A. Anónimo.

Ese día había en primera plana otro artículo escrito por A. Anónimo.

Ally leyó con avidez aquel escrito, que recordaba de nuevo a los lectores que los responsables de los asesinatos podían muy bien ser los propios antimonárquicos. Al volver la página, vio que había otra mención acerca de su matrimonio.

Y después... un artículo acerca del salteador de caminos, que había asaltado varios carruajes esa semana y que, en lugar de causar un resentimiento feroz, había encandilado a una anciana señora de noble cuna. Aquella señora se había mostrado encantada al descubrir que el anillo que el ladrón le había arrebatado había acabado en manos de la Sociedad Victoriana de Damas para la Mejora de Nuestras Hermanas. Había pagado un rescate por el anillo, rescate que había sido en realidad una donación, y de ese modo había sufragado un día de comidas gratis en una iglesia.

—Santo Dios, qué rápida es —dijo él mientras Ally pasaba las páginas.

Ella le lanzó una rápida mirada.

—Rara vez tenía otros niños a mi alrededor. Leer se convirtió en mi... compañía —murmuró—. Es usted demasiado modesto, por cierto. Sus correrías están ganando popularidad. Esta señora no lo dice claramente, pero me parece que está deseando que vuelva a asaltarla.

Él se encogió de hombros.

Ally apenas se había dado cuenta de que había vuelto a sentarse a su lado, sobre la roca. Parecía enteramente natural. Sus brazos se tocaban y él se inclinaba hacia ella para mirar las páginas del diario. Ally sintió de nuevo su olor y la oleada de calor que despertaba en ella. Se irguió, avergonzada.

—A. Anónimo —masculló él—. Ahí tiene usted un hombre muerto.

Ella frunció el ceño bruscamente.

—¿Qué? Creía que era usted un ladrón, pero un ladrón leal que honraba a la reina.

—La identidad de A. Anónimo acabará por descubrirse y, cuando eso suceda, ¿no cree usted que los antimonárquicos lo pondrán en su lista de asesinatos?

—Creo que tiene todo el derecho del mundo a expresar su opinión. ¡Y usted! Dice que apoya a la reina, aunque sea un bribón. Debería aplaudir a ese hombre.

—Sólo digo que será mejor que su firma se quede como está. O quizá, por su propio bien, debería dejar de escribir.

—Tal vez no pueda hacerlo. Tal vez crea necesario escribir y publicar esos artículos, aunque tenga que permanecer en el anonimato.

—El periódico paga por esos ensayos políticos —contestó el bandido.

—Puede que A. Anónimo sea tan listo que haga que le manden los cheques a un apartado de correos.

—¿Y no cree que los asesinos puedan enterarse de eso? Tendrán sus modos de descubrir la verdad. Quizá consigan introducirse de algún modo en los archivos del periódico, descubran dónde se envían los cheques... y esperen.

Ally sintió que su sangre se helaba y se estremeció. Él frunció el ceño al instante.

—¿Tiene frío? Tengo mi capa.... en el caballo —dijo.

—No, no, he traído la mía. Está ahí —murmuró ella, señalando el lugar donde había caído su capa. Él se levantó de un salto, recogió la capa y se la echó sobre los hombros. Al hacerlo, hubo entre ellos un instante de intimidad que pareció increíblemente dulce.

Ally se apartó.

—Habla del peligro que corre A. Anónimo, pero, ¿qué me dice de usted? Al final, alguien lo matará.

—Yo sé cuidar de mí mismo.

—Es un delincuente, por el amor de Dios. Y los delincuentes que siguen por el camino que usted lleva acaban muertos.

Los labios de él se curvaron bajo la máscara.

—Pero yo, al menos, no soy un delincuente corriente. Tengo algunas nociones de etiqueta.

—En efecto. Y, por tanto, no tiene excusa para seguir por el camino que ha elegido.

Ally se había apartado de él y caminaba hacia el lugar donde había dejado sus zapatos y sus medias.

—No se vaya —dijo él, muy serio de pronto.

—Debo irme. Y... no vuelva a venir. Ya le he dicho que Brian Stirling es un hombre peligroso.

—Puede que usted no lo crea, pero yo también lo soy.

—Él es el conde de Carlyle.

—Y yo soy un ladrón.

—No puedo estar aquí, con usted —dijo ella con firmeza. Creyó que él iba a tocarla otra vez y pensó, aturdida, que era casi como si... como si ansiara deslizarse en sus brazos, sentir el roce de sus dedos, dejar que le levantara la barbilla y la besara–. Tengo que irme –dijo.

–¡Espere! –gritó él.

Ella vaciló, a pesar de sí misma.

Él se acercó al árbol junto al que Ally se había parado, apoyó la mano en él y se inclinó hacia ella. Había en sus ojos una seriedad repentina que dio a Ally que pensar.

–He de admitir que he sentido una pasión, nacida de la necesidad, por mi... carrera como forajido. Pero, si no fuera un delincuente, mi querida señorita Grayson, ¿cree que me habría ofrecido un lugar, aunque fuera pequeño, en su vida?

–¿En mi vida?

–El hombre progresa sin cesar, va saliendo de la Edad Oscura –dijo él con cierta reticencia–. ¿Cree que me habría permitido visitarla?

Ella lo miró fijamente. Su sonrisa era melancólica bajo el antifaz. Ally sintió la necesidad de huir antes de que sucediera algo irreparable.

–Por desgracia, es usted un delincuente. Y yo estoy comprometida.

–Quizá... con unas palabras más de su boca pueda expiar mis pecados.

–Se burla de mí, y me temo que no puedo seguirle el juego –repuso ella. Sin embargo, apoyó una mano sobre su pecho antes de pasar a su lado, casi desesperada por escapar y regresar a la casita de campo.

Él la vio marchar y deseó que volviera... a pesar de que estaba enojado porque se hubiera quedado tanto tiempo. Se dio cuenta de que había huido con el periódico y no pudo evitar sonreír. Luego vio que se había dejado el cuaderno de dibujo y arrugó el ceño.

Debía dejarlo así. Ella volvería a buscarlo pasado un tiempo. Pero podía llover antes de que tuviera ocasión de volver a salir. Y, si se lo llevaba, tendría oportunidad de devolvérselo... en su papel de bandido, desde luego. Recogió el cuaderno y recorrió a toda prisa el camino en busca de su caballo.

Era una suerte que la casita del bosque no estuviera muy lejos del pabellón de caza de su padre, pensó con sorna. Y, en efecto, aquel riachuelo estaba en las tierras de lord Farrow.

Se dio cuenta de que no estaba del todo seguro de qué sentía tras su encuentro con la señorita Alexandra Grayson. Ciertamente, aquella joven no debía conversar con un forajido en medio del bosque, llevando un anillo de compromiso en el dedo. Y sin embargo...

Mark se sentía fascinado por su cabello dorado, por la risa de sus ojos y la avidez con que había leído el periódico. Incluso por sus razonamientos. Ni siquiera estaba seguro de por qué había insistido tanto en lo que había dicho, como no fuera, en parte, por el placer de discutir con ella. Había alabado el artículo del periódico, que era excelente. Y era cierto que rezaba por el pobre tonto que lo había escrito, porque sería muy fácil que alguien accediera a los archivos a base de sobornos, o quizá hubiera alguien en el periódico que estuviera dispuesto a desvelar la verdad al bando equivocado a cambio de dinero.

Oyó un silbido y refrenó a su caballo. Un momento después, Patrick apareció cabalgando por la senda.

—Tu padre está en el pabellón, buscándote —le dijo.

—¿Para qué? Nunca le doy explicaciones de adónde voy.

—Por lo visto pensó que estabas en el pabellón, jugando quizá con uno de tus artilugios de detección, como él los llama, y había prometido que asistirías a un almuerzo.

—¿A un almuerzo?

—En el museo.

—Había pensado rastrear los senderos otra vez esta tarde...

—Mark, dedícale esta tarde a tu padre. Saldremos nosotros solos y te informaremos de todo lo que veamos, te lo prometo. Confía en tus compinches —dijo Patrick con una sonrisa.

—Está bien. Pero vigilad las carreteras. Quiero saber quién viaja por ellas y adónde va —le dijo Mark. Luego espoleó a su caballo y se encaminó al pabellón de caza.

Su padre estaba sentado a su mesa. Sostenía en la mano una larga bufanda. Frunció el ceño al levantarla

—¿Qué es esto? —preguntó a su hijo.

Mark se acercó al escritorio y tomó la larga bufanda de punto. Se la puso alrededor del cuello. Luego se la quitó y la hizo girar, formando un torbellino de aire.

—Un arma de reserva, padre.

Lord Farrow parecía apesadumbrado.

—¿Dónde aprendiste a hacer eso?

—En un libro.

—¿Un libro sobre artes bélicas?

—Un libro de historias de Sherlock Holmes. Arthur Conan Doyle es un hombre muy astuto.

Su padre suspiró.

—Cuando no estás por ahí imitando a su personaje, ¿frecuentas los círculos literarios y lo vuelves loco con tus preguntas?

—A veces.

Joseph suspiró de nuevo.

—Creo que estoy mejor cuando no sé nada de tus hazañas.

—Padre, te recuerdo otra vez que sirvo a la reina. Tú luchaste en el ejército, igual que yo. Y ahora creo que puedo servir mejor a mi país. ¿Preferirías que no lo hiciera?

—No —contestó Joseph al cabo de un momento—. Quisiera que estos conflictos internos cesaran de una vez —suspiró profundamente—. Uno tiene que hacer siempre lo que le pide el corazón. Pero quizá hoy puedas hacer el papel de mi hijo. ¿Puedes venir conmigo al museo? Tendremos que darnos prisa.

—Sí.
—¿Sí? —dijo Joseph.
—Sí, iré contigo.
Joseph sonrió.
—No esperaba una victoria tan fácil. El carruaje espera. Por favor, vístete como un caballero esta vez, ¿eh?
—Estaré impecable —prometió Mark. Se digirió a su habitación y luego se detuvo—. ¿Vamos a comer al museo por alguna razón?
—Sí. Vas a conocer a tu prometida.
—¿Hoy?
—Deberías haberla conocido la semana pasada.
—Sí, pero...
—¿Ocurre algo?
—Yo... No, no, claro que no. Me vestiré enseguida.

Ally se sorprendió al ver el carruaje de lord Stirling en el claro, delante de la casa. Sabía que tenían que hablar de cuanto había ocurrido, pero había dado por sentado que los Stirling estaban ocupados con sus asuntos después del ajetreo del baile.

Miró hacia atrás rápidamente, temerosa de que el bandido la hubiera seguido. No pudo evitar que su corazón se acelerara. Temía que Brian Stirling lo sorprendiera allí. Pero no había ni rastro de él.

Ally confió en tener un aspecto presentable cuando echó a andar otra vez hacia la casa. Todavía llevaba el periódico en la mano y se dio cuenta de que había olvidado su cuaderno de dibujo. Lamentó haberse marchado tan atolondradamente y pensó en regresar. Acababa de darse la vuelta cuando la puerta de la casita se abrió.

Era Kat.
—¿Ally?
No había tiempo de volver corriendo. Ally se metió el

periódico en el bolsillo, se alisó la falda y regresó por el camino que llevaba a la casa.

—Kat —dijo con alegría—. He visto que estaba aquí el carruaje de los Stirling.

—Sí, he venido con Camille. Iba a empezar a rastrear el bosque en tu busca. Hemos venido a buscarte para llevarte a almorzar.

—¿A almorzar?

—Sí, será un almuerzo algo tardío. Ha habido cierto revuelo, alguien en el museo quería que Brian hablara en una pequeña inauguración y todas esas cosas —dijo Kat—. Camille se ha empeñado en que vayamos y comamos luego en la cafetería del museo.

—Es una idea encantadora. Adoro el museo.

—Todos lo adoramos... y acaban de decorar la cafetería con varios sarcófagos recién catalogados. Es un sitio precioso para quedar.

—Y para hablar, espero.

—Oh, sí, por supuesto.

—Tenemos que hablar —insistió Ally suavemente.

—Es un lugar maravilloso para que os conozcáis —dijo Kat alegremente.

—¿Para que nos conozcamos? ¿Quiénes? —preguntó Ally.

—Tu prometido y tú, querida. Mark, el hijo del conde de Warren. Te va a encantar. Es muy guapo y terriblemente culto —sacudió la cabeza—. Y también, por lo general, muy responsable en todos los sentidos. Pero, si era cuestión de estado, era cuestión de estado, y sé que Joseph no es de los que mienten, ni siquiera por su propio hijo. Aunque lo de hoy no será como conocerse en un baile mágico, también tendrá su encanto.

¿Su encanto? Ally experimentó un instante de pánico. Hizo una mueca y abrió la boca. Podía empezar con Kat, decirle que no podía casarse con un desconocido. Sin duda lo entenderían. Pero, antes de que pudiera hablar, la puerta de abrió de golpe. Brian Stirling salió llevando el periódico del día.

–¡Basura! –rugió, enojado–. Este artículo escrito por Giles Brandon...Y, sin embargo, ese tipo tenía labia. Conseguirá convencer a los que no se dan cuenta de que, aunque no estén de acuerdo con la política del gobierno, no pueden culpar a la reina de asesinato.

–Hay otro artículo –dijo Ally, olvidando que se suponía que no había visto el periódico.

Por suerte, Brian no pareció notarlo. Estaba ensimismado, pensando en la situación.

–Sí, un intento muy valiente, un buen artículo de ese tal A. Anónimo. Rezo por que nadie descubra quién es.

Ally respiró hondo.

–¿Y eso por qué? –preguntó.

Y él repitió las mismas palabras que un rato antes había pronunciado el bandido.

–¡Porque sería hombre muerto!

Temiendo que el bandido volviera a asaltarles, Brian Stirling no quiso viajar dentro del carruaje y prefirió sentarse en el pescante, junto a Shelby. Hunter iba a caballo tras el coche, vigilando el camino.

Las tías se excusaron otra vez y prometieron acompañarlos unos días después, cuando fueran a pasar una jornada atendiendo a los niños de la misión de lady Maggie en el East End. Había discutido enérgicamente con ellas, al igual que lady Camille, que podía ser extremadamente persuasiva. Pero ellas insistieron en que no tenían previsto salir y ¡santo Dios!, ¿cómo iban a prepararse sin previo aviso?

En el carruaje, Ally se acordó de otro suceso enojoso.

—Camille, ¿qué ha sido de Eleanor Brandon? ¿Dónde está? Pobre mujer. ¿No tiene parientes? Apenas acababan de encontrar el cuerpo de su marido y se fue al castillo con su cochero porque no encontró otro modo de aliviar su dolor.

Camille suspiró suavemente.

—A la mañana siguiente estaba mucho mejor. Debió de ser horrible para ella llegar a casa y descubrir que su marido estaba en el depósito de cadáveres. Ha pasado una semana, pero no creo que le entreguen su cuerpo hasta dentro de unos días. Shelby la llevó a casa el domingo por la mañana y habló con el ama de llaves, que prometió quedarse con ella todo el tiempo de allí en adelante.

—Me da pena esa pobre mujer —murmuró Ally.

—¿Y no te asusta su maldición? —preguntó Kat.

—No, claro que no —contestó Ally. Pero vaciló y miró por la ventanilla. Casi se había olvidado de la maldición, pero ahora, a pesar de sí misma, sintió un escalofrío. Llena de impaciencia, se obligó a dejar de pensar en maldiciones. Tenía que hacerlo, porque aquélla era su oportunidad.

Estaba a solas en el carruaje con Camille y Kat. Era el momento perfecto para explicarles que, aunque agradecía sinceramente sus desvelos, no quería casarse. Ni siquiera con un noble cuyo padre era encantador. Era hora de decirles que les agradecía los muchos preceptores y lecciones que le habían permitido aprender tantas cosas, pero que había descubierto su vocación y que, ahora más que nunca, estaba segura de que podía valerse por sí sola.

Pero, ¿cómo iba a decírselo cuando un bandido y un lord habían expresado la misma opinión acerca de A. Anónimo?

Respiró hondo. Tal vez no hiciera falta que supieran toda la verdad, sino sólo que le parecía arcaico acceder a un matrimonio pactado.

—Camille, Kat... —comenzó a decir.

Parecía que estaban destinadas a ser interrumpidas. Antes de que Ally pudiera hablar, el carruaje se zarandeó y comenzó a aminorar la marcha.

—El pueblo —dijo Kat.

—Otra protesta —añadió Camille.

—Claro. El periódico contaba muchas cosas sobre el asesinato —dijo Kat.

—Y ese artículo de Giles Brandon, acusando a la Corona... —dijo Camille.

—Por desgracia, es cierto que ese hombre tenía un talento asombroso para la escritura —murmuró Kat.

—Sí, pero... ¡Oh, la gente sencillamente no piensa! —dijo Camille.

—Pero el otro día había otro artículo en el periódico —dijo Ally—. Y hoy había otro que acusaba a los que se dejan persuadir estúpidamente sin escudriñar los hechos.

—¿Lo has leído? —preguntó Kat—. Creía que el periódico acababa de llegar cuando nos fuimos.

—He visto los titulares —contestó Ally rápidamente.

—Brian estaba muy disgustado —dijo Camille, distraída.

—¡Esto es ridículo! ¡Mirad toda esa gente! Y éste es un pueblo pequeño.

Ally apartó la cortina de la ventanilla y se sintió desalentada. Se había reunido allí una multitud aún mayor que el día anterior. Había mucha gente para ser un pueblo tan pequeño. Pero habían pasado casi seis semanas desde el primer asesinato, dos desde el segundo y una desde el tercero, y la policía seguía buscando desesperadamente al asesino. A juzgar por la cantidad de gente que había allí, Ally supuso que aquella manifestación había sido organizada y que había llegado gente de los alrededores. Angus estaba otra vez ante la puerta del edificio de ladrillo que albergaba el juzgado y la oficina del magistrado local. Gritaba, enfurecido, cuando un tomate voló hacia él.

El carruaje se detuvo.

Brian Stirling saltó del pescante y, acompañado por Hunter, se acercó a la puerta del edificio. Antes de que llegaran a su destino, otro hombre apareció junto a Angus.

—¡Ya basta! ¿Es que habéis perdido el juicio? —preguntó.

Era alto y joven, y se mantenía muy erguido. Tenía el cabello oscuro y un rostro de rasgos fuertes, la mandíbula cuadrada, pómulos altos y bien esculpidos y unos ojos que parecían juzgar y llamear y que parecieron aplacar al gentío.

—¡Señor! —gritó alguien con voz algo temblorosa—, ¿es que no se da cuenta de que hay que hacer algo? No hay ni una sola pista, nada. La policía consiente esos asesinatos.

—La policía no consiente tal cosa. Hay unidades especiales buscando afanosamente la verdad, día tras día. Y la averiguarán. ¿Leen los periódicos? ¿Acaso no ven lo que hay entre líneas? —preguntó—. Están siendo manipulados. ¡Somos británicos, maldita sea! Todos tenemos derecho a nuestras creencias políticas, a hablar, a sentir y pensar como prefiramos. Estamos a punto de entrar en un nuevo siglo que sin duda será glorioso, y cada día estamos haciendo la vida mejor, gracias a la inventiva y el progreso técnico de los británicos. Pero ahí fuera hay gente que no quiere que opinen ustedes libremente. Santo Dios, miren a su reina. Miren cómo ha luchado por el progreso de su pueblo. No intento decirles que deben o no apoyar a la monarquía. Les digo que usen la cabeza. Sí, ha habido otro asesinato, y es terrible. Pero hoy hay un artículo que advierte de que alguien quiere que lleguemos a conclusiones precipitadas para dañar a la policía. Lean ese artículo, que está tan lleno de inteligencia que los editores han creído conveniente sacarlo en primera página. ¿Acaso no es probable que los asesinatos hayan sido cometidos con toda frialdad para crear mártires para la causa? ¿Qué mejor modo de manipular a la gente? Piénsenlo. Miren en todas direcciones. No se dejen guiar como un rebaño de ovejas. ¡Usen su inteligencia, su derecho a formarse su propia opinión!

Un silencio siguió a este poderoso discurso. Después, pareció que el gentío comenzaba a fundirse. Un hombre que había junto al carruaje bajó su pancarta. Se elevaron murmullos. Algunos seguían argumentando que la reina tenía que estar detrás de los asesinatos, pero otros les replicaron y hubo algunos que dijeron que estaban hartos de perder horas de trabajo. Alguien dijo con claridad:

—Yo no lo creo. Y tampoco creí que la reina estuviera

detrás de los asesinatos de Jack el Destripador. Es cierto, nos están manipulando, nos dirigen como si fuéramos un rebaño de ovejas.

—No permitan que los utilicen —dijo Brian, que acababa de llegar a la escalinata.

—Lord Stirling —masculló alguien.

—Tal y como mi querido amigo ha dicho, vivan sus vidas y usen su razón. Somos hombres pensantes... y mujeres. Protesten, si quieren, pero piensen con claridad y contemplen todas las posibilidades antes de lanzar acusaciones venenosas —añadió.

La multitud seguía dispersándose.

—Bueno, ¿qué te parece? —Camille se inclinó hacia delante y tocó a Ally en la rodilla.

—Creo que han apaciguado muy bien a la multitud —dijo. Y, a pesar del miedo que habían suscitado en ella las palabras del bandido y de lord Stirling, se sentía orgullosa. Aquel hombre había dicho a la gente que leyera el artículo de A. Anónimo—. ¿Quién es ese hombre?

Camille miró a Kat, y Kat sonrió y se encogió de hombros.

—Tu prometido, querida. Ése es sir Mark Farrow.

—¿Sir...?

—Se le concedió ese título por sus servicios en Sudáfrica —explicó Camille—. Ah, ahí está, ¿lo ves? Su padre lo espera en el carruaje, allí.

Ally volvió a mirar por la ventanilla. No podía ver a Mark Farrow. Él, Brian, Hunter y su padre estaban hablando. Mientras los observaba, se separaron y regresaron a sus respectivos carruajes.

—Creía que estaban en la ciudad —le dijo Camille a Kat. Ally dejó caer la cortina y volvió a fijar la atención en sus compañeras.

—Debían de estar en el pabellón de caza de lord Farrow. Su finca linda con la vuestra, ¿no? —preguntó Kat.

—Sí, eso creo. No tenemos vallas, por supuesto. La verdad es que no sé dónde acaban nuestras tierras y empiezan las de lord Farrow.

Alguien llamó a la ventanilla. Ally dio un respingo y apartó la cortina.

—¿Estáis bien? —preguntó Brian Stirling.

—Claro, amor mío —dijo Camille.

Brian sonrió. Luego volvió a ocupar su asiento junto a Shelby mientras Hunter montaba a caballo. El carruaje se puso en marcha y reemprendieron su viaje.

—Bueno, Ally —dijo Kat con una sonrisa pícara—, ¿qué opinas? ¿No es atractivo?

—¿Te refieres a Mark Farrow? —preguntó ella.

—Claro —dijo Camille. La miraban ambas como gatos satisfechos.

—Parece... una persona de valía —dijo Ally.

—¿Eso es todo? —rió Kat.

—Todavía no lo conozco —les recordó Ally.

—Pero vas a conocerlo —repuso Camille.

—Es muy guapo —le dijo Kat—. Claro, que para mí no hay nadie más guapo y encantador que Hunter, pero...

—Mark es más joven, más apropiado para Ally —le recordó Ally.

Volvieron a mirarla ambas con aquella sonrisa felina. «Ahora o nunca».

—Parece un orador excelente. Y un hombre inteligente. Lee el periódico y presta atención a lo que debe —comenzó a decir—. Pero...

—¿Pero? —preguntó Camille con el ceño fruncido.

Ally sacudió la cabeza.

—Yo...

—Ally, Mark Farrow va a ser una de las voces más prominentes de este país —le dijo Camille con suavidad.

—Y no es ningún dandy que espera que otros se esfuercen por él. No vive encerrado en una torre de marfil, ni utiliza su posición para evitar hacer algo con su vida —añadió Kat.

—Brian y lord Farrow son amigos desde hace siglos —dijo Camille—. Y Brian sabía que el hijo de lord Farrow sería un hombre responsable y digno de toda confianza. Incluso de niño, Mark tenía un agudo sentido del honor y la dignidad.

Ally deseó preguntar si ella se había enamorado de Brian Stirling por aquellos rasgos de carácter tan desprovistos de pasión.

—Por favor, Camille —dijo en voz baja—, sé que Brian y tú habéis pensado mucho en mi bienestar, sobre todo teniendo en cuenta que tenéis vuestra propia familia y que yo sólo era una niña que un párroco confió a Maggie y Jamie. Nunca podré agradecéroslo bastante a todos y...

—¿Agradecérnoslo? —Camille parecía perpleja.

—¿Agradecérnoslo? —repitió Kat.

—No necesitamos que nos des las gracias —dijo Camille.

—¡Te queremos! —le aseguró Kat—. Has llegado a ser todo lo que uno espera que sea su hija.

—Por eso será una unión perfecta —añadió Camille.

—Estoy segura de que Mark Farrow es un hombre maravilloso... —comenzó a decir Ally, consciente de que en su voz empezaba a insinuarse un deje de irritación.

—Espera. No lo conoces. Puede que te asombre descubrir que es, en efecto, perfecto. No lo sabrás hasta que no lo conozcas —dijo Camille.

—Es sólo que... yo pensaba labrarme una carrera —logró decir Ally al fin.

—¿Una carrera? —preguntó Camille.

Ally tuvo que sonreír.

—Kat tiene una carrera. Es artista. Tú, Camille, eres egiptóloga. Yo también quería tener una profesión. Porque —añadió apresuradamente— he tenido el privilegio de que os hayáis preocupado por mi educación durante todos estos años. Siempre he querido ser como vosotras cuando fuera mayor.

Las dos la miraron con pasmo.

—Pero yo estoy casada con lord Stirling —dijo Camille al fin.

—Y, si no fuera por Hunter, yo no podría pintar —añadió Kat.

—Te subestimas, Kat —contestó Ally con suavidad—. Tu talento habría salido a la luz. Creo que no habrías podido evitarlo.

La miraron de nuevo con estupor. Por fin Camille preguntó:

—¿En qué profesión pensabas?

—Deseo escribir.

—Escribir —repitió Kat. Miró a Camille—. Pero puede escribir estando casada —miró otra vez a Ally—. Muchas mujeres escriben diarios...

—No me refiero a un diario. Quiero ver mi obra publicada.

Volvieron a mirarla fijamente.

—Aun así —dijo Camille, dirigiéndose de nuevo a Kat—, una mujer casada puede publicar su trabajo.

—Sí, desde luego —repuso Kat—. Se suele escribir delante de una mesa.

—O encima de una roca —murmuró Ally.

—¿Cómo dices? —preguntó Camille.

—Es un trabajo que suele hacerse en casa —añadió Kat.

Las dos se recostaron en el asiento y sonrieron.

—No hay razón para que no funcione —dijo Camille.

—Ninguna en absoluto —convino Kat.

—Decís que Mark Farrow llegará a ser un hombre poderoso —dijo Ally—. Es un hombre poderoso —puntualizó al recordar cómo había hablado—. Tales hombres a menudo no quieren que a su esposa le interese (o, mejor dicho, le apasione) perseguir sus propias metas.

Camille se inclinó hacia delante.

—No vivimos en la Edad Media. Nadie te llevará a rastras al altar ni te obligará a casarte. Pero Ally... —hizo una pausa. Parecía inquieta—, en estos momentos parece más evidente que nunca que debes tener a un hombre como Mark a tu lado.

—¿Disculpa? —dijo Ally.

Camille miró a Kat con nerviosismo, y Ally tuvo la clara sensación de que le estaban ocultando algo. Y de que no iban a decírselo.

—Estamos en la época del Imperio —dijo Kat con ligereza.

—Pero aun así es un mundo peligroso —añadió Camille sencillamente.

—¿De qué estáis hablando? —preguntó Ally.

—¿No quieres... en fin, todas las cosas que suele querer una joven? —preguntó Kat con suavidad.

—¿Un hogar, un marido... hijos? —prosiguió Camille.

Ally titubeó y luego contestó cuidadosamente:

—Puede que esto os suene bastante extraño, pero, como os decía antes, he aprendido de mujeres increíbles. El amor es importante. Y el respetarse a una misma. Siento... siento que tengo talento para... crear algo importante por mí misma. En cuanto a lo demás, quiero lo que vosotras tenéis. Quiero amar, como amáis vosotras. Y quiero un marido que me mire como Brian te mira a ti, Camille, o como Hunter te mira a ti, Kat, y como lord Jamie mira a Maggie.

Las dos guardaron silencio. Luego Camille dijo:

—Pero, verás, no fue siempre así. Nosotros nos enamoramos.

—Y sin duda tú te enamorarás de Mark —le aseguró Kat—. Yo fui una idiota. Tenía a Hunter delante de mí y, sin embargo, me dejé cegar por alguien que luego me di cuenta de que me habría decepcionado al cabo de unas semanas. El amor no siempre surge de repente. A veces empieza lentamente... con una palabra, con una idea... con una sensación que te estremece.

Ally vaciló. Había sentido la sensación estremecedora de la que hablaba Kat...

Por el bandido. Pero no podía enamorarse de un delincuente.

—Tienes que conocer a Mark, por lo menos —le suplicó Camille.

—Por supuesto —dijo Ally, y sintió el peso del anillo que llevaba en el dedo—. Pero creo que debo hablarles de mis planes a Brian, a Jamie y a Hunter.

—¡No! —exclamó Kat.

—No, por favor. Aún no —suplicó Camille—. No hagas nada hasta que al menos hayas hablado con Mark. Lo único que te pedimos es que le des una oportunidad. Por favor.

—Como queráis —murmuró Ally. Aquello no le agradaba, pero al menos había expresado su opinión.

Sí, conocería a Mark Farrow, el futuro conde de Warren. Pero no pensaba renunciar a sus sueños.

Mark oyó el suave gruñido de su padre en cuanto subieron la escalinata del museo.

Y entonces comprendió el porqué de aquel gruñido.

Ian Douglas estaba al otro lado de la puerta, esperándolos.

—¿Ahora? —dijo Joseph, malhumorado.

Ian se sonrojó y dijo en voz baja:

—Discúlpeme, lord Warren. Si este asunto no fuera de suma importancia... Pero el jefe ha estado con el primer ministro y cree que debemos hablar inmediatamente con Eleanor Brandon y con su ama de llaves.

—Hay un sinfín de alguaciles y policías que pueden ocuparse de esta crisis —le recordó Joseph.

Ian arrastró los pies, incómodo, y miró a su alrededor antes de volver a hablar.

—Lo lamento mucho, lord Farrow. Al parecer, la reina en persona ha requerido la intervención de otra persona...

—La intervención de mi hijo, que está aquí para conocer a su prometida, una joven a la que no pudo conocer la semana pasada, en su propia fiesta de compromiso.

—Padre, creo que teníamos que ver la exposición antes de comer —dijo Mark—. Debo acompañar a Ian, pero seguramente podré hacerlo y volver a tiempo para cenar.

Lord Farrow miró a Ian con el ceño fruncido.

—Debe estar de vuelta a tiempo para el postre y el café.

—Sí, milord —dijo Ian, y tragó saliva—. Tengo unos caballos esperando. Será más rápido que ir en coche con este tráfico —añadió.

—Volveré, padre.

Mark se volvió y se alejó con Ian. Los aguardaban unos hermosos caballos de la policía cuyas riendas sujetaba un agente. A caballo, llegaron rápidamente a la casa en la que había sido asesinado Giles Brandon. Había pasado algún tiempo, pero seguía habiendo policías delante del edificio. Mark, sin embargo, no lo consideraba necesario. El asesino ya había cumplido su misión allí.

Eleanor no corría peligro.

El ama de llaves abrió la puerta. Era una mujer huesuda, de grandes ojos marrones y cara esquelética.

—¿Hattie Simmons? —dijo Ian con una sonrisa amable, tendiéndole la mano. Ella no estaba probablemente acostumbrada a tales muestras de cortesía, porque se quedó mirando a Ian unos segundos antes de aceptar el saludo. Ian se dispuso a presentarle a Mark, pero éste sacudió la cabeza y le ofreció también la mano a la mujer—. Mark, la señorita Simmons —dijo Ian.

—La señora Brandon los espera en el salón —dijo Hattie.

—¿Podríamos tomar un té, por casualidad? —preguntó Mark.

Ian frunció el ceño y luego se dio cuenta de lo que se proponía.

—Yo iré a ver a la señora Brandon. Quizá tú puedas ayudar a Hattie con el té —dijo.

—Será un placer —repuso Mark.

—Soy el ama de llaves. Es mi deber preparar el té —dijo Hattie.

—Yo solía ayudar a mi madre con el té —contestó Mark—. Me gusta hacerlo. Por favor, déjeme echarle una mano.

Ella no contestó, ni dio muestra alguna de emoción. Sencillamente, se dio la vuelta y echó a andar hacia la cocina. Mark miró a Ian encogiéndose de hombros y la siguió.

En la cocina, Hattie puso una pesada tetera sobre el fogón. Mark vio una bandeja de servir y la colocó sobre la mesa antes de tomar asiento. Hattie buscó en una panera bollos o magdalenas, cualquier cosa que sirviera, pensó él. Ni ella ni Eleanor Brandon parecían mujeres que se acordaran de comer a menos que alguien insistiera.

—Hattie... ¿puedo llamarla Hattie?

—Es como me llama todo el mundo —contestó la mujer agriamente.

—Hattie, lamento sacar esto a relucir, pero sabe que debemos hablar, ¿no es cierto? —ella asintió severamente, con los labios fruncidos—. Quiero asegurarme de que lo entiendo todo bien, así que voy a decirle lo que me han contado. Usted pasó fuera esa noche porque el señor Brandon quería que la casa estuviera vacía. Quería completo silencio e intimidad mientras trabajaba.

Ella volvió a asentir.

—Ya se lo he contado todo a los otros policías.

—Yo no soy policía, en realidad, Hattie. Quiero escuchar todo lo que tengas que decir y ver si hay algo que no hayamos hecho para resolver estos terribles crímenes —ella ladeó la cabeza y se encogió de hombros—. Por la mañana, cuando volvió, ¿la casa estaba cerrada con llave?

—La verja y la casa —contestó Hattie.

—Esas magdalenas tienen una pinta deliciosa —dijo Mark—. ¿Puedo?

Ella podía ser flaca como una yegua famélica, pero al parecer se enorgullecía de sus dulces.

—Tienen ya dos días, señor. Ojalá pudiera ofrecerle algo recién hecho —dijo, y le puso una magdalena en un plato.

—Estoy seguro de que sus magdalenas de dos días son muy superiores a muchas otras recién hechas —le aseguró él. Dio un mordisco y añadió—: Y tengo razón. Está deliciosa.

Hattie se sonrojó, a pesar de su palidez.

—Gracias.

—Está bien, Hattie, entonces regresó a casa después de pasar la noche fuera... ¿Dónde estuvo, por cierto?

—Me quedé con mi amiga Maude. Es el ama de llaves de los Perry, que viven calle abajo. Pero Maude tiene su propia habitación, con una entrada particular.

Él asintió con la cabeza y pensó que tenía que hablar con Maude y con los Perry, sólo para verificar lo que Hattie acababa de contarle.

—Entonces llegó a casa y se puso a trajinar en la cocina —dijo.

—Sí. No oí al señor Brandon. Sabía que tarde o temprano empezaría a pedir a voces su té. Pero siempre intento no molestarlo primero.

—Comprendo —ella lo miró y él hizo alarde de saborear su magdalena—. Hattie, ¿a qué hora subió al despacho del señor Brandon?

—A eso de las nueve, creo.

—¿Estaba cerrada con llave la puerta del despacho?

—Sí, como siempre —titubeó, lo miró y luego comenzó

a ofrecerle información–. Al principio, no quería llamar. Así que me fui. Pero luego... –titubeó otra vez. Su cara comenzó a fruncirse–. Volví y llamé. Y él no gritó. Llamé más fuerte, una y otra vez. Y él no contestaba. Así que bajé por mis llaves.

–Dice que bajó por sus llaves. ¿Dónde las guardaba?

Ella señaló con el dedo. Las llaves estaban en una anilla que colgaba de un perchero, junto a la puerta de atrás.

–Entonces, tomó las llaves y subió.

–Sí. Llamé otra vez. Grité su nombre. Luego abrí la puerta –su rostro delató el horror que debió sentir en ese momento–. Había tanta sangre... –dijo débilmente.

–¿Comprendió usted que estaba muerto?

–¡Oh, sí!

–¿Lo tocó?

Ella sacudió la cabeza.

–No. No necesité tocarlo –lo miró fijamente–. Y a usted tampoco le habría hecho falta. También se habría dado cuenta de que estaba muerto. Yo no podría haberlo salvado de ningún modo. Eso... era evidente.

–¿Qué pasó entonces?

Ella tragó saliva con dificultad.

–Salí corriendo. Corrí todo el camino hasta la comisaría de policía. Y un agente vino conmigo... pero yo no volví a subir. No... no pude. No podía... quedarme en la casa.

–¿Qué hizo?

–Volví donde Maude.

–¿La acompañó algún agente de policía?

Ella asintió vagamente con la cabeza. Luego clavó la mirada en él.

–Sólo he vuelto esta mañana por la señora Brandon. Ella me necesita. Es una buena mujer, una mujer generosa –se quedó callada un momento, pero luego dijo a borbotones–: Una mujer buena de verdad –se santiguó–. Bien sabe Dios que nadie se merece lo que le ha pasado al señor Brandon, pero... ella tampoco se merecía la vida que le daba él.

—¿No se llevaban bien?

Hattie dejó escapar un sollozo.

—No puedo decir que no se llevaran bien. No se peleaban. Él gritaba. Ella guardaba silencio. Él daba órdenes. Ella obedecía. Y eso era todo —Hattie sonrió—. Esta casa es de ella, ¿sabe usted? Él pudo dedicarse a escribir porque ella tenía dinero. La señora Brandon no es tan mayor. Pero lo parece. Él la tiraba por los suelos, siempre despotricando y quejándose. La había convencido de que era un dios y de que era una privilegiada por estar en la misma habitación que él.

Saltaba a la vista que Hattie no sentía ningún afecto por Giles Brandon. Daba la impresión de que, aunque el dinero fuera de la señora Brandon, era Giles quien lo controlaba. Al mirar a Hattie, Mark se convenció de que no era ella quien había asesinado a Brandon. Pero, pese a lo delgada que estaba, se notaba que tenía una fortaleza de acero. Mark no sospechaba de ella, pero tampoco quería descartarla.

—Hattie, cuando sale durante el día a la compra o a hacer algún recado, ¿se lleva las llaves? —preguntó.

—Sí. Bueno, no, si está la señora Brandon. Si ella está en casa, no hace falta que vaya cargada con ese manojo de llaves. Ella puede abrirme.

—¿Quién más viene a esta casa, aparte de usted, por supuesto, y de la señora Brandon?

—¿Bromea usted, señor?

—No, Hattie. Hablo muy en serio.

—No sabría por dónde empezar —contestó el ama de llaves—. Aquí viene toda clase de gente. A veces, el señor Brandon celebraba reuniones en casa. No sólo escribía contra la monarquía, ¿sabe usted? Se relacionaba con personas que se proponían derribar a la Corona inmediatamente.

—¿Qué le parecía a usted todo eso, Hattie? —preguntó él.

Ella levantó las manos. Tenía una mirada divertida y cansina.

—¿A mí y a los de mi clase qué nos importa, pase lo que pase? Una mujer como yo... En fin, siempre habrá un nuevo señor. Yo trabajo. Sobrevivo. A mí no me importa quién esté en lo alto de la lista. Yo siempre estaré abajo.

Mark no supo qué responder.

—Es usted una buena ama de llaves, Hattie. Y ése es un talento excelente.

Ella bajó los ojos.

—Gracias —dijo, azorada. Luego se encogió de hombros—. La señora Brandon es... En fin, yo cuidaré de ella.

—Muy bien, Hattie —dijo Mark, y le apretó las manos—. Muy bien. Y recuerde lo que he dicho: es usted una mujer de talento.

Ella sonrió y, justo en ese momento, el agua empezó a hervir.

El museo estaba lleno de gente. La nueva exposición acababa de inaugurarse y Camille había decidido que aquél no sería un día dedicado sólo a la flor y nata de la sociedad. Las puertas se habían abierto al público en general.

—El salón de té está abajo —dijo Camille cuando entraron—. Deberíamos charlar un rato con la gente y comer dentro de una hora, más o menos.

—Perfecto —dijo Ally—. Me muero de ganas de ver la exposición —estaba mintiendo, pero no tenía elección.

—Ah, ahí están Maggie y Jamie, hablando con lord Joseph Farrow. No veo a Mark. Qué raro. Puede que ya esté en las salas de exposición –dijo Camille, y echó a andar hacia el grupo.

–Ven, Ally –dijo Kat, y siguió a Camille.

Pero Ally vaciló. A pesar de la distancia, oyó que lord Farrow decía:

–Ha tenido que salir un momento. Me temo que llegará tarde. Pero vendrá.

¿Cómo que iría? A pesar de sí misma, Ally sintió una punzada de enojo. Así que el maravilloso Mark Farrow tampoco tenía tiempo ese día para conocer a su prometida. Era insultante.

Pero Ally no quería pararse a pensar en eso. Quería aprovechar el tiempo. Se aseguró de que sus padrinos estaban enfrascados en su conversación con lord Farrow, avanzó discretamente pegada a la pared, regresó a la puerta y salió. No echó a correr para no llamar la atención, pero bajó rápidamente la escalinata que llevaba a la calle.

Había estado muchas veces en el museo y conocía bien las calles de los alrededores. No tuvo que parar un coche. Llegaría a su destino mucho antes si iba a pie. La ciudad era, como siempre, un hormiguero. Avanzó rápidamente, abriéndose paso entre obreros, hombres de negocios, carruajes, carretillas y automóviles.

Mientras caminaba, lamentó haber olvidado su cuaderno de dibujo junto al riachuelo. Había escrito en él algunas piezas excelentes, pero se sentía también muy orgullosa del artículo que llevaba en el bolsillo de la falda. Esa mañana, al ver a su prometido a la puerta de la oficina del magistrado local, se había convencido de que no se equivocaba respecto a la importancia de lo que estaba haciendo. A veces temía que le faltara talento. Pero, aunque estaba segura de que aún le quedaba mucho por aprender, ahora estaba convencida de que era necesario que siguiera publicando sus artículos. Gracias a aquel almuerzo, podría enviarlo directamente desde la ciudad, en lugar mandarlo por correo desde el pueblo. En realidad, tenía que agradecer a Mark Farrow su aparente desinterés. De haber estado él allí, ella no habría tenido ocasión de escapar del museo tan fácilmente.

Tuvo que reconocer ante sí misma que Farrow era un orador excelente. Poseía una voz poderosa, llena de calma y de convicción. Hablaba con sabiduría, desde el corazón, y tenía una presencia física que le permitía atraer la atención de la multitud. Quizá fuera un hombre decente, y no el hijo ocioso de un aristócrata rico.

Enfrascada en sus pensamientos, Ally no miró ni una sola vez atrás. La idea de que pudieran estar siguiéndola ni siquiera se le pasó por la cabeza.

Dobló la última esquina y vio la oficina de correos. Entró con la capucha de la capa echada sobre la cabeza, se puso en la cola y por fin se acercó al empleado del mostrador. Sacó la carta doblada de su bolsillo, pagó el envío y preguntó por el correo recibido a nombre de Olivia Cottage. Le entregaron un sobre, Ally dio las gracias al empleado y salió apresuradamente.

Se paró en un portal vacío y allí abrió el sobre. Vio maravillada que contenía un cheque. La cantidad distaba mucho de ser sustanciosa, pero para ella era motivo de asombro. A. Anónimo había publicado dos veces. Y le habían pagado. Dos veces. Eso significaba que ella podía cumplir un sueño. Experimentó una dulce sensación de triunfo y, por un instante, se permitió saborearla. Luego echó a andar otra vez.

Miró su reloj y se sobresaltó. Había estado fuera demasiado tiempo. Emprendió apresuradamente el regreso al museo, sin acordarse de mirar atrás.

Después del té, Ian y Mark cambiaron sus puestos.

Eleanor Brandon parecía estar en su sano juicio esa mañana, aunque falta de toda energía y emoción. Apenas había probado bocado y sólo bebió un sorbo de té.

—Eleanor —dijo Mark con suavidad—, ¿puede decirnos algo, lo que sea, que pueda ayudarnos de alguna manera?

Ella intentó concentrarse en él. Sonrió, pero su sonrisa era amarga.

—He contado mi historia una y otra vez. Pero he oído decir que la policía a veces le pide a usted que venga a hacer preguntas.

Él se encogió de hombros.

—Se me da bien escuchar, eso es todo. Intento encajar las piezas del rompecabezas.

Ella lo miró con escepticismo.

—Ya veo.

Mark se preguntó qué era lo que veía. Ella sonrió de pronto.

—Me preguntaron si mi marido y yo nos llevábamos bien. ¿Puede creérselo?

—Me temo, Eleanor, que muchos esposos han acabado muertos porque el amor y el odio están fuertemente unidos.

—¿Cree usted que yo podría haber hecho esto?

—No —contestó él.

—Entiendo. Entonces, ¿no va a preguntarme si Giles tenía enemigos? Porque los tenía, por supuesto. Enemigos ricos y poderosos... enemigos que protegían a la Corona.

—Eleanor, no puede hacer esas conjeturas —dijo él con voz suave.

Ella se rió con un sonido áspero y seco.

—¿Cree usted que pienso que Victoria en persona se bajó de su trono para venir a degollar a mi marido? No. ¿Creo que lo quería muerto? Sí. Naturalmente, los miembros de la familia real deseaban su muerte. ¿Son todos ellos tan refinados y tan píos? No —se inclinó hacia delante repentinamente—. Usted es joven. Quizá no se acuerde bien de los crímenes del Destripador. Se dijo que el príncipe Alberto estaba relacionado con ellos, que era una estratagema para impedir que la gente se enterara de que se había casado con una plebeya, con una católica. ¿Cómo sacar al príncipe de ese apuro? Pues matando a la pobre chica y a un montón de prostitutas para que pareciera la obra de un loco. ¡Son muy astutos!

—Eleanor, todo el mundo conoce esa historia, y no tiene sentido. La mujer con la que supuestamente tenía una relación era católica, sí, pero no era una prostituta. Trabajaba en una sastrería.

Eleanor sacudió una mano en el aire con impaciencia.

—Todas empiezan con un algún empleo decente en el East End. Y luego se convierten en prostitutas.

—Pero el Destripador mataba prostitutas mayores y tristes, no obreras.

—Mary Nelly no era mayor. Era joven. Y bonita, o eso dijeron.

—Y no había duda de que era prostituta.

—Creo que la policía sabía quién era el asesino —dijo ella con firmeza—. Igual que saben quién es el que está cometiendo estos crímenes.

—Eleanor...

—No me convencerá de que no ha sido la Corona quien ha matado a mi marido.

Él se recostó en la silla, convencido de que Eleanor lanzaría sus acusaciones a diestro y siniestro en cuanto se sintiera con fuerzas para volver a salir.

—Eleanor, ¿cómo puede pasar por alto el hecho de que su muerte lo convierte en un mártir de su causa? Y —añadió con suavidad— sabe usted perfectamente que la policía debe investigar todas las posibilidades, incluso... —se interrumpió y la miró con tristeza.

Ella clavó la mirada en él y dejó escapar un gemido de sorpresa.

—¿Todavía estoy bajo sospecha? —preguntó—. ¡Pero... yo no estaba aquí!

—La policía ha entrevistado a su hermana. Hay que comprobar todas las coartadas.

La expresión de Eleanor se endureció.

—Mi hermana y yo no nos llevamos bien, pero sé que no mentiría. Estuve con ella.

—Sí, confirmó que estuvo usted en su casa.

—No le hizo gracia que fuera. Y yo no habría ido, de no ser porque...

—Porque su marido la quería fuera de casa.

Ella se sonrojó y levantó la barbilla.

—Usted no entiende un genio como el de mi marido.

—Eleanor, lamento hablar mal de un hombre que acaba de morir, pero su genio conllevaba un toque de crueldad, y creo que usted lo sabe —ella apartó la mirada y a Mark le pareció que se ruborizaba ligeramente—. Eleanor, ¿dónde guarda las llaves de la casa? —preguntó.

Ella arrugó el ceño.

—A veces... a veces las guardo en mi bolso, y a veces en la cómoda de mi alcoba.

—¿Compartía la alcoba con su marido? —preguntó él con calma.

El rostro de Eleanor volvió a sonrojarse.

—Teníamos habitaciones separadas... lo cual no es nada raro —le informó—. Giles solía quedarse trabajando hasta tarde. Necesitaba libertad para ir y venir sin molestarme.

—Entonces, había veces en que cualquiera de la casa podía haber tenido acceso a sus llaves —ella se encogió de hombros—. Tengo entendido que su esposo recibía a menudo a un grupo que perseguía la caída de la monarquía.

—Sí.

—¿Recibían con frecuencia a personas leales a la reina?

—¡Nunca!

—Bien, Eleanor —dijo él con suavidad—, parece ser que la llave de esta casa fue robada y que quien la robó hizo una copia. Es probable que alguien se la llevara mientras estaba en la casa. Dado que no recibían a monárquicos... No le estoy diciendo qué debe creer. Sólo le sugiero que se lo piense largo y tendido —hizo una pausa y la miró a los ojos con expresión firme—. Y le doy mi palabra de que atraparemos al asesino de su esposo.

Ally temía que su respiración trabajosa la delatara, pero el guardia del museo se limitó a sonreír amablemente al verla entrar con un grupo de colegiales vestidos de uniforme. Se quedó un momento tras el grupo para recobrar el aliento. Entonces sintió que le tocaban el hombro y dio un respingo, sobresaltada. Al volverse vio a sir Andrew Harrington tras ella.

—Está aquí, señorita Grayson. Tenía entendido que había venido, pero la he buscado por todas partes y ya había perdido la esperanza de encontrarla. Temía no poder saludarla antes de que llegue por fin su prometido —echó a andar a su lado–. ¿Dónde ha estado? –preguntó–. Podría añadir «toda mi vida», pero sería un comentario patético.

Ella se echó a reír.

—Nos habíamos visto otras veces, ¿sabe?

—Ah, sí, pero usted era muy joven y ¿qué hombre se habría atrevido a enfrentarse a sus muchos guardianes? Hay muchos, aparte de mí, que pensaban que algún día llegaría el momento de demostrarle nuestra admiración. ¿Quién iba a pensar que sería presentada en sociedad y prometida en matrimonio en una misma noche?

Ally tuvo que sonreír. Andrew Harrington sólo pretendía halagarla, pero era un hombre atractivo y encantador, y Ally descubrió que le agradaban sus atenciones.

—Sir Harrington, estoy segura de que hay muchas jóvenes que se desmayan ante su sola presencia.

Él rió y se encogió de hombros.

—Bueno, quizá no ante mi sola presencia. Pero dejemos eso. ¿Ha visto la nueva momia? Le han quitado todas las vendas. Venga, se la enseñaré.

—¿No es hora de bajar al salón de té? –preguntó ella con cierta inquietud, y miró su reloj.

—Tenemos un minuto –contestó él.

Con una mano sobre su codo, Andrew Harrington la condujo a la sala siguiente. Ally notó enseguida que Thane Grier estaba apoyado contra la pared con la libreta en la mano. No parecía prestar atención a la exposición, sino más bien a la gente que había allí. Al verla entrar, se incorporó. Mientras se les acercaba, Ally se preguntó qué pensaba escribir.

—Señorita Grayson... –Andrew y ella se detuvieron. Grier se acercó y le tendió la mano–. Buenas tardes. Lamento interrumpir, pero su compromiso es noticia.

—¿Y eso por qué? –inquirió ella.

La sonrisa de Grier se hizo más amplia.

—Sin duda estará usted al corriente de que a Mark Farrow se lo considera...

—El mejor partido del reino, quitando a la realeza —añadió Andrew con sorna.

Ally frunció el ceño, pero Thane Grier se encogió de hombros, como si él no lo hubiera expresado de ese modo pero Andrew tuviera razón.

—No estoy segura de qué quiere que diga, señor Grier —murmuró.

—Bueno, si me permite preguntárselo, ¿qué opina de haber sido elegida entre todas las mujeres de Inglaterra para semejante honor? Será usted sin duda una novia muy bella, pero... no tiene título. En realidad, es usted huérfana.

Ella lo miró con fijeza, consciente de que Grier podía tergiversar cada una de sus palabras y de que era de pésimo gusto que le preguntara aquello. Pero Grier era periodista. No le preocupaba mostrarse grosero.

—Legalmente, el conde de Carlyle es mi tutor —contestó—. Estoy segura de que este compromiso responde a su amistad con lord Farrow.

—Aun así...

Grier buscaba algo. Un significado oculto. Pero, si había alguno, Ally no sabía cuál era.

—Lo siento, pero creo que le he dado la mejor respuesta que puedo —dijo—. Quizá debería hacer esa pregunta a lord Stirling o a lord Farrow. O al propio Mark Farrow.

—Lo he hecho, pero Mark Farrow aún no ha contestado.

—Entonces tendrá que esperar, ¿no?

—Mire, Grier —dijo Harrington—, una cosa es hacerle una pregunta a la señorita Grayson, y otra acosarla.

—Le pido disculpas —se apresuró a decir Grier.

—Y yo le diría más cosas, si pudiera —respondió Ally.

Lord Lionel Wittburg eligió ese instante para acercarse a ellos.

—Ah, ahí estás, Ally. Lady Camille te estaba buscando.
—Ahora mismo bajo al salón de té —dijo Ally.

Thane Grier inclinó la cabeza respetuosamente para saludar a lord Wittburg.

—Excelencia —dijo.

Wittburg le devolvió el saludo sin interés alguno.

—Periodistas —dijo, y añadió—: serán nuestra perdición.

Ally no estaba de acuerdo, pero dejó que Wittburg la acompañara. Tomaron las anchas escaleras de mármol para bajar a la planta inferior, donde estaba el salón de té, lleno ya de benefactores y personas corrientes.

—Lady Camille está en la mesa de honor y allí está tu sitio, junto a ella.

Ally le dio las gracias y cruzó la sala apresuradamente, consciente de que casi todo el mundo la observaba con curiosidad. Muchas jóvenes que habían debutado ese año la miraban fijamente, al igual que sus madres. Hasta ese momento, no se dio cuenta de que Mark Farrow era considerado, en efecto, *la crème de la crème*.

Sin embargo, el protagonista de la reunión seguía ausente. Sin duda todos los que la miraban eran conscientes de que, pese a su compromiso, asistía sola a aquella reunión.

Ally tomó asiento junto a Camille y notó que la silla de su derecha estaba vacía. Brian no estaba sentado al lado de Camille, sino al otro lado de la mesa, junto a lady Newburg, que, después de los Stirling, era probablemente la principal benefactora del museo.

—Siento llegar tarde —se disculpó Ally.

—No importa. Aún falta mucha gente por bajar —le dijo Camille, apretándole la mano. Lord Farrow estaba al otro lado de ella. Se inclinó y dijo:

—Estoy seguro de que mi hijo llegará en cualquier momento.

Pero Mark Farrow no llegó enseguida. Se sirvió una

ensalada de pepino y Brian se levantó para dar el discurso de bienvenida. Era un orador excelente, y la sala se llenó de risas y aplausos. A continuación se levantó para hablar el director de antigüedades, un hombre entrañable, pero poco elocuente. Ally se descubrió distraída.

Deseó estar sentada al lado de Kat, que estaba junto al escritor Arthur Conan Doyle, buen amigo suyo. Miró a su alrededor y vio a otras personalidades en la sala: escritores, hombres de estado, un actor al que había visto en escena, y una estrella de la ópera. Había también un fotógrafo y su ayudante que recorrían la sala con su pesado equipo.

La voz del director seguía sonando cuando se sirvió el plato principal de pescado blanco con salsa florentina. Después, se retiraron los platos. Se sirvió el postre, un pastel de albaricoque, y el director seguía hablando. Ally intentó fingir que prestaba atención. Miró a Camille cuando se sirvió el café y vio que sus ojos brillaban. Sin duda las dos estaban pensando lo mismo: si el director no acababa pronto su discurso, los benefactores empezarían a pedir que les devolvieran su dinero... y con intereses.

—Hola.

Aquel súbito susurro fue tan repentino que Ally estuvo a punto de gritar de sorpresa. Por suerte, se refrenó y se volvió.

Su prometido había llegado al fin. Apartó la silla que había junto a ella y ocupó su lugar. Ally vio que, de cerca, tenía un rostro muy hermoso cuyos rasgos parecían esculpidos. Sus hombros eran anchos y llenaban con elegancia la levita. El chaleco de brocado le sentaba bien, y sus pantalones marrones eran el último grito en moda de hombre. Sus ojos... eran inquietantes, de un azul vivo, con un cerco más oscuro. Había algo en él...

—Lo siento, discúlpeme. Me han retenido asuntos de trabajo —susurró—. Soy Mark Farrow.

Ella, que nunca se quedaba sin habla, no supo qué decir. Asintió con la cabeza y al fin dijo:

—Hola. Encantada.

Qué conversación tan ridícula. Estaba prometida con aquel hombre.

No, eso era lo ridículo.

La sala estalló de pronto en aplausos y el director se sonrojó, se inclinó en una reverencia y volvió a inclinarse. Pobre hombre. No se daba cuenta de que la gente aplaudía porque había acabado su discurso.

—Mark —dijo Camille, encantada—, por fin has llegado.

—Le pido disculpas. Tuve que atender un asunto muy urgente. La verdad es que fui uno de los primeros en llegar —prosiguió, y sonrió afectuosamente a su padre—. Me temo que vinieron a buscarme. Pero... señorita Grayson, quizá pueda enseñarle la nueva exposición.

—Sería un placer —dijo Ally.

Él sonrió, se levantó y apartó la silla de Ally.

—Si nos disculpan...

—Desde luego —murmuró Camille.

Ally se levantó, se echó la capa sobre el brazo y dejó que aquel desconocido al que estaba prometida la acompañara fuera del salón de té. Mark saludó con la mano a varias personas y habló con otras mientras pasaban entre las mesas. Al salir de la habitación les cegó un destello. El fotógrafo estaba haciendo su trabajo, pensó Ally con sorna. Thane Grier estaba allí también, tomando notas. Ofreció a Ally su sonrisa desganada de costumbre.

—¡Mark! —gritó alguien, y Mark se detuvo. Ally se sorprendió al ver que Arthur Conan Doyle se acercaba a ellos con una amplia sonrisa—. ¡Y querida Ally! —su bigote le hizo cosquillas en la mejilla cuando le dio un beso—. Me ha alegrado mucho lo que he oído, Mark. Te aseguro que algunos de estos tipos no ven la verdad aunque la tengan delante de las narices.

—Arthur, eres un hombre brillante —dijo Mark, y Ally decidió que su prometido le gustaba un poco, simplemente porque sus palabras parecían sinceras y ella también adoraba a Arthur Conan Doyle—. La verdad es que quería someter a tu juicio varios asuntos. ¿Tienes tiempo esta semana?

—Claro, concertaremos una cita.

—Será un placer.

—Felicidades a los dos —dijo el escritor y, con un rápido saludo, se alejó.

—¿Lo conoce bien? —preguntó Ally.

—No mejor que usted, por lo que parece —contestó él lacónicamente.

—Creo que es maravilloso.

—¿Es su escritor favorito?

Ella titubeó.

—Sí, aunque reconozco que también admiro mucho a Poe.

—¿De veras? Tiene un toque algo siniestro.

—Yo lo encuentro irresistible.

—A decir verdad, yo también. Y tuvo una vida muy triste.

Habían llegado a las escaleras. Ally sabía que alguien podía haber oído su conversación, y se alegró de que fuera tan irrelevante. Cuando llegaron a la planta de la exposición, se detuvo y miró hacia atrás. Ni el fotógrafo ni el periodista los habían seguido. Ally se desasió del brazo de Mark.

—¿Puedo hablarle con franqueza? —preguntó.

—Por favor.

—No tiene por qué pasar por esto.

—¿Disculpe?

—Tengo entendido, señor, que es usted, por decirlo así, la cúspide misma de la pirámide —murmuró ella. ¡Aquellos ojos! Era absurdo, ridículo. Tenía la sensación de haberlos visto antes. Y su contacto... Cobró conciencia entonces de lo que había estado pensando: que sus ojos eran increíblemente parecidos a los del bandido. Pero aquello era un disparate, se dijo. Sólo había visto al ladrón con antifaz. Aun así... aquellos eran sus ojos. Los dos eran de la misma altura y complexión. Y la voz...

No, era imposible.

—No entiendo qué está pasando. De hecho, no creo que haya una sola persona en Inglaterra que lo entienda. Por lo visto, su padre y lord Stirling (a quien adoro, por favor, no me malinterprete) llegaron a una especie de acuerdo medieval. Pero usted no debe sentirse obligado. No soy una huérfana pobre e indefensa. Soy muy capaz de valerme por mí misma.

—¿Se está negando a casarse conmigo? —preguntó él.

—No, no es que me nie...

—Bien. Venga, entonces. Vamos a ver la exposición —Mark echó a andar, pero ella no lo siguió. De pronto sintió miedo. Él se dio la vuelta, la tomó del brazo y tiró de ella—. Debe de ser usted muy versada en Egiptología.

—Algo sé —contestó Ally, intentando refrenar su temor y sus absurdas ideas—. He pasado muchas noches en el castillo, y su decoración es puramente egipcia. Y, naturalmente, también he pasado mucho tiempo en el estudio de Kat y... ¿Ha entendido usted algo de lo que le he dicho?

—¿Que no tengo que casarme con usted?

—Exacto.

—Le he preguntado si se estaba negando.

—No tenía intención de ofrecerle una negativa.

—Bien. Entonces, los planes para la boda seguirán adelante —Mark se alejó de nuevo. Se detuvo junto a una lápida de gran tamaño, cubierta de jeroglíficos—. ¿Puede leer esto?

—«El que esto pise se arriesga a la cólera de Isis» —leyó ella rápidamente—. Usted no sabe nada mí —le dijo.

Él se rió repentinamente.

–Lo sé todo sobre usted. Veamos... «Su cabello es como el oro, sus ojos rivalizan con el sol y su voz es la de una alondra». Palabras de lord Stirling, y ahora veo que no mentía.

–Gracias, eso es muy halagüeño, pero, aun así, no me conoce en realidad. Ni yo a usted.

–Soy el único hijo de lord Joseph Farrow, conde de Warren. ¿Hay algo más que necesite saber?

Ella arrugó el ceño. La pregunta era aguda... y molesta. ¿Creía acaso él que su título lo convertía en tan buen partido que nada más importaba? Se equivocaba. Ally ya lo conocía, y lamentaba haberse encontrado con él. Había sentido admiración por él al oírlo hablar, esa mañana. Le había creído un hombre reflexivo que querría oír lo que ella tuviera que decir. Pero ahora...

–La verdad es que ya he visto la exposición –mintió–. Ha sido un gran placer. Me alegro mucho de que por fin nos hayamos conocido –prosiguió, apilando una mentira tras otra. No sabía por qué se sentía tan ridículamente enfadada. Quizá porque él se parecía mucho a su bandido y había demostrado ser un asno con muchos humos.

Pasó a su lado sin importarle adónde se dirigía. En cuestión de segundos había escapado de él. En ese momento, eso era lo único que le importaba.

–¡Señorita Grayson!

Ella no lo oyó. No, sí lo había oído. Sencillamente, había preferido no hacerle caso. Mark hizo una mueca. Había sido un necio. Había intentado cambiar un poco su tono de voz. Se había dejado el pelo suelto. Había elegido su ropa para que se pareciera lo menos posible a las calzas de montar, las botas altas y la camisa blanca del ladrón.

Había querido ser un hombre distinto. Y, por lo visto, lo había conseguido. A ella le gustaba el bandido. Pero él no.

Frunció el ceño. Cuando estaba a punto de perderla de vista, vio que algo caía de su manto, que ella llevaba aún colgado del brazo. Corrió a recogerlo.

Era un sobre dirigido a Olivia Cottage, a una oficina de correos cercana. Sabía que debía encontrarla rápidamente para devolvérselo. Echó a andar tras ella con intención de hacerlo. Pero se detuvo.

Ella había decidido marcharse. Muy bien, que así fuera. Mark dio unos golpes al sobre, pensativo. ¿Olivia Cottage? Quizás el sobre ni siquiera fuera suyo. Tal vez lo hubiera arrastrado con el manto al salir de la sala.

Lo abrió y vio que contenía un cheque expedido por las oficinas de un diario a nombre de Olivia Cottage. Mark sacudió la cabeza. Nunca había oído aquel nombre, y creía conocer a todos los periodistas de la ciudad. Empezó a cruzar la sala, irritado por haberse marchado precipitadamente de casa de Giles Brandon para volver al museo.

Entonces se paró en seco.

A. Anónimo.

Olivia Cottage debía de ser el verdadero nombre de A. Anónimo, lo cual significaba que el articulista se encontraba en el museo, en alguna parte. Y si la persona equivocada hubiera encontrado el cheque...

Mark sacudió la cabeza cansinamente. Había que acabar con los asesinatos. Pero temía que el asesino volviera a golpear antes de que lo detuvieran.

Y A. Anónimo, u Olivia Cottage, era un objetivo prioritario para aquel fanático, que sin duda despreciaba al autor de aquellos artículos por ofrecer argumentos convincentes respecto a los verdaderos motivos del asesino.

La sala le pareció de pronto helada.

¿Y si Ally no había arrastrado el sobre por error?
¿Y si ella era A. Anónimo?

Thane Grier estaba sentado en la escalinata cuando Ally pasó por allí. Parecía cansado y triste. Levantó la mirada y, por un instante, sus ojos aparecieron desnudos y su rostro dejó traslucir una expresión melancólica.

Ally comprendió que él también había notado su mirada desilusionada y aturdida. Los dos se echaron a reír. Él dio unas palmadas sobre el escalón de piedra.

—Sé que no soy más que un pobre periodista, pero le ruego que se una a mí. Estoy seguro de que a veces le he parecido un fastidio, pero parece tener necesidad de escapar. Prometo no ponerme pesado.

Ella vaciló y luego se encogió de hombros. Alguien podía salir y verla en aquella situación tan poco propia de una dama, pero no le importaba. Se sentó a su lado.

—¿Qué ha pasado con su novio? —preguntó él, y luego levantó una mano y añadió rápidamente—: Perdone. He prometido no hacer preguntas.

—¿Por qué parece tan deprimido? —preguntó ella.

Él sacudió la cabeza y la miró.

—Por A. Anónimo —dijo.

—¿Cómo dice? —preguntó ella, asombrada.

—Se supone que soy un periodista famoso, pero he sido relegado a la segunda página por un columnista anónimo. Y no sólo una vez, sino dos. Y aquí me tiene hoy, informando para la página de ecos de sociedad.

Ella sonrió.

—Usted es un periodista que se enfrenta a los hechos con una mirada aguda y objetiva. Los editores tienen que ser justos. Sean cuales sean sus inclinaciones políticas, tenían que publicar un punto de vista que se opusiera al artículo de Giles Brandon, sobre todo teniendo en cuenta que la noticia de su asesinato iba en primera plana. Puede que alguien sensato decidiera que era un modo de impedir una guerra civil.

—Aquí nunca tendremos otra guerra civil —dijo él, indignado.

—Ya ha visto usted lo feas que pueden ponerse las cosas —le recordó ella.

—Sí, supongo que sí. ¿Y usted cómo lo sabe?

—Lo vi el día que mataron a Giles Brandon, y también esta mañana.

—¿Vio el artículo acerca de su compromiso? —preguntó él.

Ally se rió suavemente.

—La verdad es que no. No llegué hasta ahí.

—¿Lo ve? —preguntó él—. Pero sí leyó los artículos de opinión.

—Lo siento, es sólo que... Quiero decir que normalmente leo los periódicos de cabo a rabo.

—Creo que le habría gustado el artículo. Reconozco que comentaba el hecho de que su prometido no hubiera asistido a su propia fiesta de compromiso, pero también decía que debía de haber sido un día triste para él, puesto que yo nunca había visto una mujer que resplandeciera con tanta belleza exterior e interior.

—Eso es precioso. Gracias.

Él la observó con ojos curiosos.

—Perdóneme (y le aseguro que esto quedará entre nosotros), pero, ¿por qué acordaron ese compromiso?

Ally suspiró, exasperada.

—No le mentí. Si hay algo más aparte del hecho de que lord Stirling y lord Farrow son amigos, lo desconozco.

—¿No siente curiosidad?

—Tenía... otras cosas en la cabeza.

—¿Todavía le inquieta el asalto de ese bandido? —ella sonrió y sacudió la cabeza—. ¿Entonces...?

—La vida, supongo.

—¿La vida? Como si tuviera usted algo de que preocuparse en la vida. ¿Sabe usted lo que vale lord Farrow?

—¿Soy yo lord Farrow? No, no lo sé, ni me importa.

—Pero está destinada a casarse con su hijo.

—¿Destinada, dice usted? Mi destino no debería limitarse al matrimonio.

Él la miró con fijeza y luego se echó a reír.

—¿Va a convertirse en una sufragista?

Ella frunció el ceño.

—Las mujeres deben tener el derecho al voto. Piense que dos de nuestros monarcas con reinados más fructíferos han sido mujeres.

—Entonces, ¿va a rechazar a lord Farrow? ¿Piensa escapar del matrimonio?

—No es cuestión de rechazarlo —murmuró ella, inquieta.

—Ah...

—¿Qué significa eso?

—Le preocupa lord Stirling y lo que pueda pensar. Y hacer. Ha vivido usted toda su vida en sus tierras.

—Mis tías son mujeres muy capaces. De haber querido, podrían haber hecho una fortuna en cualquier ciudad grande. Son una modistas excelentes... —se interrumpió porque él había vuelto a reírse.

—Señorita Grayson, por favor, no hace falta que me eche un sermón. Nunca he visto a nadie trabajar tan duro como mi madre. Ella nos enseñaba, nos leía... Fue ella quien me enseñó a amar la palabra escrita. Nunca he conocido a nadie más digno de respeto. Era una mujer muy culta y con interés por la política —se quedó callado un momento—. Y ahora se ha ido. Pero logró ver mi primer artículo publicado.

—Me alegro mucho.

Él le sonrió.

—¿Sabe?, lo que escribí sobre usted no es suficiente. Es usted verdaderamente encantadora en todos los sentidos —le tendió la mano—. Si alguna vez un periodista en ciernes puede serle de ayuda, por favor, no dude en recurrir a mí.

Ella le estrechó la mano con firmeza.

—Gracias —le dijo, y luego se levantó e intentó alisarse las arrugas del vestido—. Y, si alguna vez necesita ayuda, avíseme.

—Si descubriera la identidad de A. Anónimo, me sería de gran utilidad.

Ella se encogió de hombros.

—Lo siento, pero si hay alguna otra cosa...

—Su tutor está en la puerta —dijo él, y se levantó rápidamente.

Ally se volvió. Brian Stirling y Camille salían en ese momento del museo, charlando con Maggie, Jamie, Kat y Hunter. Brian tenía el ceño fruncido, y Ally comprendió que estaba buscándola. Maggie fue quien primero la vio.

—¡Ah, ahí está! —dijo, y la saludó con la mano.

—Vaga, vaya —la instó Thane.

Ella se acercó y preguntó con suavidad:

—¿Me estabais buscando? Lo siento. Necesitaba salir a tomar un poco el aire.

—Claro, claro. Mark también te está buscando, querida —le dijo Maggie—. Va a llevarte a casa en el carruaje de su padre.

—Estupendo —respondió Ally.

Mientras hablaba, Mark Farrow apareció detrás de los otros.

—Ah, ahí estás, Ally.

Ella sonrió y deseó decirle que era Alexandra, o la señorita Grayson. Pero logró morderse la lengua.

—¿Nos vamos? Mi cochero está un poco más abajo, en esta misma calle. ¿Te importa dar un paseo corto, o le digo que se acerque?

—Ando bastante bien —contestó ella con frialdad.

—Eso parece —repuso él, y Ally se sobresaltó al darse cuenta de que parecía enfadado.

—No olvides que el coche irá a buscarte el viernes, Ally —le dijo Maggie—. Es nuestro día en el East End, ¿recuerdas?

—Claro. No me lo perdería por nada del mundo. Y las tías también vienen, ¿sabes?

—Esas cabezotas... Sólo vienen cuando creen que pueden trabajar —respondió Maggie alzando la voz.

Mark Farrow había alcanzado a Ally. Le ofreció su brazo. Ella lo tomó y pensó que sus músculos parecían de acero. No pudo evitar recordar cuánto lo había admirado esa mañana, al verlo dirigirse a la multitud. Por desgracia, en las conversaciones íntimas no era tan refinado. Ally respetaba a muchos miembros de la nobleza, pero no a que pensaran que eran mejores que los demás por el simple hecho de su nacimiento.

Miró hacia atrás. Sus seis padrinos estaban allí, mirándola como padres arrobados, complacidos y orgullosos.

Se sintió desanimada.

Sus padrinos deseaban que se casara con Mark Farrow. Parecían creer que le ofrecían un futuro lleno de felicidad.

Un instante después, Mark la ayudó a subir al carruaje. No se sentó a su lado, sino frente a ella. Ally oyó que el cochero sacudía las riendas y arreaba a los caballos. Entonces se dio cuenta de que Mark Farrow la miraba con dureza.

—Dígame, señorita Grayson —dijo—, ¿qué opina de ese papiro?

—¿Qué papiro? —preguntó ella.

—El grande, el del centro de la exposición.

—Ah, sí. Una pieza muy rara. Y enorme, ¿no?

Él sonrió.

—¿Y de esos tres sarcófagos que eran exactamente iguales?

—Es extraño, ¿verdad?

—¿Qué le han parecido esos canopes tan poco frecuentes que había en la exposición? ¿Había visto alguna vez objetos tan raros?

—Nunca.

Él se inclinó hacia delante.

—Señorita Grayson, es usted una embustera. No ha visto la exposición.

—¿Cómo dice?

—Y me parece que eso no es lo único en lo que ha mentido —se metió la mano en el bolsillo—. ¿Esto es suyo? —preguntó.

Para espanto de Ally, sacó el sobre que contenía el cheque extendido a nombre de Olivia Cottage.

Ella se quedó mirando el sobre y luego consiguió mirar a los ojos a Mark.

—¿Olivia Cottage? ¿Por qué iba a ser mío ese sobre?

—Se le cayó de la capa —le informó él.

Ally se encogió de hombros, miró hacia la ventanilla y se dio cuenta de que la cortina estaba echada. Volvió a fijar la mirada en él.

—Le sugiero que se lo entregue a alguno de los directores del museo. Supongo que quien lo perdió lo estará buscando.

Él le sostuvo la mirada. Ally estaba segura de que no parpadeó, ni se traicionó en modo alguno. Al fin, él volvió a guardarse el sobre en el bolsillo.

—Entonces... ¿cómo se las ingenió para perderse toda la exposición?

—No me he perdido toda la exposición. ¿Cómo se las ingenió usted para perderse todo el almuerzo?

—No ha visto usted la exposición —repuso él—. Y yo tenía cosas importantes que hacer —¿tenía su voz un leve dejo defensivo?

—Creo que debemos hablar de este compromiso matrimonial —dijo ella.

—¿Porque tuve que atender un asunto ineludible? —preguntó él, irritado.

—Porque no creo que seamos compatibles.

—Señorita Grayson, hoy he hecho cuanto he podido por llegar a tiempo.

Ella agitó una mano en el aire.

—Usted no me conoce. Todo esto estaba arreglado. ¿No le desagrada ni un poco seguir adelante con ello?

Mark se inclinó hacia delante con repentina vehemencia.

—Conozco a mi padre y conozco a lord Stirling. Si no hubiera una razón de peso, todo esto no estaría sucediendo.

—Aun así —contestó ella con mucha suavidad—, es muy extraño. Ya he conocido a su padre. Parece un hombre bueno y admirable. Pero, ¿siempre lo obedece usted a ciegas?

Él se recostó en el asiento y Ally se dio cuenta de que sentía curiosidad. De pronto estaba segura de que Mark Farrow no tenía por costumbre seguir ninguna instrucción a menos que conociera la causa. Había decidido que casi lo odiaba, pero le sorprendió darse cuenta de que en ese instante sentía de forma muy distinta hacia él, porque... porque de pronto parecía ser otro.

Mark volvió a mirarla a los ojos.

—Dígame, ¿cómo he logrado ofenderla tan pronto y tan gravemente?

Ella movió la cabeza de un lado a otro.

—Ningún hombre debería creer que vale su peso en oro por la simple razón de que algún día heredará un título.

—Ah —murmuró él, pero había una nota de cólera en su voz cuando prosiguió—. No me pida que me disculpe por mi padre. Es un hombre excepcional.

—Lo es, pero ningún hijo debería esperar la luna por la vida que haya llevado su padre.

—Ya veo.

Mark se quedó callado, sin dejar de observarla. Parecía

un tanto divertido. Luego se inclinó hacia delante y la tomó de las manos. Ally se sobresaltó. Sintió la fuerza de sus dedos, a pesar de que su contacto era suave.

—Dígame, se lo ruego, ¿hay otro hombre? ¿Preferiría casarse con otro? ¿Con alguien que hace latir con fuerza su corazón?

«Un bandido», pensó ella. «Uno con tus ojos».

—No —le aseguró al cabo de un momento—, no hay nadie. No se trata de que desee a otro.

Curiosamente, hasta el modo en que la tocaba le resultaba familiar. Miró sus manos. No llevaba guantes. Sus dedos eran largos y se doblaban alrededor de los suyos. Mark estaba cerca y ella sintió un calor repentino. Todo en él le recordaba misteriosamente al bandido. Se acordó de la novela de Alejandro Dumas *El hombre de la máscara de hierro*. ¿Tenía quizá Mark Farrow un doble que cabalgaba por el campo, deteniendo carruajes para vengarse de la aristocracia que lo había rechazado?

—Entonces, deme una oportunidad —le dijo él muy suavemente—. Sigamos adelante con esta boda, como estaba previsto. ¿Qué puede perder? —le preguntó—. Tengo una casa excelente en la ciudad, aunque admito que últimamente paso más tiempo en casa de mi padre. Verá, la mía está bastante vacía. Poseemos un pabellón de caza en el bosque, por si lo echara de menos. Y luego están las tierras del norte. Tenemos un castillo tan grande y fortificado como el de Brian Stirling, aunque no está, lo admito, tan cerca de Londres.

—Habla usted de posesiones —le recordó ella, pero se sintió sonreír ligeramente.

Él se encogió de hombros.

—Es bueno tener un sitio donde vivir.

Ally tuvo que reír, y se descubrió inclinándose hacia él.

—¿Qué conseguirá usted a cambio? —le preguntó—. Yo no tengo dote. Aunque —añadió con un suspiro—, estoy segura de que mis padrinos habrán pensado en algo. Tampoco tengo título, ni un gran linaje. De hecho, seguramente todo el país se pregunta por qué va a casarse conmigo.

—Puede que me haya entusiasmado descubrir un espíritu bello, además de una cara bonita. Y sus padrinos hablan constantemente de sus logros. No hay que reconforte más el alma que un músico de talento.

—Usted puede permitirse contratar a todos los músicos del reino —repuso ella.

—Quizá me interese más un entretenimiento más íntimo frente al fuego. Una canción o una melodía, si lo prefiere, para toda la vida. Con corazón y sentimiento.

Algo en su voz, profunda y aterciopelada, hizo estremecerse a Ally. ¡Era increíble! ¿Acaso la consideraba una idiota? Por absurdo que pareciera, de pronto estaba segura de que Mark Farrow era, en efecto, el bandido. Pero, ¿a qué venía aquella mascarada? Sin duda tenía dinero de sobra sin necesidad de robar carruajes.

—Una idea encantadora —murmuró, mirándolo fijamente. ¿De veras creía que la había engañado? ¿Que podía dejarse despistar tan fácilmente por un antifaz? Al parecer, sí.

—¿Y cree usted que cualquier sentimiento que salga de mis labios ha de ser falso? —preguntó él.

—En este momento no sé qué pensar. Acabo de conocerlo. Y no alcanzo a entender cómo puede pensar que yo podría satisfacer sus sueños, ni por qué está dispuesto a seguir adelante con todo esto.

—Pero lo estoy —repuso él, con una nota acerada en la voz.

Ally frunció el ceño, sorprendida. Mark Farrow era el salteador de caminos. Y, como tal, había conversado con ella. Se había sentado a su lado. Había bailado con ella. Y hablado con ella.

Ally bajó la cabeza rápidamente al darse cuenta de que su corazón latía velozmente, de una manera muy extraña. Había empezado a sentir una fascinación inmoral por el bandido, pero había algo en sus conversaciones que la había... seducido. Darse cuenta de que su prometido y el ladrón eran la misma persona...

Pero, ¿qué estaba sucediendo?

—Parece un hombre muy ocupado. No entiendo cómo puede encajar el matrimonio en sus planes —dijo, y se volvió hacia la ventanilla.

—Hay que hacer que encaje —murmuró él.

Ella descorrió la cortina para mirar afuera. Temía delatarse y deseaba que estuvieran ya en su casa, en el bosque.

—¿Qué ocurre? —preguntó él.

Ally no pudo resistirse. Se volvió para mirarlo y dejó caer la cortina.

—Supongo que estoy un poco nerviosa. Por mi encuentro con el salteador de caminos, ¿sabe?

Él se recostó en el asiento.

—Dudo sinceramente que asalte este carruaje.

—¿Ah, sí? Es muy valiente... o, al menos, muy osado. Atacó el carruaje del conde de Carlyle.

—Pero dentro sólo iba usted.

—Él no podía saberlo.

—Puede que ese rufián haya estado vigilándola.

—Creo que es un poco estúpido.

—¿Estúpido? Ese hombre ha eludido a todas las fuerzas de la ley... y al conde de Carlyle.

Ella enarcó una ceja.

—Parece que le defiende.

—¡Desde luego que no!

Ally se miró las manos, decidida a no traicionarse. Ahora estaba más convencida aún de que Mark Farrow y el bandido eran la misma persona. Pero no alcanzaba a imaginar a qué obedecía aquella doble identidad.

De pronto, agarró a Mark de las manos y él se sobresaltó. Fingiendo que buscaba su consuelo, estudió cuidadosamente sus dedos mientras decía:

—Acabarán por atraparlo. Pero, hasta que llegue ese día, podría atacar este carruaje. He oído decir que también asaltó a su padre. Y que después hizo una donación muy generosa a las iglesias del East End.

Él no movió ni una pestaña. La miró con fijeza y el único signo que denotó su interés fue un ligero estremecimiento de los dedos. Se recostó en el asiento y retiró las manos.

—Lo había olvidado —murmuró.

—¿Cómo es posible que olvidara que asaltó a su padre? —preguntó ella.

Él agitó una mano en el aire.

—Mi padre no estaba asustado. Le dio poca importancia. Creo que piensa que ese hombre se ve a sí mismo como una especie de moderno Robin Hood.

—Son ustedes muy raros —murmuró ella—. Si el bandido nos parara ahora, tendríamos que darle todo lo que pidiera.

—¿Cree que no puedo defenderme? —preguntó Mark.

Ally se encogió de hombros.

—Es un hombre muy capaz.

—Soy un gran tirador, señorita Grayson.

—Pero él lleva un látigo.

—Yo sé defenderme... y también la defendería a usted, querida.

—Odiaría verlo muerto —murmuró ella.

—Bueno, gracias por no desearme la muerte, al menos.

—Le advierto que ese hombre podría matarlo si le plantara cara.

—Puede que lo matara yo a él.

Ella agitó una mano con gesto condescendiente, consciente de que había tocado una fibra sensible. Los hombres, incluso los mejores, tenían su ego.

—Puede ser. Pero veo que esta conversación le incomoda. Lo siento mucho. No he debido sacar el tema. Es sólo que... creo que estaba muy cerca de donde estamos ahora cuando el bandido detuvo el carruaje del conde de Carlyle.

—No tema —dijo él, y Ally pensó que parecía bastante irritado—. Si nos detuviera, no sería una simple cuestión de habilidad. Yo moriría por usted.

—Eso es muy honorable por su parte. Pero, si muriera por mí, yo quedaría a merced de ese rufián —abrió mucho los ojos y se estremeció.

—Señorita Grayson, nadie nos va a atacar.

—Pero...

—Dejemos esta conversación, ¿quiere? —dijo él con cierta aspereza.

Ally decidió dejarla por el momento. Volvió a correr la cortina y vio que estaban atravesando la aldea. El carruaje redujo la marcha al pasar por una zona en la que había más tráfico. Ally se sobresaltó al ver a una mujer de negro parada delante de un escaparate. Pero muchas mujeres vestían de negro, se dijo. No era nada raro ver a una completamente enlutada. Sin embargo, había en aquella mujer algo que le resultaba familiar.

—¿Qué ocurre? —preguntó Mark, sentándose a su lado.

—Yo... nada.

—No, ocurre algo.

—Es una tontería.

—Cuéntemelo.

Estaba muy cerca. La presión de su cuerpo no resultaba... desagradable. Ni tampoco su olor.

—¿Y bien? —insistió él.

Ally bajó la cabeza. Su cercanía no parecía afectarlo a él tanto como a ella.

—Tengo la impresión de ver constantemente a una mujer de negro.

—¿Una mujer de negro?
—Ya se lo he dicho... no era nada.
—Llamó su atención, así que era algo.
—Esa mujer estaba en la protesta contra la monarquía de la semana pasada. Creo que Elizabeth Prine, la prima de sir Andrew Harrington, la viuda del segundo hombre al que asesinaron, estaba con ella. Y ahora... Parece que veo una mujer de negro allá donde voy.
—Siempre hay mujeres de negro.
—Lo sé.
—Aun así, es usted asombrosamente observadora.

Ally sintió que la miraba atentamente. Con demasiada minuciosidad. Mark Farrow no podía saber qué estaba pensando, se dijo. Dejó caer la cortina, pero él siguió a su lado. Luego, Mark preguntó suavemente:

—¿De veras sería para usted un castigo casarse conmigo?

Sus ojos de ribete gris estaban fijos en ella. Tenían una expresión sumamente intensa. Ally casi se sintió hipnotizada. Entonces, Mark acercó los dedos a sus mejillas y acarició los contornos de su cara. Ella se sobresaltó al sentir una oleada de calor. Deseaba tenderle los brazos y acariciarlo, y tuvo que recordarse que acababan de conocerse y que, comprometidos o no, había normas de conducta que ella debía respetar.

—Apenas lo conozco —musitó.
—Pero tengo intención de que llegue a conocerme muy bien —contestó él con voz algo ronca y burlona. El carruaje parecía haberse llenado de calor. Ally olvidó que estaban pasando por el pueblo, que casi habían llegado a su casa—. No soy tan terrible —murmuró él y, tomando su mano, besó sus dedos con delicadeza. Había algo increíblemente seductor en aquel pequeño gesto. Una vez más, Ally sintió que una oleada eléctrica la atravesaba.

—Apenas me conoce —logró decir con los ojos fijos en él—. Puede que yo sea terrible —añadió en un susurro.

Él negó con la cabeza lentamente y Ally sintió una punzada de pánico. Intentó aferrarse a la razón y el decoro. Era cierto que apenas lo conocía. Se había encontrado con él tres veces y no lograba entender a qué jugaba. Mark se inclinó hacia ella. Su boca tenía una forma perfecta, sus labios eran carnosos, firmes, sensuales...

—Estamos prometidos —le recordó, y entrelazó los dedos de su mano derecha con los de ella al tiempo que metía la izquierda entre el cabello de su nuca. Sus labios se encontraron en un beso seductor por su fuerza y su audacia, y sin embargo tan lento e irresistible que Ally no pensó siquiera en protestar. La boca de Mark se movió sobre la suya y ella inhaló lo que parecía ser su esencia. No vaciló ni un solo instante. Sintió la caricia exótica de sus labios y su lengua y el beso se hizo más hondo al tiempo que el calor que reinaba en el carruaje parecía estallar. La caricia profunda y persistente de la lengua de Mark superaba sus sueños, y Ally se descubrió entregándose en sus brazos y deslizando los dedos sobre su pecho no para empujarlo, sino para sentir el latido de su corazón y el movimiento de su respiración.

Luego, lentamente, él se apartó. Tenía todavía los dedos entrelazados con los de ella y sus ojos grises refulgían. Ally se dio cuenta de que el carruaje se había detenido.

Había estado a punto de perder la cabeza, se dijo.

—Por desgracia, hemos llegado —dijo él con voz ronca.

—¡Oh! —avergonzada, ella intentó alisarse el pelo y apartarse de él. Se tocó los labios, que notaba distintos. Estaba estremecida. Y enfadada. Enfadada por haberse dejado arrastrar tan fácilmente por él—. Entonces, debo entrar —dijo con voz algo cortante.

—¿Por qué estás enfadada? —preguntó él.

—No estoy enfadada. Estoy en casa. ¿Podemos bajar?

—Nunca he estado más convencido de que este matrimonio era lo adecuado —dijo él con suavidad.

—Ya veremos —murmuró Ally, pensando en pasar a su lado.

Pero él la retuvo. La sensación de sus manos sobre las de ella era tan sensual que resultaba casi insoportable.

—Estoy encantado —dijo, y Ally pensó que aquello sonaba casi como una advertencia.

—Y yo me siento muy incómoda por seguir en este carruaje —repuso ella—. Si no le importa...

—No pasa nada. Estamos prometidos. No hace falta que te enfades.

—No sé de qué está hablando.

—No estás enfadada conmigo, ¿sabes? Estás enfadada contigo misma.

—No estoy enfadada con nadie.

Mark sonrió y la lenta curvatura de sus labios enfureció a Ally.

—Sí que lo estás. No querías responder a mi beso, pero, por más que lo has intentado, no te ha parecido repulsivo.

—Quizá tenga que intentar besar a todos los hombres que no me resultan repulsivos.

Los ojos de Mark se entornaron.

—Estamos comprometidos. Llevas el anillo en el dedo.

—Puedo quitármelo —pero, en realidad, no podía. Se le había quedado atascado en el nudillo—. ¡Santo Dios! ¿Podemos salir de una vez de este carruaje?

Mark se apartó al fin, pero Ally deseó darle una bofetada al ver la jactancia con que la miraba, la misma jactancia que había visto en los ojos del bandido. Él bajó sin decir nada más y se volvió para ayudarla.

—Gracias por traerme. Ahora estoy en casa, a salvo —Ally pensó que al fin podría escapar, pero sus tías eligieron ese momento para salir.

—¡Oh! —exclamó Edith—. ¡Es Mark Farrow!

—¡Mark! —gritó Violet—. Qué alegría. Has traído a Ally a casa.

Merry, que había salido junto a Violet, añadió:

—Debes entrar a tomar una taza de té antes de irte a casa.

—Oh, está muy ocupado —se apresuró a decir Ally.

—En absoluto. Me encantaría tomar una taza de té —dijo Mark, mirándola con una expresión que evidenciaba lo mucho que le divertía su incomodidad.

—Pero puede que necesiten al cochero...

—A ese caballero también le vendría bien una taza de té —dijo Violet.

—¿Arthur? —dijo Mark, y el cochero, un hombre corpulento y de anchas espaldas con el cabello gris y una sonrisa rápida, se apeó del pescante—. Arthur, ¿te apetece una taza de té?

Arthur se quitó el sombrero e inclinó la cabeza.

—Me encantaría, señor —se volvió hacia Violet—. Si no es molestia, señora.

—Nuestra morada es muy humilde —dijo Violet—, pero todas las visitas son bien recibidas.

Merry juntó las manos.

—Vamos a tomar el té.

Ally apenas pudo sofocar un gruñido.

—¡Oh, esto es encantador, encantador! Vamos, vamos —dijo Edith.

Así pues, a pesar de su malestar, Ally sintió de nuevo que Mark Farrow la tomaba del brazo para acompañarla al interior de la casita. Allí consiguió desasirse al fin.

—Queridas —dijo con firmeza a sus tías—, sentaos a charlar. Yo traeré el té.

—Oh, no, querida. Debes sentarte con tu prometido...
—comenzó a decir Merry.

—Ya hemos tenido una conversación encantadora en el coche. Ahora os toca a vosotras tres conocerlo mejor —desapareció en la cocina antes de que sus tías pudieran protestar. Una vez allí, pasó varios minutos reconcomiéndose, antes de recordar que tenía que poner a hervir el agua. Mientras estaba allí parada, se descubrió tocándose los labios otra vez y recordando. Sabía que no odiaba en absoluto a Mark Farrow. Él estaba sencillamente acostumbrado a llevar la voz cantante, a dominarse a sí mismo y a cuantos lo rodeaban...

Y se suponía que ella tenía que casarse con él.

Se mordió el labio y escuchó la conversación que tenía lugar en el salón. Mark reía con facilidad. Alababa a las tías por cosas insignificantes de la casa. Parecía tener una relación excelente con su cochero. Ally sintió que un extraño estremecimiento se apoderaba de ella. Iba a convertirse en su esposa. Había pensado en luchar contra aquel acuerdo, pero, aunque había conocido a otros hombres, nunca había sentido aquella magia...

—Ah, pero se merece todo lo que pueda darle a cambio —dijo, y de pronto se echó a reír. Porque estaba segura de que volvería a ver al bandido. Muy pronto.

El domingo, Mark estaba enojado. El servicio en la pequeña iglesia de las afueras del pueblo parecía interminable y el sermón era la cura perfecta para el insomnio. Desde donde estaba sentado junto a su padre, veía a Violet, Merry y Edith en su banco, con Ally a su lado. Se le aceleró el corazón al pensar que, cuando acabara el servicio, insistiría en que fueran a comer a casa de su padre.

En cierto momento durante la ceremonia, se descubrió mirando a Ally. Ella se dio cuenta de que la estaba observando y apartó la mirada, ruborizada.

Al ponerse en pie para el himno final, dispuesto a acercarse a ella, Mark sintió que alguien le tocaba el hombro. Se volvió y, para su sorpresa, vio al inspector Ian Douglas. La situación debía de ser grave si Douglas había abandonado la ciudad para ir en su busca.

—¿Puedo hablar contigo? —preguntó Ian.

Mark vio que su padre estaba saludando a Ally y las hermanas. Ally lo miró y se dio la vuelta. Parecía despreciarlo, a pesar de aquel beso. Y sin embargo...

Le resultaba imposible olvidar cómo la había acariciado. La textura de sus labios bajo los suyos. El calor sutil de su cuerpo...

—¿Mark?

—Sí, perdona. ¿Qué ocurre, Ian? ¿No será otro asesinato?

—Un problema.

—¿Con?

—Lord Lionel Wittburg. ¿Puedes acompañarme?

Su padre se había dado la vuelta. Al ver a Ian Douglas puso los ojos en blanco, pero asintió con la cabeza.

—¿Me disculpas un momento? —preguntó Mark a Ian.

Al ver que el otro asentía, se dirigió a la puerta, más allá de la cual esperaban los otros al sol. Ally lo vio acercarse con expresión recelosa.

—Querida —la saludó él y, como sabía que, estando allí las tías y su padre, Ally no protestaría, la tomó de las manos y le besó las mejillas. Luego la miró a los ojos y le dio un leve beso en los labios. Casi la sintió tensarse, pero, tal y como esperaba, permaneció quieta, aunque desafiante... y no hizo amago de abofetearlo, aunque Mark estaba seguro de que lo deseaba. Ally apartó las manos y señaló con la cabeza hacia la iglesia.

—Creo que hay alguien esperándolo.

—Me temo que había quedado con un viejo amigo, aunque al verte se me había olvidado.

Merry soltó una risilla alborozada al oírlo.

—¡Qué maravilla!

—Sí, ya —murmuró Ally con sorna.

—Tu padre acaba de invitarnos a comer —informó Violet a Mark.

—Confío en volver pronto y reunirme con vosotras —dijo él.

—Siempre estás tan ocupado... —contestó Edith, sacudiendo la cabeza.

—Bueno, cuando estén casados, Ally lo tendrá para ella todas las noches y no se echarán de menos.

—¡Merry! —exclamó Violet, pasmada.

—¿Qué? —protestó Merry—. Sólo he dicho que, cuando estén casados, podrán... ¡Oh! —se sonrojó y guardó silencio.

—Será mejor que se vaya. Su amigo parece bastante nervioso —dijo Ally—. Parece policía. ¿Lo es?

Mark se sobresaltó. Ian, que había salido a la escalinata, iba vestido con un traje corriente.

—Pues sí, es inspector. ¿Cómo lo sabes?

—Por el traje —contestó ella—. Pulcro, pero práctico, sin extravagancias. Y tiene un aire cansado, aunque bastante digno. Y por los zapatos. Son de cuero duro, no de cabritilla. Están hechos para caminar.

—Muy observadora —dijo Joseph. Mark la miró con fijeza. Ella se encogió de hombros.

—Soy una gran admiradora de Arthur Conan Doyle.

—Y de Poe —murmuró Mark.

—El uno provoca nuestros miedos y el otro nos enseña cosas sobre la vida —dijo Ally. Sonrió y pasó a su lado, en dirección a Ian. Mark la siguió. Ally extendió la mano—. Soy Alexandra Grayson. Es un placer, inspector.

Ian se sonrojó profundamente al estrecharle la mano.

—Señorita Grayson, el placer es mío.

—Tengo entendido que Mark y usted son viejos amigos.

—Sí.

—¿Ha venido en busca de ese salteador de caminos?

—No, pero hay muchos agentes buscando a ese villano.

—Entiendo.

—Vamos a ir todos a comer al pabellón de caza de lord Farrow. Quizá pueda acompañarnos.

—Me temo que...

—Ian y yo vamos a comer más cerca de la ciudad. Tiene que volver antes de que anochezca —dijo Mark.

—Sí, sí, es cierto.

—Ya veo —le dijo Ally, y sonrió—. Bueno, entonces, deben irse.

—Eso me temo —dijo Mark.

—Pues no los entretengo más. Ha sido un placer.

Un momento después, tras despedirse, Ally se dio la vuelta.

—Perdóname, cariño, pero necesito un último beso —le dijo Mark y, atrayéndola hacia sí, rozó de nuevo sus labios. Santo Dios, qué olor tan delicioso desprendía. Limpio, dulce y...

Y fuerte. Ally se desasió de sus brazos en un abrir y cerrar de ojos, con la boca apretada. Mark estaba seguro de que deseaba limpiarse los labios.

—Inspector, le repito que ha sido un placer. Estoy deseando conocerlo mejor —dijo ella, y se marchó.

Ian se quedó mirándola mientras volvía junto a los demás.

—¡Ian! —dijo Mark enérgicamente.

—¿Qué? Ah, sí. El asunto que tenemos entre manos.

Fueron a caballo hasta la casa solariega de Lionel Wittburg, situada al oeste, en la carretera que llevaba a Londres. Por el camino, Ian le explicó que había recibido una llamada del mayordomo de lord Wittburg. El hombre, muy alterado, le había dicho que lord Wittburg no se levantaba desde hacía días y que permanecía en cama, lamentándose de que la reina hubiera asesinado a su amigo Hudson Porter. Se había puesto como loco y hasta se negaba a comer.

Mark conocía a Wittburg y a Keaton, su mayordomo, desde que era un niño. Keaton los saludó con nerviosismo y les rogó que lo siguieran a la alcoba de lord Wittburg. La habitación era espaciosa, con una cama de gran tamaño colocada sobre una tarima. Lionel estaba tumbado en ella, mirando fijamente el techo.

Mark corrió a su lado. Tocó su cara y notó que estaba fría y pegajosa. Wittburg no pareció advertir su presencia mientras mascullaba:

—Está pasando otra vez. Hay una conspiración. Todos están ciegos. Sólo ven lo que quieren ver. Yo creo que ocurrió. Creo... Mujeres muertas. Muchas, y ahora son hombres. Hombres muertos en fila. Uno detrás de otro.

—Lord Wittburg —dijo Mark con energía, y miró a Keaton—. ¿Ha llamado a un médico?

—El doctor vino la semana pasada y le recetó unas píldoras. Lord Wittburg tenía problemas para dormir.

Mark miró el frasco de las píldoras y sacudió la cabeza.

—Opiáceos. Demasiado fuerte. Su pulso es débil. Ian, ayúdame. Vamos a levantarlo.

—¿Levantarlo? —exclamó Keaton—. Pero... está enfermo. Quizá si durmiera más...

—Si duerme más, puede que no se despierte. ¿Tiene café?

—Claro —respondió Keaton, algo indignado por la sugerencia de que pudiera faltar café en aquella casa.

—Haga un poco. Ian, ayúdame, por favor.

Wittburg era un hombre muy alto. Y era también un peso muerto. Pero entre los dos consiguieron levantarlo de la cama.

—¿Y ahora qué? —preguntó Ian, que luchaba bajo el peso de lord Wittburg.

—Vamos a hacer que ande.

Mientras andaban, lord Lionel Wittburg siguió mascullando.

—Pecados de los padres. Siempre pecados de los padres. La historia nos lo demuestra. Caín y Abel. Está pasando otra vez. Tantos muertos, y dicen que toda vida es preciosa. Algunos no lo creen. Algunos creen que la vida es más valiosa si se nace entre la aristocracia. ¿Qué es una prostituta muerta, eh? Una prostituta se morirá enferma del hígado con el tiempo. La ginebra la matará. Puede que un cuchillo sea menos cruel. Los asesinatos eran perversos... perversos. Pero el cuchillo era rápido. ¡Santo Dios! Tuvo que haber momentos de puro terror. Se corta una garganta y mana la sangre. Las prostitutas fueron asesinadas así. Los antimonárquicos también. ¡Ah, Hudson! ¡Cómo debatíamos! ¡Cómo atacabas tú, cómo me defendía yo, y ni una sola vez dejamos que una discusión arruinara los cimientos de nuestra amistad! Dicen que eran un hombre amargado, pero yo sabía que no era así. No esperaba ninguna consideración tras acostarse con la esposa del teniente. Una garganta seccionada... Prostitutas... Hombres con ideas...

—¿De qué demonios está hablando? —preguntó Ian.

—Como sabes, era íntimo amigo del primer hombre asesinado, Hudson Porter. Sirvieron juntos en la guerra. Wittburg es un hombre muy inteligente. Hudson era un erudito y un enamorado de la historia.

—Pero está hablando de los asesinatos del Destripador, y de eso hace mucho tiempo.

—Me temo que los relaciona con la monarquía.

—Pero él es un defensor de la monarquía.

—Al parecer, incluso a él lo han convencido —repuso Mark.

En ese momento, Keaton regresó con una cafetera en una bandeja de plata.

—Vamos a sentar a lord Lionel en el sillón, delante del fuego —dijo Mark.

Mientras lo hacían, Keaton sirvió el café, que Mark acercó a los labios de lord Wittburg, obligándolo a beber. Lord Wittburg se atragantó y tosió, y luego pareció sobresaltarse. Miró a Mark como si lo viera por primera vez.

—Un hombre como tu padre —murmuró—. Ojalá hubiera más como él... —arrugó el ceño—. ¿Cuándo has venido?

—Hace un momento. Lord Wittburg, está tomando demasiadas medicinas —le dijo Mark.

—Quería dormir.

—No quisiera insultar a su médico, pero le están provocando alucinaciones, lord Wittburg.

Wittburg miró a su mayordomo, que lo observaba con nerviosismo. Sonrió al cabo de un momento.

—Ya estoy bien, Keaton.

—¿Puedo... deshacerme de esto, milord? —preguntó el mayordomo, señalando el frasco de las píldoras.

Lord Wittburg sonrió.

—Luché en India y África. Y he caído presa de los fantasmas. Sí, Keaton. Es usted un buen hombre. Le agradezco sus cuidados. Líbrese de ellas.

—¿Te ha llamado Keaton? —preguntó a Mark.

—Llamó a Ian porque sabía que estaba usted disgustado por el asesinato de Hudson Porter y que Ian estaba a cargo del caso —explicó Mark.

—Os agradezco a los dos que hayáis venido. Creo que voy a tomar más café. Podéis decirle a Keaton que también quiero comer.

—Nos quedaremos un rato —le aseguró Mark.

Se quedaron a comer con Wittburg. La comida se sirvió en la habitación del dueño de la casa. Mientras comían, Wittburg volvió a hablar sensatamente acerca de caballos, de carreras, del museo... de cualquier cosa, menos del ambiente social. Al fin, convencido de que Wittburg se encontraba mejor, Mark le indicó a Ian que podían irse, pero cuando se disponían a marcharse, lord Wittburg llamó a Mark y le susurró:

—Tú no sabes cómo se repite la historia, querido muchacho. No sabes ni la mitad.

Mark pensó en un principio que estaba delirando otra

vez, pero luego lo miró a los ojos y comprendió que no era así. Lord Wittburg le apretó con fuerza la mano.

—Averigua la verdad sobre tu matrimonio, Mark Farrow. Entonces lo entenderás. Averigua la verdad sobre la mujer que pronto será tu esposa.

Ally no tenía ganas de pasar el día en el pabellón de caza de lord Farrow, aunque sentía gran aprecio por su dueño. Estaba ansiosa por volver a casa y salir al riachuelo a buscar su cuaderno de dibujo.

Pero, cuando llegó al pabellón, descubrió entusiasmada que lord Farrow tenía un invitado. Arthur Conan Doyle estaba allí, sentado en el jardín, contemplando a los perros. Ally lo saludó con placer.

El escritor era un hombre de mediana edad, no muy alto y provisto de un rostro que mostraba los signos tanto de la edad como del dolor. Ally sabía que sufría a causa de la enfermedad de su esposa. Doyle viajaba a Egipto y a Europa, a menudo con mal tiempo, en busca de una cura para ella. Louisa era una mujer amable y de carácter dulce, y muy fuerte a su manera. Amaba al hombre al que llamaba Conan y a sus hijos, Kingsley y Mary. Estaba enferma, sin embargo, y ya rara vez salía con su marido.

Al ver a Ally, el escritor se levantó y la saludó como un viejo amigo, dándole un abrazo.

—Veo que conoces a la joven que pronto será mi nuera —dijo Joseph Farrow.

—Sí, nos conocimos a través de Kat, que es buena amiga mía.

Las tías lo miraban maravilladas. Lord Farrow se las presentó. Doyle se mostró encantador.

El almuerzo lo sirvió un hombre llamado Bertram, que al parecer se ocupaba tanto de los establos como de la casa. Las tías insistieron en ayudar con la comida, y Ally también echó una mano. Cuando sacaron la comida, había un tercer hombre en la terraza. Sir Andrew Harrington se levantó al verlas aparecer, al igual que Doyle y lord Farrow.

—Qué maravilla que te sirvan el almuerzo tales beldades —dijo.

—Sir Andrew, qué sorpresa —dijo Ally—. ¿Qué le trae por aquí?

—Vengo a menudo por esta zona. Tengo familia en los alrededores, ¿sabe? Estaba en la iglesia, oí que lord Farrow iba a celebrar un almuerzo dominical y él nunca es tan grosero como para rechazar a un hombre hambriento —repuso Harrington.

—Usted siempre es bienvenido —dijo lord Farrow—. Debo presentarle a...

—Violet, Merry y Edith —dijo sir Andrew con una sonrisa, y besó galantemente las manos de las tías, lo cual hizo que Merry soltara una risita, naturalmente.

—Encantada —dijo Merry.

—Es un placer —añadió Edith.

—Desde luego que sí —remachó Violet.

Sir Andrew se unió a ellos. La charla fue desenfadada y la comida deliciosa. Sir Andrew dijo que había visto los diseños de las tres hermanas y añadió que en ningún lugar había encontrado trajes que pudieran superarlos. Cuando la comida acabó, lord Farrow se ofreció a enseñarles sus establos, pero tanto Doyle como Ally rehusaron la invitación. Ally sentía gran simpatía por Andrew Harrington, pero quería pasar un rato a solas con el escritor.

En cuanto los demás se hubieron ido, Doyle se inclinó hacia ella y dijo:

—Santo cielo, querida, qué gran suerte has tenido.
Ella vaciló.
—En realidad, no quiero casarme —repuso.
—¿Qué?
—Bueno, sí. Algún día.
—¿No te gusta Mark Farrow? Te aseguro que es un hombre de lo más honorable.
—Un hombre que desaparece con frecuencia.
Doyle sonrió y sacudió un dedo.
—Hay gente que se ha burlado de mí y gente que me ha creído, pero nunca nadie me ha interrogado tan minuciosamente como ese joven.
—¿Cómo dice?
—Es un tipo muy listo. Los que buscan respuestas en la ciencia a veces son brillantes y a veces rozan la locura. Los que se fijan sólo en los hechos descubren más cosas que cualquier otro hombre.
—Sigo sin entenderle.
—Me he ganado muy bien la vida gracias a Sherlock Holmes, mi personaje, pero en realidad Holmes está inspirado en un tal doctor Bell, un hombre brillante, uno de mis profesores. A Mark le encanta escuchar. Observa y luego entrelaza los hechos. En cierto modo es una operación matemática: sumar lo que se sabe y llegar a una conclusión —titubeó y se inclinó hacia ella—. Fue él quien me pidió que viniera hoy. Si no está aquí, será por una buena razón.
Ally arrugó el ceño.
—Se fue a almorzar con un inspector amigo suyo. Ian Douglas.
—Ah.
—¿Qué significa eso?
—Significa que está buscando a un asesino.
—Pero él no es detective.
—No, es el hijo del conde de Warren.
—Pero...

—Creo que, si pudiera, Mark estaría en su elemento dirigiendo la policía. Pero tiene responsabilidades que no puede abandonar. Y, con su posición, puede investigar recovecos a los que un simple agente de policía no podría acceder. Dale una oportunidad, Ally.

Ella vaciló.

—Tengo una sospecha. Pero debe prometerme que será un secreto entre nosotros —él enarcó una ceja—. Creo que Mark Farrow es el salteador de caminos.

Doyle se recostó en la silla e intentó enmascarar sus pensamientos.

—Usted sabe que lo es —exclamó ella.

—Calla —dijo Doyle—, yo no sé nada.

—Pero...

—Si lo es, es por un buen motivo. Por favor, créeme —le imploró el escritor—. Y calla. Las tías vuelven.

Un momento después, regresaron los demás.

—Qué caballos tan bonitos, Ally. Deberías verlos —dijo Violet—. Claro, que supongo que vas a tener muchas ocasiones de verlos.

—Pronto los verá —dijo lord Farrow—. Qué interesante que seáis tan amigos —añadió, señalando con la cabeza a Ally y Doyle—. Mi hijo y tú tenéis muchas cosas en común —le dijo a ella.

—Ojalá fuera yo su hijo —comentó sir Andrew con galantería.

—Usted, sir Andrew, ha sido un buen soldado. No necesita ser otra persona —repuso lord Farrow.

—Bien dicho, como siempre —contestó sir Andrew.

—Ha sido un día encantador —dijo Violet—, pero me temo que debemos volver a casa, aunque quería esperar a que volviera Mark.

—El bosque por la noche está muy oscuro —añadió Edith.

—Yo puedo acompañarlas a casa, por supuesto —se ofreció sir Andrew.

—Bertram irá con ellas —dijo lord Farrow.

Conversaron unos minutos más, pero Mark Farrow no apareció. Ally no lo lamentó. Había disfrutado del rato que había pasado a solas con Arthur Conan Doyle. Y, además, las galanterías de sir Andrew le hacían gracia.

Arthur Conan Doyle la abrazó calurosamente cuando se despidieron.

—Puede visitarme cuando quiera —le dijo tras ayudarla a subir al cabriolé de sus tías. Ella sonrió y le dio las gracias.

—Mi vida también está a su servicio —le aseguró sir Andrew antes de montar en su caballo.

Luego, Ally se acomodó en el asiento, junto a Edith. Violet levantó las riendas y arreó al caballo. Lord Joseph Farrow miró con intensidad a Ally y les dijo adiós con la mano mientras se alejaban.

Ally pensó que esa noche no dormiría y, en efecto, pasó largas horas despierta.

¿A qué dedicaba exactamente Mark Farrow su vida clandestina?

Mark comprendió nada más entrar en las oficinas del periódico que todos lo miraban. Las mecanógrafas y empleadas se sonrojaron, inclinaron la cabeza y comenzaron a cuchichear a sus espaldas. Los hombres hicieron lo mismo.

Un hombre con los codos de la chaqueta manchados de tinta lo condujo al despacho de Victor Quayle, el jefe de redacción. Mark había coincidido con Quayle algunas veces, pero el periodista se sorprendió al verlo, dejó caer la hoja que estaba leyendo y estuvo a punto de tragarse la pipa.

—¡Santo cielo! ¡Lord Farrow!

—Por favor, Victor, soy Mark.

Victor Quayle, un joven calvo, le estrechó la mano enérgicamente.

—¿Qué te trae por aquí? —frunció el ceño—. Creo que

nuestro artículo sobre tu compromiso era bastante exacto. No asististe a tu fiesta de compromiso y no puedo reprochar a mi reportero que dijera la verdad.

Mark negó con la cabeza.

—He venido porque estoy preocupado. Y porque ayer encontré esto en el museo —sacó el sobre dirigido a Olivia Cottage.

Victor pareció perplejo.

—Se lo enviamos por correo a un colaborador —explicó.

—Tu colaborador debía de estar en el museo.

Victor se encogió de hombros.

—Supongo que sí.

—¿Quién es Olivia Cottage? —preguntó Mark.

Victor titubeó.

—No puedo decírtelo.

—Sé que debes mantener ciertas fuentes en secreto, pero creo que Olivia Cottage es A. Anónimo —dijo Mark. Se volvió para asegurarse de que la puerta del despacho estaba cerrada—. Temo por ella... o por él. Sólo quiero saber la verdad para asegurarme de que reciba protección.

Victor sacudió la cabeza con aire cansino.

—¿Te apetece algo? El café es espantoso, pero te ayuda a mantener despierto.

—No, gracias. Por favor, Victor. Te doy mi palabra de que sólo pretendo ayudar a esa persona.

—Por supuesto. Eres un monárquico —murmuró Victor.

—También ayudaría a los antimonárquicos, si tuviera alguna pista sobre quién será la próxima víctima de ese asesino.

—Es horrible, ¿verdad? —dijo Victor. Parecía sentirse un poco culpable—. Pero mis sentimientos al respecto no cuentan. Tengo que informar sobre el ambiente que se respira en el país.

—Diriges un diario excelente —dijo Mark—. Y yo sólo quiero que esa persona siga viva.

Victor suspiró.

—Te ayudaría si pudiera.

—¿Qué quieres decir?

Victor se rió lacónicamente.

—No conozco la identidad de A. Anónimo... o de Olivia Cottage, que es otro seudónimo. No sé quién es esa persona. El artículo me llegó junto con la petición de que su pago, si lo publicábamos, fuera enviado a una oficina de correos, dirigido a Olivia Cottage. La oficina en cuestión está muy cerca del museo. Te agradezco que nos hayas devuelto esto. Puedo volver a enviarlo. Pero...

—Pero... —insistió Mark.

Victor se encogió de hombros.

—Supongo que su destinatario no se encuentra en situación apurada, o no habría sido tan descuidado.

—¿Has recibido algo nuevo de esa tal Olivia Cottage?

—Aún no —repuso Victor, y sonrió—. Pero espero recibirlo.

—No quiero que traiciones a nadie, pero, ¿te importaría avisarme si vas a publicar otro artículo suyo?

—Sí, eso puedo hacerlo.

Mark le dio las gracias, le preguntó por su familia y se marchó. Al salir, se encontró con Thane Grier.

—Buenas tardes —dijo, observando al periodista.

Grier pareció sorprenderse de verlo allí.

—¿Ocurre al...?

—Nada en absoluto.

—¿No habrá venido por el artículo que escribí?

Mark se echó a reír.

—Usted es periodista, debe escribir la verdad. ¿Qué problema iba a tener?

—Mencioné que no acudió a su fiesta de compromiso.

—Y es cierto. No estaba allí —dijo Mark.

—Si ha leído el periódico de hoy... hay un pequeño artículo sobre la señorita Grayson y usted en el museo. Es bastante positivo.

—Gracias —Mark lo miró con el ceño fruncido—. Antes se dedicaba a cosas más serias que los ecos de sociedad.

—En efecto —masculló Grier, y añadió rápidamente—: Reconozco que es mi tema favorito, pero hay muchos reporteros y no tantas noticias. También escribí el artículo sobre la muerte de Giles Brandon.

—Sí, lo leí. Buen trabajo. No era nada sensacionalista.

Thane Grier se encogió de hombros.

—A veces prefieren el sensacionalismo.

—Yo creo que lo ha hecho usted muy bien. Un artículo de opinión es eso: una opinión. Pero una noticia nunca debe ser sesgada.

—Dígaselo a Victor la próxima vez que lo vea —murmuró Grier—. Disculpe... sólo... ¡Oh! Permítame felicitarlo por su compromiso. Rara vez una joven que aparece en los ecos de sociedad merece tanto mi admiración como su prometida.

—Gracias —contestó Mark.

—La señoría Grayson tiene una mente muy aguda —dijo Grier.

Mark asintió con la cabeza y se despidieron. Al salir de la oficina, Mark se dio cuenta de que el reportero había dicho algo muy cierto.

Una mente muy aguda...

Brillante, ingeniosa, perspicaz.

Y todo ello en un bellísimo envoltorio.

Las palabras de Thane Grier habían dado en el clavo. La bella apariencia de Ally podía haberlo atraído. Pero era su mente la que lo había seducido.

Su cuaderno de dibujo había desaparecido.

Aunque buscó por todas partes, Ally no pudo encontrar

el cuaderno en el que solía escribir. Nerviosa y exhausta, se sentó sobre la roca.

El bandido tampoco había acudido.

Un escalofrío recorrió sus huesos mientras pensaba en el acertijo que tenía ante sí. El día anterior, en el carruaje, creía haberse mostrado convincente al negar que hubiera visto nunca el sobre dirigido a Olivia Cottage. Pero Mark Farrow era el bandido.

Y si su cuaderno no estaba allí...

Si el bandido (Mark) lo había encontrado, tarde o temprano su negativa del día anterior no valdría para nada.

Mark tenía intención de marcharse a casa nada más salir de las oficinas del periódico. Pero, mientras se dirigía al pabellón de caza de su padre, se dio cuenta de que podía invertir mejor el tiempo si se detenía primero a hacer otra importante visita.

Elizabeth Harrington Prine era una mujer de cerca de cuarenta años, todavía bastante hermosa. Era alta y se movía con una elegancia que llamaba la atención tanto como su apariencia. Abrió ella misma la puerta y pareció sobresaltarse al ver a Mark, pero disimuló rápidamente su turbación.

—¡Mark! —exclamó—. Pasa. Perdona, últimamente no recibo visitas.

—Disculpa que te moleste, estando todavía de luto.

—Tú no molestas. Como sabrás, cuando Jack fue... asesinado, había policías por todas partes. La casa estaba llena de gente. Y luego... los amigos lo intentan. Quieren ayudar con el entierro, traer comida, y una tiene que parecer entera. Luego, por fin, cuando pasa el revuelo, tienes tiempo para llorar a solas.

—Elizabeth, lamento mucho tu pérdida.

Ella observó su cara con sus ojos verdes y brillantes.

—Te creo, Mark. Tú nunca has ofendido a nadie porque sus creencias políticas fueran distintas a las tuyas. Pero, antes de que entres, debo advertirte que, si alguna vez descubro que la monarquía estuvo implicada en este horrible asunto, acabaré en la horca porque buscaré venganza.

—No creo que eso llegue a pasar nunca, Elizabeth.

Ella le ofreció una sonrisa lacónica mientras lo conducía al salón. Su casa estaba a las afueras del pueblo. Desde allí, Mark podía ir al pabellón de caza de su padre en el bosque... y a la casita donde podría ver a Ally disfrazado de bandido. Entre tanto, había llegado a la conclusión, tras su conversación con Eleanor Brandon y su ama de llaves, que sería conveniente informarse acerca de las idas y venidas de Elizabeth en el momento del asesinato de Jack Prine. Hudson Porter, el primer antimonárquico asesinado, no estaba casado. Mark pensaba hablar con su ama de llaves al día siguiente.

—¿Te apetece un té?

—No, gracias, Elizabeth.

—Ya me parecía que no era una visita de cortesía.

—Elizabeth, tú no estabas aquí la noche que Jack fue asesinado, ¿verdad?

Ella negó con la cabeza.

—Estaba en Londres. Estábamos invitados a una fiesta. Jack no quiso ir. Tenía que trabajar. Pero me animó a ir.

—¿Y tu ama de llaves?

—Sólo viene de día —Elizabeth titubeó—. Lo encontró por la mañana, cuando llegó. Yo pasé la noche en nuestra casa de Kensington.

—Tengo entendido que no había indicios de que se hubiera forzado la entrada.

—No —contestó ella.

—Eso significa posiblemente que Jack conocía a su asesino.

Elizabeth se irguió de pronto.

—¿Insinúas que fue asesinado por otro antimonárquico, como sugería ese artículo del periódico?

—Elizabeth, ¿habría invitado Jack a pasar a un monárquico?

Ella asintió con la cabeza.

—Desde luego que sí. Santo Dios, Jack era amigo de muchos hombres que apoyaban a la monarquía. Lord Lionel Wittburg era íntimo amigo de Hudson Porter, y él fue el primero al que asesinaron.

—Elizabeth, ¿cuánta gente tiene llaves de esta casa?

Ella se puso rígida.

—Mi marido tenía llaves, naturalmente. Yo también, y el ama de llaves.

—¿Dónde las dejas?

—No tengo por costumbre dejar mis llaves por ahí.

—Pero, ¿dónde las guardas?

Ella suspiró.

—En el cajón de mi cómoda.

—¿Y el ama de llaves? ¿Puedo hablar con ella hoy mismo?

Ella consiguió sentarse aún más erguida.

—Me temo que le he dado la tarde libre.

—No importa. Puedo volver —se levantó—. Lo siento, Elizabeth. Sólo intento descubrir la verdad.

Elizabeth también se levantó.

—Pues deberías buscar en otro sitio.

—¿En qué sitio?

Ella lo miró con enojo.

—¡Podrías empezar por la Corona!

Mark salió de la casa y le advirtió que cerrara la puerta con llave. Oyó que ella echaba el cerrojo. Pero, cuando se disponía a echar a andar por el camino, oyó otra cosa.

Voces.

O Elizabeth le había mentido y el ama de llaves estaba allí o...

O la viuda había recibido la visita de otra persona.

Querida Ally:
Hemos ido a casa de los Morton. Tienen las fiebres y la hermana de ella está de camino, pero el padre Carroll dice que, mientras llega, necesitaban ayuda. Edith ha hecho sopa. Me temo que llegaremos bastante tarde. Por favor, prepárate algo de comer, cierra con llave y no dejes entrar a nadie. Ten mucho cuidado, querida. Te quieren,
Tus tías.

Ally tuvo que sonreír. Sabía que era siempre Violet quien escribía, y que nunca firmaba con su nombre.

No le inquietó que sus tías se hubieran ido. Siempre andaban de un lado a otro, por el vecindario, cuidando de algún niño cuya madre estaba enferma o dando de comer a una familia que pasaba apuros. Eran las mujeres más generosas del mundo.

Se preparó té y descubrió que le habían dejado un estofado cociendo a fuego lento sobre el fuego, así que se preparó un plato, tomó una de sus novelas favoritas de Defoe y se sentó delante de la chimenea. Pero las palabras que solían cautivarla se deshacían de pronto ante sus ojos.

Si, como sospechaba, el bandido había descubierto su cuaderno de dibujo, lo leería en algún momento. ¿Y si no lo había encontrado él? A juzgar por cómo se había comportado Mark en el carruaje, no parecía haberlo encontrado. O haberlo leído. ¿Y si se lo había llevado otra persona?

Un escalofrío recorrió su espalda.

El fuego parecía crepitar suavemente. La casita no tenía electricidad y de pronto parecía que las lámparas de aceite lanzaban sombras fantasmales por la pequeña habitación. «No seas ridícula», se dijo. Aquello no eran más que imaginaciones suyas. Pero, aun así, dejó el plato, llena de inquietud.

Se puso en pie y comenzó a pasearse por la estancia. Se acercó a la puerta y comprobó que estaba bien cerrada.

Recorrió rápidamente la casa y se aseguró de que las ventanas estaban atrancadas. Se estaba comportando como una tonta. Había vivido allí toda su vida. A menudo ni siquiera cerraban las puertas.

Mientras recorría el pasillo de camino a la cocina y a la puerta de atrás, oyó un golpe repentino en la pared de la fachada. Se quedó inmóvil y la sangre pareció helársele en las venas. Aguardó.

Nada.

Al cabo de un momento se obligó a correr hacia la cocina. Al llegar a ella, cuando se dirigía a la puerta de atrás, vio que el picaporte empezaba a moverse. Se quedó sin aliento un instante. Echó a correr y vio que el cerrojo estaba echado. Pero el pomo redondo seguía moviéndose.

Ally permaneció en silencio, mirándolo fijamente.

Luego el movimiento cesó y el miedo se apoderó de ella, seguido por una furia aún mayor. Quienquiera que estuviera allí fuera, había decidido no entrar por la cocina y se había ido a buscar otro modo de acceder a la casa.

Ally levantó una de las sillas de la mesa sin hacer ruido y la colocó contra la puerta, bajo el picaporte. Luego buscó frenéticamente un arma. En la casa no había ninguna pistola. Había, en cambio, muchas agujas de hacer punto. Pero, al echar a correr hacia el cuarto de costura, vio el atizador de la chimenea. Lo recogió, lo sopesó con ambas manos y miró hacia el otro lado del salón.

En la casa no había electricidad, pero las tías se habían mostrado encantadas cuando lord Stirling había insistido en que necesitaban un teléfono. Seguían considerándolo un invento estrafalario, pero a la reina le agradaba, y eso había sido suficiente para muchos, aunque no hubiera aún muchos sitios a los que llamar.

Ally vaciló, pensando en el ruido que haría al marcar, pero de todos modos se dirigió hacia el aparato. Ginny, la operadora del pueblo, contestaría y le pondría con sir Angus Cunningham y con Brian. Corrió hacia el teléfono, giró enérgicamente la manivela... y no oyó nada. Entonces comprendió que quienquiera que estuviera fuera había cortado los cables.

Se quedó muy quieta y aguzó el oído, pero su corazón latía con tanta fuerza que al principio no oyó nada. Luego...

Algo. Un arañar, procedente del dormitorio de Merry. Asió con fuerza el atizador y recorrió lentamente el pasillo. Entró en la habitación y oyó que alguien intentaba abrir el pestillo de la ventana.

Luego, de nuevo, todo quedó en silencio.

Ally no se atrevía a respirar.

Oyó a lo lejos un tintineo.

El intruso estaba intentando abrir el pestillo de la ventana del cuarto de costura.

Ally salió a todo correr de la habitación de Merry, cruzó el pasillo y entró en el cuarto de costura. Se deslizó sigilosamente por la pared, con la espalda pegada a ella, y esperó. Deseaba atreverse a apartar la cortina para ver quién intentaba entrar en la casa. Quería conocer el rostro de su enemigo.

Pero no podía. No se atrevía a advertir al intruso de que sabía que estaba allí. La asustaba que estuviera armado. Pero, aunque no lo estuviera, podía ocultarse en la oscuridad rápidamente y ella quedaría expuesta. No podía desperdiciar su única ventaja: el elemento sorpresa.

De pronto se oyó un chasquido. Ally comprendió que el intruso había conseguido deslizar el pestillo. Notó un movimiento detrás de la cortina. Una figura corpulenta apartó la tela e intentó pasar a través de la ventana.

Ally no se atrevió a esperar. Se lanzó contra el intruso, blandiendo el atizador con todas sus fuerzas. Mientras se movía, oyó su nombre.

—¡Ally! —el grito procedía de la parte delantera de la casa. Luego pareció acercarse—. ¡Ally!

La persona a la que había atacado dejó escapar un gruñido de dolor. Ella chilló cuando unas manos le agarraron las muñecas.

Oyó que gritaban de nuevo su nombre.

—¡Ally!

Luego se oyó el estruendo de unos pasos acercándose a la ventana. La figura enredada en la cortina masculló una maldición. De pronto, Ally sintió libres sus muñecas.

La cortina se agitó, empujada por la brisa nocturna. Luego alguien volvió a apartarla.

Ella levantó el atizador, dispuesta a asestar un nuevo golpe.

—¡Ally! —gritó Mark.
—Oh, Dios —musitó ella.
Él se quedó mirándola. A pesar de lo ocurrido, Ally no estaba en estado de pánico. Permanecía muy erguida, con el pelo cayéndole alrededor de la cara, pálida y tensa, pero lista para presentar batalla, con el atizador en alto y los ojos entornados. A fin de cuentas, había un hombre enmascarado en su ventana.

Dejó caer el atizador al reconocer a Mark y él tardó un momento en darse cuenta, irritado, de que parecía perfectamente capaz de confiar en un bandido.

—¿Estás bien? —preguntó él rápidamente.
—Sí.
—Mantente alerta. Voy tras él.

Mark renegó de la situación en la que se hallaban. Al llegar por fin, apenas acababa de desmontar en el pequeño jardín de delante de la casa cuando había visto escabullirse una figura hacia la parte de atrás. No sabía si aquel individuo lo había visto o si Ally estaba en guardia. Así que había gritado con todas sus fuerzas, y ello había permitido escapar al intruso. Aun así, quizá no fuera demasiado tarde para encontrarlo.

Maldijo en voz baja y se internó en el bosque, por

donde creía haber visto escapar a aquella figura. Al principio vio un par de ramas rotas y creyó poder seguir su rastro. Pero muy pronto la oscuridad se hizo completa. Había un millón de lugares donde esconderse. No creía, sin embargo, que el hombre que había intentado entrar en la casa siguiera merodeando por allí. Había fracasado en su intento y había huido.

Furioso consigo mismo, Mark regresó hacia la casa. Se acercó primero a la ventana, seguro de que Ally seguía en guardia.

—Soy yo —gritó. Ella apartó la cortina. Mark se agarró al marco de la ventana y entró de un salto.

Ella sujetaba aún el atizador. Sus ojos tenían una expresión salvaje, pero su respiración iba haciéndose más lenta.

—¿Lo has...?

—No —Mark echó mano del atizador—. No pasa nada. Ya puedes dejar esto.

Estaban casi a oscuras. La luz que los bañaba suavemente procedía de las lámparas del pasillo. Mark tocó su cara y le quitó el atizador.

—Se ha ido —se dio cuenta de que estaban en el cuarto de trabajo de las tías. Tomó a Ally del brazo y la llevó al cuarto de estar, donde la hizo sentarse en el sofá. Ella se levantó al instante.

—La ventana... —comenzó a decir.

—Yo me ocuparé de eso. No queremos que entre ningún delincuente.

Ella lo miró y se echó a reír.

—Tú eres un bandido —le recordó.

—Pero no asalto casas —respondió él.

La dejó y volvió apresuradamente al cuarto de costura. El intruso había doblado el pestillo. Mark pudo repararlo usando su navaja, pero la pieza se había aflojado. Ninguna de las ventanas de la casa era, en realidad, invulnerable. Encontró una estaca de madera, que formaba parte, supuso, del pedestal de un maniquí y atrancó con ella la ventana. Aun así, la casa no era segura.

De vuelta en el salón, se fijó en el teléfono.

—¿Por qué no llamaste para pedir ayuda?

—La línea está cortada.

—Quédate aquí —dijo él.

Ella levantó las manos y sonrió otra vez.

—No tengo dónde ir —pero se levantó al ver que él se dirigía a la puerta.

—¿Adónde vas? —preguntó Mark con el ceño fruncido.

—Contigo.

—Ally, quienquiera que fuera ese tipo, iba detrás de ti, no de mí. Sólo voy a echar un vistazo a la conexión del teléfono. Enseguida vuelvo. Por favor, quédate aquí. Y cierra bien la puerta cuando salga.

No tardó en descubrir que, en efecto, la conexión telefónica estaba cortada. Cuando Ally le abrió la puerta, experimentó una sensación de ansiedad que no imaginaba posible. Comenzó a pasearse por el cuarto de estar.

—No puedes quedarte aquí. Te llevaré conmigo. Lord Farrow está en el pabellón esta noche. Con él estarás a salvo.

—No —contestó ella con firmeza.

—¿No? Ally, ¿estás loca? Alguien ha intentado entrar, seguramente con intención de matarte.

—Quizá fuera alguien que estaba desesperado —dijo ella—. Alguien que vio marcharse a mis tías y pensó que la casa estaba vacía —Mark la miró con fijeza y ella se sonrojó—. ¿Por qué iba a estar en peligro de repente?

—Sí, ¿por qué? —masculló él—. Pero la razón no importa ahora. No puedes quedarte aquí.

—Tengo que quedarme. ¿Es que no te das cuenta? Las tías van a volver y no sabemos si ellas también están en peligro.

Mark apretó los dientes. Ally tenía razón. No podía poner a sus tías en peligro. Aun así, le inquietaba pensar que, casi con toda certeza, ella le había mentido. Era, muy probablemente, Olivia Cottage, también conocida como A. Anónimo, y dado que tres hombres habían muerto degollados...

Mark se sentó.

—Esperaremos.

—¿Esperaremos?

—¿De veras quieres que me vaya ahora? —preguntó él.

—¿Cómo voy a explicárselo a las tías?

—¿Dónde han ido?

—A casa de los Morton, a echarles una mano. Están enfermos.

—Entonces tenemos que esperar a que vuelvan. Luego nos iremos. No podéis pasar la noche aquí.

—¿Y dónde vamos a pasarla?

—En casa de lord Farrow.

Ella suspiró.

—Esto es... absurdo. Seguramente es por culpa de Mark Farrow.

—¿Qué? —preguntó él.

—Bueno, yo no soy nadie, ni tengo nada. He vivido toda mi vida aquí sin correr peligro. Y, ahora, de repente, estoy comprometida con Mark Farrow y mira lo que pasa.

Rara vez le había parecido más hermosa que en ese momento, sentada en el sofá, con su falda sencilla y su blusa blanca, el pelo suelto y enredado y una expresión seria a la luz del fuego.

—Creo que esto va más allá de tu compromiso con Mark Farrow —le dijo, intentando no parecer molesto. ¿Sospechaba acaso que Mark y el bandido eran la misma persona?

—¿Y por qué iba a querer nadie hacerme daño, si no? —preguntó ella.

—No lo sé. Quizá debas decírmelo tú.

—Tú eres un forajido —le recordó ella.

No, no lo sabía. No podía saberlo.

Mark dejó escapar un suspiro de fastidio y se preguntó si debía decirle la verdad. Pero no, dado que ella no estaba siendo sincera con él.

—Nada de eso importa. No puedes seguir aquí.

—Ya te he dicho que no puedo marcharme hasta que vuelvan mis tías.

—Quizá deberías meter algunas cosas en una maleta y estar lista para cuando vuelvan.

—¿Vas a esperar? ¿Para saludarlas? Si te ven, les darán palpitaciones —Mark empezó a pasearse otra vez como si no la hubiera oído—. ¿Tienes que hacer eso? —preguntó ella.

—¿El qué?

—Dar vueltas. ¿Puedes sentarte, por favor? —él se sobresaltó al ver que daba unas palmadas en el sofá, a su lado—. Siéntate, por favor. Me estás poniendo nerviosa.

Mark arrugó el ceño, pero se sentó. Se sorprendió cuando ella se apoyó en su hombro.

—Estoy tan cansada... —murmuró Ally.

Mark no pudo resistirse, a pesar del peligro que corrían y de la preocupación que sentía. Se reclinó en el asiento, puso una mano sobre su cabeza y la animó a posarla sobre sus rodillas.

—Descansa, entonces. ¿Cuánto crees que tardarán tus tías?

—Su nota decía que volverían tarde —murmuró ella, prácticamente acurrucada en su regazo. Su cabello se derramaba sobre él. Su cuerpo era cálido. Mark tuvo que obligarse a pensar en otra cosa.

Puso la mano sobre su pelo otra vez y se lo apartó. «Estoy enamorado», pensó. Apenas la conocía y, sin embargo, sabía cuanto necesitaba saber. Ally era su prometida. ¿Su prometida? Ella yacía tranquilamente apoyada sobre su regazo, aunque, según creía, estaba prometida a otro hombre.

Mark nunca había deseado a nadie tanto en toda su vida. Pero, a pesar de lo mucho que la deseaba, no podía forzar la situación. En realidad, con ella allí, apenas se atrevía a respirar.

Ella se removió. El cuerpo de Mark se tensó. ¿Lo notaba ella? Mark no podía delatarse. Tragó saliva.

—¿Crees que tardarán mucho más?

—No sé qué hora es ahora.

—Son casi las diez.

—Seguramente tardarán una hora o dos.

Para entonces, él podía haber entrado en combustión. Se obligó a concentrarse.

—¿Sabes dónde le diste a ese tipo con el atizador?

—En la cortina —contestó ella con desgana.

—¿No le diste en la cara?

—Creo que no. Además, me agarró con fuerza de la muñeca. Puede que le diera en el pecho.

—Ojalá le hubieras dado en las piernas.

—Lo siento mucho —replicó ella con aspereza.

Mark tuvo que echarse a reír.

—No, has estado maravillosa, en realidad. No te acobardaste en un rincón, ni saliste corriendo y gritando como una loca. Lo atacaste antes de que él tuviera ocasión de atacarte a ti. Pero... sería más fácil fijarse en alguien que cojea.

—¿Ah, sí? ¿Es que hay alguna taberna a la que van todos los delincuentes a tomar una copita antes de acostarse y donde podrías beber algo y ver si encuentras a alguien que cojea?

—No creo que ese tipo sea un delincuente al uso, Ally.

—Cuanto más lo pienso, más me convenzo de que era algún pobre diablo que pensó que la casa estaba vacía y sólo buscaba un poco de comida y robar alguna baratija.

—Eso no es cierto y tú lo sabes.

Ella cambió de postura para mirarlo y sus dedos se deslizaron sobre la rodilla de Mark. Él se tensó, pero se obligó a mirarla con calma a los ojos. Ally sonrió de repente.

—¿Qué pasa?

—Esto es una locura. Eres un forajido —dijo con suavidad—. Y, sin embargo, aquí estoy, tan tranquila, prácticamente en tus brazos. Asaltaste mi carruaje, te portaste abominablemente y pese a todo... confío en ti —susurró con ojos enormes y voz baja y sensual.

Él tensó la mandíbula un momento.

—Estás prometida.

—Eso dicen.

—Llevas un anillo en el dedo.

—Sí, un anillo bastante bonito. Pero, si me empeño, seguramente podré quitármelo.

—Tienes que casarte con Mark Farrow.

—¿Ah, sí? ¿Es que de pronto te has convertido en mi tutor?

—Tu vida está en peligro. No piensas con claridad.

Ella levantó la mano y le acarició suavemente la barbilla.

—Por lo menos eres un bandido noble —dijo.

Aquellos dedos sobre su piel. Aquellos ojos...

Mark la incorporó de golpe. Todavía cabía la posibilidad de que el intruso volviera, quizá con refuerzos.

—Ally...

—No sé qué está ocurriendo —dijo ella mientras él se levantaba y se acercaba al fuego. Luego suspiró y pasó la mano por el lado del sillón que él había ocupado—. Aunque vaya a casarme con Mark Farrow, aún no estoy casada, ¿no?

—¿Qué estás diciendo? —preguntó él, y temió que su tono sonara demasiado brusco.

Ella sonrió. La suya era una sonrisa bella, triste y melancólica.

—Estoy diciendo que puede que tenga que casarme con

él, pero soy una mujer moderna. Mi vida es mía. Y aún no me he casado.

—¿Se me está insinuando, señorita Grayson? —preguntó él, cada vez más enfadado.

Si Ally no sabía quién era...

—Eso nunca —dijo ella.

Él dejó escapar un suspiro de alivio.

—Yo no lo diría así —musitó ella—. Sólo he descubierto que... bueno, estoy a punto de embarcarme en una vida que no buscaba, en un matrimonio que no quería. Pero, hasta entonces, soy libre.

¡Maldita fuera! Tenía que saberlo, seguro. Hacía aquello sólo para torturarlo. Él tenía que decir algo. Pero no tuvo ocasión de contestar. De pronto oyó el ruido de unas ruedas y el golpeteo de los cascos de un caballo.

—Ahí están —dijo.

Ella se levantó de un salto.

—Tienes que irte.

Mark se quedó quieto.

—No.

—¿Qué? ¿Cómo demonios se lo voy a explicar? —preguntó ella, llena de nerviosismo—. ¡Vete! ¡Tienes que irte!

—No. ¿Quién las trae a casa?

—Nadie. Violet siempre conduce el coche —él asintió con la cabeza y se dirigió a la puerta. Ally se abalanzó hacia él—. ¡No!

—No hay más remedio —salió fuera y gritó—: ¡Por favor, no se asusten!

A pesar de sus palabras, Violet dejó escapar un grito. Merry, que iba a su lado, emitió un quejido. Y Edith, que iba detrás, pareció a punto de desmayarse.

—¡No pasa nada, tías! —gritó Ally. Corrió a ayudar a bajarse a Edith. Mark se acercó, pensando que Violet era la más enérgica de las tres.

—Señora, lamento mucho haberlas asustado.

—¡Es él! ¡Es el bandido! —exclamó Merry.

—Pero no soy peligroso, les doy mi palabra. Sin embargo, alguien peligroso ha estado aquí esta noche, ha intentado entrar en la casa y casi lo ha conseguido —añadió rápidamente.

—¿Qué? —dijo Merry.

Edith estuvo a punto de desmayarse otra vez. Ally la sujetó.

—Escuchadme, por favor. El bandido me ayudó —explicó—. Ahuyentó al intruso cuando estaba a punto de entrar en la casa.

—El caso es —dijo Mark— que no pueden quedarse aquí.

Aquello causó un revuelo y una de las conversaciones más curiosas que Mark había oído nunca.

—¿No podemos quedarnos aquí? —repitió Violet.

—Pero, ¿adónde vamos a ir? —preguntó Merry.

—No podemos dejarlo todo así, sin más —logró susurrar Edith.

—Debemos hacerlo —dijo Merry.

—Por supuesto que sí —añadió Violet—. No podemos permitir que Ally corra peligro.

—No, no, claro que no —repuso Merry.

—Pero es un bandido —gimoteó Edith.

—Ha rescatado a Ally —dijo Violet—. Eso es lo que importa. Así pues, no le entregaremos, joven.

—Tienen que recoger algunas cosas —dijo Mark— y yo las acompañaré al pabellón de caza de lord Farrow.

—¿Al pabellón de caza de lord Farrow? —preguntó Violet.

—No tienen que quedarse allí para siempre. Pero está cerca y es un lugar seguro.

Violet lo miró un rato. Luego meneó un dedo hacia él.

—Tiene usted que cambiar de vida, joven.

—¡Puede que lord Farrow exija tu arresto! —exclamó Ally.

—Me iré antes de que me vea —le aseguró él.

—Vamos, vamos, hermanas, no hay tiempo que perder —dijo Violet—. Ally, ¿has guardado algo?

—Aún no.

—Entonces hay que ponerse en marcha. Vamos, aprisa —ordenó su tía.

Ally enarcó una ceja y miró a Mark con severidad. Él se encogió de hombros. No podía haber hecho otra cosa. No podía permitir que cruzaran el bosque solas esa noche. Ni nunca.

—Ni siquiera tienen perro —masculló cuando Violet pasó a su lado.

Ella levantó la barbilla.

—Los hemos tenido —replicó—. Pero, cuando se pierde a un compañero fiel, no es fácil reemplazarlo.

Con ésas, pasó a su lado y entró en la casa. Ally se encogió de hombros y la siguió sin soltar la mano de Edith, que pareció marearse otra vez al mirar a Mark.

Las hermanas no tardaron ni media hora en recoger las cosas que necesitaban para esa noche. Mark las cargó en el coche y montó en su caballo. Violet volvió a tomar las riendas y Ally se sentó con Edith.

La linterna colocada encima del pescante les alumbró el camino. Su caballo avanzaba lentamente, pero con seguridad. No se encontraron con nadie. Cuando al fin se aproximaron al pabellón de caza de lord Farrow, vieron que dentro había luz. Bertram, el sirviente, salió de la casa al oír que alguien se acercaba. Tras él salieron Jeeter y el padre de Mark.

—Debo irme —murmuró Mark, y espoleando a su montura, dio media vuelta y regresó por el sendero, consciente de que su padre no permitiría que les pasara nada malo.

Ally le explicó lo sucedido a lord Farrow, quien inmediatamente ordenó a Jeeter y Bertram que las ayudaran con sus pertenencias y las condujo luego al interior de la casa.

—¿Qué ha sido del intruso? ¿Cómo consiguieron ahuyentarlo? —preguntó lord Farrow.

—Oh, no se lo imagina usted —comenzó a decir Merry, pero Ally le dio un codazo de advertencia y habló por ella.

—Dio la casualidad de que pasó por allí un amigo —dijo. ¿Sabría lord Farrow que su hijo llevaba una doble vida?—. Nos acompañó hasta aquí, pero tenía... un asunto urgente que atender y no podía esperar.

—Le pedimos disculpas por presentarnos así —dijo Violet.

Pero lord Farrow no aceptó ninguna disculpa.

—Queridas, la señorita Grayson será pronto mi nuera. Ustedes son como mis hermanas. Ésta es su casa. Sólo me preocupa lo que ha ocurrido y cómo impedir que vuelva a suceder —frunció el ceño—. Hay que celebrar la boda cuanto antes.

—¿Qué? —exclamó Ally, y de pronto se dio cuenta de lo que sentía.

Iba a casarse con él. Porque se estaba enamorando de él, porque ya estaba enamorada, aunque se sintiera incapaz de ser completamente sincera con él. Claro que, ¿cómo se atrevía él a mentirle así?

Pese a todo, esa noche Mark había logrado llegar a tiempo. Sí, ella se había enfrentado al intruso, pero, ¿habría podido vencerle? El miedo empezó a apoderarse de su espíritu. ¿Pretendía alguien asesinarla? ¿Por qué razón? ¿Sospechaba alguna otra persona que era A. Anónimo?

—La boda debe celebrarse enseguida —dijo lord Farrow con calma, mirándola fijamente.

—Pero necesitamos tiempo para organizarlo todo —insistió ella.

—La seguridad es lo primero —repuso lord Farrow—. Pero de todo eso podemos hablar mañana. Tenemos habitaciones de invitados al fondo del pasillo, bastante espaciosas. Cada una puede tener la suya...

—No, no, por favor. Preferimos pasar esta noche juntas —dijo Ally.

—¿Todas en una cama? —preguntó él—. No hace falta que estén como sardinas en lata.

—Yo dormiré con Edith, y Merry y Violet pueden dormir juntas. Creo que nos sentiremos mejor si estamos acompañadas —dijo Ally.

Él le sonrió. Ally sintió una oleada de afecto por aquel hombre. Quizá fuera porque sabía que lord Farrow sentía un aprecio sincero por ella. Qué reconfortante resultaba pensar que iba a ser su suegro. Aunque, por otro lado, resultaba inquietante saber que iba a tener un marido.

—Yo haré la primera ronda —dijo Bertram.

Lord Farrow asintió con la cabeza.

—Suelta también a los chicos.

—¿Los chicos? —preguntó Violet.

—Los perros —dijo lord Farrow—. Unas criaturas maravillosas. Grandes como tigres, leales hasta la médula y excelentes vigías.

—Sí, nosotras tuvimos una vez un perro maravilloso, ¿te acuerdas, Ally? —preguntó Merry.

—Sí, aunque era muy pequeña.

—Quizá debamos tener perro otra vez —murmuró Violet.

—Yo me encargaré de ello —le dijo lord Farrow—. Y, ahora, a la cama. Es una suerte que estuviera aquí esta noche. Angus se habría ocupado de todo en el pueblo, claro, pero aquí hay sitio y, además, somos casi familia. ¿Les apetece tomar algo? ¿Té, quizá?

—Una copita de whisky —dijo Edith.

Todos se quedaron mirándola un momento en asombrado silencio. Lord Farrow se encogió de hombros y sonrió.

—Una copita de whisky, entonces. Y, si creen que pueden quedarse un rato más despiertas, avisaré a sir Angus

Cunningham para que venga cuanto antes. Es el alguacil del pueblo y hay que informarle enseguida.

—Sí, supongo que debemos hablar con él —dijo Violet.

—Desde luego —convino Merry, y miró a Edith—. Así que bébete despacito ese whisky.

Mark se despertó al oír un bufido y sentir un hocico suave y húmedo en la mejilla. Abrió los ojos y gruñó. Galloway, uno de sus mejores potros árabes, estaba a su lado, lleno de curiosidad y ansioso por despertarlo.

Mark se sentó, se quitó la paja del pelo y pensó que había dormido bastante bien para haberse acostado en el establo. Luego, antes de que pudiera levantarse, oyó el sonido suave de unas pezuñas. Un segundo después, los perros estaban sobre él, ladrando, gimoteando y dándole lametazos.

—Disculpadme —protestó, y se apoyó en la espalda de Malcolm, el más grande, para levantarse. Acarició las cabezas de los cuatro grandes animales, que meneaban las colas frenéticamente, y, al ver que Cara se disponía a levantarse sobre las patas traseras, ordenó:

—¡Abajo! Buena chica —añadió cuando la perra obedeció. Luego miró a su alrededor—. Padre, ¿dónde estás? Seguro que te lo estás pasando en grande.

Lord Farrow apareció vestido con traje de caza.

—Ah, estás aquí. Ya me parecía que no andarías muy lejos.

Mark se sacudió el polvo de la paja.

—¿Qué podía hacer? —preguntó con fastidio.

Joseph se puso serio.

—Nada. Es una noticia muy preocupante. Puede que fuera un vagabundo que pensó en refugiarse en la casita, pero tú no lo crees, ¿verdad?

Mark negó con la cabeza.

—Quiero que Ally se quede aquí. Y las tías también deben quedarse.

—Se negarán, ya lo sabes. Anoche hice venir a sir Angus. Fue a registrar la casa. Ha enviado algunos hombres a poner rejas en las ventanas, así que, aunque alguien rompa los cristales, no podrá entrar. Voy a mandarles un par de perros. Y tú deberías averiguar si algunos de tus amigos están disponibles para montar guardia por las noches.

—Sí, podemos hacer turnos —murmuró Mark.

—¿Me permites hacer una sugerencia?

—Por favor.

—Esta boda lleva prevista muchos años. A no ser que hayas decidido que no puedes seguir adelante con ella, sugiero que la boda tenga lugar este sábado.

—Eso nos deja poco tiempo para hacer planes. Creía que los Stirling y tú queríais una boda por todo lo alto.

—No es necesario —contestó Joseph, agitando una mano.

—No, para mí tampoco. Pero puede que la señorita Grayson ponga reparos.

—Bueno, ya veremos. ¿Vas a entrar? —preguntó Joseph.
Mark sacudió la cabeza.

—Le pediré a Bertram que me deje su cuarto en el establo para bañarme y vestirme. Tengo que ir a la ciudad.

—¿Te estás acercando a la verdad? —preguntó su padre.

—Aún no, pero he podido descartar algunas posibilidades. Estoy seguro de que algunas personas que son sospechosas no están implicadas en el caso. Así que...

—Entiendo. Pero, si quieres que la boda se celebre el sábado, deberías pasar algún tiempo con Ally.

—Sí, desde luego. Será sólo esta mañana. Tengo que estudiar detenidamente algunos de los archivos que ha reunido Ian.

—Como quieras.

—Padre...

—¿Sí?

—Ayer Lionel Wittburg estaba en un estado lamentable.
—Ah, así que por eso estaba el inspector Douglas en la iglesia.
—Sí.
—¿Cómo está lord Wittburg ahora?
—Mucho mejor, creo.
—Bien.
—Pero dijo algo curioso. Voy a seguir adelante con esta boda, padre, como prometiste que haría. Pero debes decirme la verdad.
—¿La verdad? Le hice una promesa a lord Stirling.
—Padre, ésa no es la única razón. Debes decirme por qué es tan importante que Ally Grayson se case conmigo.

Joseph se quedó muy quieto.

—Hay secretos que algunos hombres se han llevado a la tumba —dijo suavemente al cabo de un momento.
—Pero también hay hombres vivos que conocen esos secretos. Lionel Wittburg sabe algo.
—¿Qué te dijo ese viejo bobo?
—Nada. Pero te lo estoy preguntando a ti, padre. Necesito la verdad.

Joseph se quedó callado.

—Hablaremos más tarde —dijo al fin—. Cuando nada te reclame en la ciudad —se dio la vuelta y echó a andar hacia la casa. Mark lo observó alejarse. Parecía por fin que su padre estaba dispuesto a hablar con él. De pronto lamentaba tener que regresar a Londres.

—No podemos quedarnos aquí eternamente —dijo Violet.
—Estoy segura de que en casa no nos pasará nada —añadió Edith.

Estaban sentadas alrededor de la mesa del desayuno. Ally se sentía asombrada por la belleza de aquel lugar, que era considerado únicamente un pabellón de caza. Había un salón grande, el cuarto para el desayuno (cuyas ventanas daban al jardín de atrás y al bosque), una enorme cocina, un comedor formal, un espacioso cuarto de estar, una biblioteca y numerosas alcobas. A lord Farrow le encantaba ir allí por la paz y la belleza del campo, pero reconocía que, por desgracia, sus negocios lo retenían la mayor parte del tiempo en Londres.

—Si tienen que regresar a casa, les enviaré un par de perros —dijo lord Farrow—. Pero, Ally, me temo que tú debes seguir siendo mi invitada.

—Pero si tenemos los perros...

—No creo que tus tías corran peligro. Pero creo que tú sí —respondió él.

—Entonces, debes quedarte aquí —dijo Violet con firmeza.

—No puedo permitir que os vayáis solas —repuso Ally con la misma determinación.

Lord Farrow carraspeó.

—Hemos decidido que la boda tendrá lugar este sábado —dijo.

Ally dejó escapar un gemido de sorpresa.

—¿Tan pronto?

—Parece lo más prudente —dijo lord Farrow.

—Yo... yo... —tartamudeó Ally.

—Sí, tiene que ser el sábado. ¡Oh, Ally, será maravilloso! No tendrás que volver a tener miedo de nada —dijo Merry alegremente.

—No tengo miedo. Estoy enfadada y preocupada porque vayáis a estar solas —dijo ella con firmeza.

—Ally —contestó Violet—, siento decir esto, pero creo que estaremos muy bien solas, sobre todo con esos perros tan bonitos que piensa prestarnos lord Farrow. Es más que probable que te hayas convertido en blanco de alguna persona enloquecida por los celos. Estarás más segura aquí, y nosotras estaremos a salvo en nuestra casita.

—Pero...

—Por ahora, Ally, por favor —dijo Edith.

Ella levantó las manos. Había un asomo de verdad en lo que estaban diciendo. No creía ya que de pronto se hubiera convertido en blanco de los ataques de alguien por su compromiso con Mark Farrow. Le había dado por pensar que tal vez la hubieran seguido hasta la oficina de correos de Londres. Quizás alguien —alguien con intenciones asesinas— sabía que era A. Anónimo.

—Por favor, no te apenes, querida —le suplicó Edith.

—Pasarás con nosotras todo el viernes. Tenemos que probarte el vestido para hacerle los últimos retoques. ¡Ah, vas a estar preciosa! —dijo Merry.

Ally intentó sonreír, pero se sentía triste. Quería mucho a sus tías. Le había encantado crecer en el bosque. De pronto se daba cuenta de que no sólo se iba a casar con un hombre que era prácticamente un desconocido para ella, sino que iba a dejar atrás su infancia, todo lo que había amado durante tanto tiempo.

—Tengo una biblioteca estupenda —le dijo lord Farrow.

—Ahí lo tienes, Ally. Una biblioteca estupenda —dijo Violet.

Ella asintió con la cabeza.

—Como queráis, queridas tías —les dijo.

Aun así, cuando su coche estuvo cargado de nuevo y Bertram salió para acompañarlas con los dos perros, volvió a sentir aquella congoja. Las abrazó con fuerza una por una. Merry estuvo a punto de echarse a llorar.

—Hasta el viernes entonces, cariño mío —dijo Violet, intentando parecer alegre.

—Hasta el viernes —dijo Ally.

—Ven, Ally, voy a enseñarte la biblioteca —dijo lord Farrow—. No te preocupes. Si alguien se acerca a la casa, aunque sea a distancia, nos enteraremos. Esos perros son unos guardianes excelentes. Aquí puedes leer cuanto gustes. Y hay una máquina de escribir en la mesa de la biblioteca, por si quieres usarla. Si me necesitas, estaré en mi despacho, junto a mi dormitorio.

Ella asintió con la cabeza. Seguía sintiéndose perdida. La librería, sin embargo, situada en la segunda planta, era asombrosa por su tamaño y su variedad.

—Esos de allí —dijo lord Farrow, señalando unos volúmenes—, ten mucho cuidado con ellos. Son cartas escritas durante las Cruzadas —añadió—. También hay una edición original de Chaucer.

—Tendré mucho cuidado.

—Lo sé —lord Farrow la dejó allí.

Ally se quedó mirando un rato los libros, hipnotizada. Pero luego sus ojos cayeron sobre la máquina de escribir. En su casa no había ninguna. Se fue derecha a ella.

Había papel sobre la mesa. Metió rápidamente uno en el carro de la máquina y se quedó mirando las teclas. Un momento después, comenzó a teclear y su alma pareció elevarse a medida que sus dedos volaban.

11

En la jefatura de policía, Mark estudió atentamente las diversas listas que Ian había conseguido y las comparó con las que había hecho de carruajes y personajes asaltados por el bandido.

–Entonces, ¿crees que Lionel Wittburg podría estar involucrado en algún sentido? –preguntó Ian, sentado en un rincón de su mesa.

–Está claro que esta situación le trastorna, pero...

–¿Y qué hay del hombre que intentó entrar en la casa? –preguntó Ian–. ¿Crees que está relacionado con los asesinatos?

Al llegar Mark a la comisaría, Ian ya estaba al corriente de lo sucedido: había hablado con sir Angus Cunningham por teléfono.

Mark señaló una de las listas que tenía delante.

–¿Estos son los datos acerca de las visitas que recibía Giles Brandon en su casa de la ciudad, obtenidos de Eleanor y el ama de llaves?

–Sí.

–Wittburg lo visitaba. Y sir Andrew Harrington también. Acompañaba a su prima, Elizabeth Prine, cuyo marido también fue asesinado, a visitar a Eleanor.

Ian se encogió de hombros.

—Bueno, son amigas.

—Cierto. Y Lionel asistió a una de las reuniones celebradas en casa de Brandon.

—Eso me sorprendió bastante. Fue después de la muerte de Hudson Porter. La lista de los que visitaban su casa está aquí. La obtuve del ama de llaves, el viernes. Pero todas las mujeres con las que he hablado me han advertido que no recordaban los nombres de todas las personas que visitaban la casa.

—Mmm —murmuró Mark mientras observaba las listas. Levantó la mirada—. Aunque se hayan olvidado de alguien, veo varios nombres en común.

—Claro. Todos forman parte del mismo movimiento.

Mark sacudió la cabeza.

—Pero... ¿y lord Lionel Wittburg?

—¿Crees que un hombre como él, un aristócrata cercano a la reina, buscaría derribar a la monarquía?

—Puede que sí, si enloqueciera o quisiera vengarse —contestó Mark.

—Ese escritor, Thane Grier, asistió a reuniones en las tres casas.

—Es periodista. Cubre esa clase de acontecimientos sociales.

—El bandido no ha asaltado a ninguno de esos hombres.

—Un periodista no dispone de un buen carruaje.

—Pero Lionel Wittburg tiene uno excelente. Y también sir Andrew Harrington.

—Pero eso solo...

—Sí, por sí solo no significa nada —convino Ian.

—Creo que es posible que estos asesinatos deban atribuirse a más de una persona.

—Sí, estoy de acuerdo —dijo Ian.

—Ninguna de las casas mostraba indicios de que hubieran forzado la entrada. Las viudas y las amas de llaves estaban fuera. O bien los asesinos tenían llave de la casa, o la víctima los dejó pasar.

—Estamos interrogando a todo el mundo —dijo Ian—, pero la gente miente a la policía.

—En cuanto sea posible, el bandido asaltará a lord Wittburg y a sir Andrew —contestó Mark, y se levantó. Ian parecía preocupado y deprimido. Mark le puso una mano sobre el hombro—. No te desanimes, amigo mío. Encontraremos la respuesta.

Mark lo dejó y se marchó apresuradamente a la taberna de O'Flannery. Era lunes por la tarde, el momento en que el bandido y su banda se reunían para comer una empanada y beber una cerveza. Cuando llegó, vio que Patrick, Thomas y Geoff ya estaban sentados. Flo les había servido cerveza. Su pinta ya estaba sobre la mesa.

Saludó con la mano a Flo al sentarse y ella inclinó la cabeza y se dispuso a ordenar que les prepararan la cena.

—¿Y bien? —preguntó Patrick en voz baja.

—Necesito ayuda... como Mark Farrow —dijo él, mirándolos a los tres.

—¿Y eso? —preguntó Geoff.

—Alguien intentó entrar en la casa en la que Ally Grayson vive con sus tías —les dijo.

—¿Lo intentó? —inquirió Thomas.

—Llegué a tiempo de ahuyentarlo, aunque me avergüenza decir que no logré atraparlo.

—Entonces, ¿qué ayuda necesitas? —dijo Patrick.

—Quiero que nos turnemos para vigilar la casa de noche.

Patrick soltó un gruñido.

—¿Vamos a pasarnos toda la noche mirando una casa en el bosque?

—Bueno, si Alexandra está allí... —murmuró Thomas con una sonrisa.

Mark sacudió la cabeza.

—Está con mi padre, en el pabellón de caza.

—¿De veras? —dijo Geoff.

—Entonces, sólo vamos a vigilar a esas tres ancianitas —añadió Patrick.

—¿Por qué iba querer nadie atacar a tu futura esposa? —preguntó Geoff.

Mark movió la cabeza de un lado a otro. Creía saber por qué, pero no podía hablar de ello ni siquiera con sus mejores amigos.

—Entonces, ¿cuándo quedamos para volver a salir por los caminos? —preguntó Patrick.

—Tengo que hacer algunas averiguaciones sobre los horarios de ciertos caballeros —dijo Mark. Se quedó callado. Flo se acercaba con la comida.

—Muy picante, me he asegurado de ello —anunció ella alegremente, y bajó la voz—. Qué ambiente tan raro hay aquí. Es como si la gente estuviera esperando otro asesinato. Ha sido una semana muy tranquila, gracias a Dios. Ni siquiera el bandido ha dado que hablar últimamente.

—¿Cuál es el ambiente político? —preguntó Mark.

—Qué extraño. Ese periodista joven, Thane Grier, estuvo aquí hará cosa de una hora y preguntó lo mismo.

—¿Viene a menudo? —preguntó Mark.

—Le gusta mirar a la gente —contestó Flo.

—Es periodista —añadió Patrick.

—Sí —convino Mark, e hizo una anotación mental. Le dio las gracias a Flo. Cuando ella se hubo ido, dijo—: Patrick, ¿empiezas tú esta noche? Geoff, el martes. Thomas, el miércoles. Yo vigilaré el jueves por la noche. Veremos qué ha pasado para entonces. Y luego...

—¿Qué? —preguntó Patrick.

—Me caso el sábado en el castillo de Carlyle. Espero que asistáis a la boda.

Ally pensaba registrar los establos esa tarde, en busca de pistas acerca de la vida secreta de Mark. Por desgracia, cuando se disponía a hacerlo, Mark Farrow regresó.

—¿Va a salir a caballo? —preguntó.
—Sí, eso pensaba —mintió ella.
—¿Sola?
—Pues... sí.
—Es muy peligroso —le informó él—. Pero, si tiene ganas de montar, la acompaño.
—Pero acaba de regresar. Estará cansado de hacer... lo que haga durante todo el día.
—No es tan tarde. Me apetece salir. Aunque —comentó—, no va vestida para montar a caballo.

Ally llevaba un vestido sencillo. Se sonrojó y decidió que no le perjudicaría decir la verdad.

—Estoy acostumbrada a montar a pelo.
—¿Con pololos?
—Me temo que sí.
—Estos caballos son muy impetuosos, señorita Grayson.
—Y yo soy bastante capaz.
—No lo dudo, pero... ¿por qué no monta conmigo?

Ella titubeó. Luego, Mark le tendió la mano y ella lo miró a los ojos y la aceptó. Mark la levantó fácilmente y la sentó delante de él, en la silla. La rodeó con los brazos, apretó las rodillas y partieron al galope por el prado que llevaba al camino. Ally se sentía segura en sus brazos. Mark y el caballo parecían uno solo.

Ella tuvo que admitir que era delicioso cabalgar así. El viento agitaba su pelo y acariciaba sus mejillas. El día olía a limpio y fresco. Empezaba a anochecer, pero quedaba aún una hermosa luz rosada. Se sentía extrañamente a gusto con Mark, apoyada contra su pecho y sentada entre sus muslos. Dejó que aquella sensación estimulante se apoderara de ella al compás del suave galope del caballo.

Mark tiró por fin de las riendas junto a un riachuelo. Saltó de la silla y le tendió los brazos. La bajó y dio unas palmadas al caballo.

—Éste es Galloway, un buen chico.

—Un chico excelente —dijo Ally.

El caballo bajó la cabeza para pastar y Mark la miró a los ojos.

—La boda va a ser el sábado.
—Eso tengo entendido.
—¿Está dispuesta?
—¿Y usted?
—Yo siempre lo he estado.

Ella se quedó callada un momento, sonrió y bajó la cabeza.

—He decidido que no puedo hacer gran cosa, excepto seguir adelante. Sin embargo, debo advertirlo de que no pienso cumplir órdenes.

—¿Qué le hace pensar que pienso dárselas?

Ella levantó una mano.

—Ciertos aspectos de mi vida deben seguir siendo... míos.

—Como debe ser.

Ella vaciló, sintiendo un repentino arrebato de malicia.

—El otro día le mentí.
—¿Ya? Pero si todavía no nos hemos casado.
—Me preguntó si había otro hombre en mi vida.
—¿Y bien?
—Bueno...
—¿Quién es?
—Eso no importa. Sólo es alguien que me intriga.
—¿De veras? Eso me preocuparía enormemente, si no la hubiera besado.

Ella volvió a agitar la mano en el aire.

—¿Un solo beso? —dijo desdeñosamente.

Mark se acercó a ella. Ally sintió que le temblaban las rodillas. No. No desfallecería.

—¿Tanta experiencia tiene? —preguntó él.
—¿Impediría eso la boda?
—No.

—Tiene usted unas ideas muy... modernas.
—Lo que importa es lo que suceda después de la boda —repuso él. Su voz tenía cierto filo.
—Entonces, estamos en paz.
—No quisiera aburrirla con mi pasado.
Ella sintió una repentina punzada de celos que la asombró.
—Menos mal —logró murmurar—. Me temo que podríamos eternizarnos —añadió.
—Entonces, ¿quién es mi rival? —preguntó él, de pie junto a ella.
—Alguien completamente inadecuado —le aseguró Ally.
—Qué pena —repuso él—. Pero usted hará lo más honorable y obedecerá a sus padrinos.
—Igual que usted obedece a su padre.
—Se equivoca —le dijo él.
—¿Ah, sí?
Si se acercaba más, pensó Ally, se subiría sobre sus pies.
—Espero con impaciencia esta boda. Puede que sólo fuera un beso, pero un beso puede prometer muchas cosas.
—¿De veras? —murmuró ella—. Discúlpeme, pero a mí no me impresionó tanto.
—Entonces, debo intentarlo otra vez.
—Yo... yo... —no tuvo ocasión de decir nada más. Soltó las riendas del caballo y la rodeó con los brazos.
Aquél fue un beso apasionado, lleno de ardor y de deseo. Ally se sintió apretada contra su cuerpo e intuyó la promesa de la que él había hablado. Notó la presión de su boca, el calor de su lengua, el fuego líquido que atravesaba sus pulmones, su vientre... y más abajo. Sintió que se derretía, notó los dedos de Mark en su cara, en su cuello, entre su pelo, sobre su pecho, su cintura, sus caderas...
Quería sentirle más aún, y no sólo su contacto. Quería extender los brazos, sentir el poder de sus músculos, acariciar su piel desnuda...

Mark la soltó bruscamente. Ally se tambaleó y estuvo a punto de caerse. Él ya se había dado la vuelta y buscaba las riendas del caballo.

—No creo que esté tan mal —dijo como sin darle importancia.

Ella intentó refrenar su enojo.

—¿Volvemos?

—Tus deseos son órdenes para mí, Alexandra.

Mark la montó sobre el caballo y saltó tras ella. Regresaron a los establos con el mismo brío con que habían partido. Mark la dejó frente al pabellón de caza.

—Gracias por un paseo encantador —dijo ella en tono cortante.

—No —dijo él con voz ronca—. Gracias a ti.

Ally comprendió que se estaba burlando de ella. Y, sin embargo, iba a casarse con él. Y su decisión nada tenía que ver con el honor. En realidad, sólo podía pensar en sus caricias. ¿Era amor aquel sentimiento, aquella especie de desesperación? ¿Era el enamoramiento simplemente un ansia, un deseo...?

Levantó la barbilla. Iba a casarse con Mark. Bien podía enamorarse de él.

Pero no iba a ponérselo fácil.

—¡So! —el cochero detuvo el elegante carruaje en el que viajaba lord Lionel Wittburg.

Patrick se acercó y lo desarmó. Thomas estaba a su lado. Geoff había detenido su montura junto a la de Mark.

Mark desmontó y abrió la puerta del carruaje. Lord Wittburg estaba echando mano de su pistola.

—Alto, milord. No quiero que resulte herido —dijo.

Se dio cuenta, al ver la expresión de Wittburg, de que él tampoco quería un tiroteo, pero su orgullo estaba en juego.

—Milord, ¿tendría la amabilidad de apearse? —sugirió Mark.

Wittburg obedeció con gran dignidad. En cuanto estuvo fuera, Mark le hizo una seña a Geoff y entró en el coche. No tardó mucho en registrarlo. Encontró un manto, pero en él no había restos de sangre. Había unas botas en el compartimento, pero no parecían tener más que polvo.

—¿Tantos tesoros lleva? —gritó Geoff desde fuera. Mark sabía que se sentían incómodos apuntando a lord Wittburg con una pistola.

—No lleva nada de valor —contestó con aparente fastidio. Pero volvió a registrar el compartimento, palpó el manto pulgada a pulgada y observó de nuevo las botas.

Por fin salió.

—No lleva nada —se quejó al subir a caballo.

—El reloj no está mal —comentó Thomas.

—No merece la pena —dijo Mark, sacudiendo la cabeza.

Wittburg no perdió su dignidad en ningún momento.

—Acabará usted en la horca —le dijo a Mark.

Él había oído a menudo aquello. Pero viniendo de boca de Wittburg...

—Puede ser —dijo—. Puede seguir su camino, señoría.

Wittburg frunció el ceño y lo miró con fijeza.

—¿No va a robarme nada?

—No me haga cambiar de opinión.

Lionel Wittburg se acercó al carruaje. Pero, al subir, resbaló. Mark se apeó de un salto, a tiempo de evitar que se cayera.

Wittburg apartó el brazo bruscamente.

—No puedo darle las gracias. No pienso agradecerle nada a un criminal —dijo. Luego montó en el coche y cerró la puerta de golpe.

—¡Adelante! —le gritó Patrick al cochero.

—Este y oeste —dijo Mark cuando el coche empezó a

alejarse por el camino. Se separaron, internándose en los bosques, a tiempo de evitar los tiros que lord Wittburg disparó desde la ventanilla del carruaje.

Ser la invitada de lord Farrow no suponía molestia alguna. El dueño de la casa era encantador y discreto, y le permitía disfrutar de su tiempo a solas.

Cuando anunció que tenía que ir a Londres por asuntos de negocios, pareció alegrarse de que Ally aceptara acompañarlo. En el carruaje, sin embargo, parecía nervioso.

—No debería haberte traído. Tengo que atender unos negocios en la ciudad y me preocupa tu seguridad.

—Descuide, pienso ir de compras y no me apartaré de las calles principales, donde habrá mucha gente —le aseguró ella.

Lord Farrow se apeó cerca del Big Ben y le dijo a Bertram que ayudara en todo a la señorita Grayson. El sirviente, un hombre corpulento y paciente, asintió con la cabeza. Ally le pidió que la dejara cerca del museo y sugirió que se encontraran en aquel mismo lugar dos horas después.

Entró en el museo por una puerta... y salió por otra. De nuevo estaba decidida a ir a la oficina de correos. Pero ese día no pudo evitar preguntarse si alguien la habría seguido, de modo que tuvo cuidado. Entró y salió de varias tiendas, compró algunas piezas de encaje para sus tías y un bolsito de mano. Si no hubiera perdido su cheque, se habría comprado también un manguito que vio en una tienda. Pero lo había perdido, y no había modo seguro de recuperarlo.

Cuando por fin llegó a la oficina de correos para enviar su último artículo, descubrió que habían vuelto a remitirle el cheque. Llegó a la conclusión de que Mark tenía que haberlo devuelto al periódico. Le preocupaba que él pudiera estar siguiéndola y miró a su alrededor rápidamente. No vio a nadie sospechoso. Al salir, echó a andar por la calle y se dio cuenta de que se dirigía a la sede del periódico. A menudo se había quedado mirando el edificio mientras soñaba con escribir algún día para aquel diario, aunque lo que en realidad quería era ser novelista y escribir relatos como los de Arthur Conan Doyle o las hermanas Brontë.

Estaba parada en la acerca cuando oyó que la llamaban.

—¡Señorita Grayson!

Se dio la vuelta y vio a Thane Grier. Estaba muy guapo con su chaqueta de rayas, sus pantalones negros y su chaleco marrón, y parecía contento. Más contento de lo que le había visto últimamente.

—¿Cómo está? —preguntó él.

—Bien, gracias, ¿y usted?

—No podría estar mejor —bajó la voz y se rió suavemente—. A. Anónimo no ha escrito todos los días.

—Ah, así que la primera página vuelve a ser suya.

—Sí. ¿Le apetece subir? No es muy glamuroso, pero quizá...

—¡Me encantaría!

—Vamos, entonces.

Thane le enseñó dónde se almacenaban los periódicos para los vendedores, dónde estaban las prensas, y le mostró luego un sinfín de oficinas. Los teléfonos estaban en uso constante y numerosas personas se sentaban en escritorios dispuestos en fila, mecanografiando u hojeando tomos enormes para verificar datos. Ally se azoró al conocer al jefe de edición, pero se alegró de tener aquella oportunidad, y le agradó especialmente que él dijera que siempre estaban dispuestos a recibir escritos de colaboradores, como los que había publicado A. Anónimo.

Ally intentó no abusar de su tiempo e intentó marcharse enseguida, pero, al llegar a la puerta, él la llamó.

—Su boda saldrá en primera página, ¿sabe?

Ella sonrió. No quería decirle que la boda estaba prevista para el sábado. Ignoraba qué planes había o si se mantendría todo en secreto. A fin de cuentas, ella sólo era la novia.

Thane la acompañó a la calle.

—¿Puedo invitarla a un té? —preguntó.

Ally estaba acalorada y nerviosa y estuvo a punto de aceptar, pero se dio cuenta de que se le había agotado el tiempo.

—Lo siento. Me encantaría tomar el té con usted, pero he venido con lord Farrow y debo regresar.

Él le dedicó una extraña sonrisa.

—Deberíamos hablar —le dijo

Ally inclinó la cabeza.

—Hemos estado hablando, ¿no?

—En este caso hablaría yo y usted escucharía. Debe tener cuidado, ¿sabe?

—¿Por qué dice eso?

—¿Sabe usted que su prometido estuvo en el periódico ayer mismo?

—¿De veras? —ella intentó no darle importancia a aquella información—. ¿Y qué hacía aquí?

—No lo sé. No pude oírlo. Pero estuvo hablando con el jefe de edición. Y le dio un sobre.

—Puede que haya empezado a escribir —dijo Ally.

Thane la observó con seriedad.

—Gracias —dijo ella al ver que no contestaba—. Siempre he soñado con visitar el periódico.

—Entiendo. Así que escribe.

—Santo cielo, qué imaginación tiene.

—¿No entregó Mark Farrow un sobre de su parte?

—Desde luego que no —le aseguró ella—. Pero gracias otra vez. Me lo he pasado de maravilla.

—Sí, ha sido extraño, pero estupendo.

—¿Qué le resulta extraño?

—Que las oficinas del periódico le parezcan tan fascinantes... que soñara con entrar en ellas.

—Me encanta leer.
—Entiendo.

Pero no entendía nada. Sospechaba algo. Y ella no sabía qué decir.

—Gracias otra vez, pero debo darme prisa.

Ally le estrechó la mano, se dio la vuelta y se alejó rápidamente. Recorrió a toda prisa varias calles, dobló una esquina y entró en el museo por la entrada de atrás. Luego salió por el otro lado. Bertram la estaba esperando.

Al parecer, lord Farrow había acabado sus negocios rápidamente y había sabido dónde encontrar a Bertram. Ya estaba en el carruaje.

—Empezaba a temer haberte puesto en peligro —le dijo.

—¿Llego tarde? Lo siento mucho.

—Sólo te has retrasado unos minutos, pero estoy... En fin, los últimos acontecimientos son preocupantes. Pero has llegado en el momento justo, querida. Bueno, ¿han tenido éxito tus compras?

Sí, habían tenido éxito. Ahora tenía el cheque en su poder. Y pronto enviaría otro artículo. Además, estaba casi segura de que nadie la había seguido a la oficina de correos.

El día siguió siendo muy agradable, a pesar de que Mark Farrow consiguió ponerla nerviosa al regresar a casa a la hora de la cena. Parecía algo distraído, aunque se mostró cortés durante la comida.

Cuando acabaron de cenar, Ally fingió estar cansada, ante lo cual ellos no pusieron ningún reparo. Se dio cuenta de que estaban ansiosos por hablar a solas, cosa que pensaban hacer «retirándose» a fumar y beber una copa de coñac.

Al verlos dirigirse a las habitaciones privadas de lord Farrow, seguidos por Bertram con una bandeja, Ally abandonó su idea de escapar a su dormitorio. Salió a hurtadillas y se dirigió a los establos. Pero, ¿por dónde empezar?

Miró hacia el cuarto de arreos. Enfrente de éste se hallaban las habitaciones de Bertram. Aquél podía ser un buen sitio para mirar.

La puerta estaba abierta. Ally entró sigilosamente. Bertram parecía ser un hombre austero. Había estantes con libros, un armario con licores y una chimenea en la más exterior de las dos habitaciones. Un ropero. Ally echó un vistazo a su interior, pero sólo vio ropas que pertenecían sin duda alguna al sirviente. El dormitorio estaba amueblado escuetamente con una cama, una cómoda y una mesilla de noche. Registró rápidamente los cajones, a pesar de que se sentía mezquina por hacer aquello. Había también un pequeño aseo en el que no había nada, más que jabón y toallas.

Salió rápidamente de la habitación y cerró la puerta a su espalda. Al salir, vio a los perros moviendo la cola.

—Buenos chicos —murmuró mientras acariciaba sus cabezas. Se sentía a salvo sabiendo que los perros estaban allí. Pero temía que alguien de la casa la encontrara husmeando y, en ese aspecto, los perros no serían de gran ayuda.

Miró hacia el pabellón de caza, no vio a nadie y se apresuró a entrar en el cuarto de arreos. Allí encontró hileras de bridas pulcramente colgadas, sillas, latas de pulimento y otros pertrechos. Salió del cuarto de arreos y miró hacia el altillo del granero. Había una escalera de mano. Miró hacia atrás otra vez y subió por ella. No encontró nada, salvo heno y más heno.

Llena de frustración, se sentó en una bala. Notó que estaba muy dura. Sorprendida, se levantó de un salto. El heno no era más que una tapadera. Palpó la bala y descubrió que podría levantar una parte. La bala encubría un baúl. Dentro de éste había varios mantos negros y botas del mismo color. Y antifaces de seda negra.

Ally siguió buscando, frenética. Su cuaderno de dibujo no estaba allí. Entonces oyó voces y se quedó inmóvil. Su corazón latía con vehemencia. Se acercó sigilosamente al borde del altillo y bajó la mirada.

—Hay muchos hombres trabajando en el caso, padre, y la ayuda es mutua. Ian acepta las sugerencias que le hago y manda a sus agentes a investigarlas. Es un hombre muy listo. Tú sabes tan bien como yo que lord Wittburg se habría horrorizado si hubiera visto llegar a un agente de policía. Jamás habría consentido que Ian registrara sus habitaciones.

—Estás jugando a un juego muy peligroso, lo sé muy bien —dijo lord Farrow—. Lo que me asusta es que, a pesar de todo lo que se está haciendo, y no dudo de que Ian tenga a hombres cubriendo las calles y siguiendo cada pista, parece que nadie se ha acercado aún a la verdad.

¿Qué estaban haciendo en los establos?, se preguntó Ally. ¿Y cómo demonios iba a entrar ella?

—¿Qué haces rondando por aquí? —dijo Mark de repente.

Ally estuvo a punto de soltar un gemido de sorpresa, pero entonces se dio cuenta de que Mark estaba hablando con alguno de los perros. Oyó un bufido de contento. Un momento después, exhaló un suspiro de alivio.

—Entonces, me voy a la cama, hijo. Mañana tengo que irme muy temprano a la ciudad. Iré a caballo. Bertram se quedará aquí. No dejaremos sola a la señorita Grayson ni un momento.

—Gracias, padre.

Ally siguió oyendo sus voces, pero ya no entendía lo que decían. Supuso que habían regresado a la casa. Pero, de todos modos, esperó.

Al fin decidió que había pasado el tiempo suficiente para bajar. Miró por encima del borde y no vio a nadie. Bajó corriendo la escalera. Los perros estaban esperándola.

—¡Traidores! —les dijo. Ellos resoplaron y acercaron sus hocicos, llenos de contento—. Está bien, está bien —murmuró, y los acarició a ambos mientras miraba a su alrededor.

Al no ver a nadie, corrió hacia el pabellón de caza y entró.

La casa estaba en silencio. Comenzó a cruzar el salón.

—Mi querida señorita Grayson.

Se quedó helada. Mark Farrow salió de las sombras, donde había estado sentado en un diván. Ally no distinguía su cara en la penumbra.

—Mark... —murmuró.

—Ally, creía que te habías ido a la cama.

—Necesitaba tomar un poco el aire.

—Entiendo.

—Hace una noche preciosa.

—En efecto.

—Bueno... buenas noches.

—Buenas noches. ¡Ah! —dijo de pronto.

—¿Sí?

—Mañana mi padre y yo estaremos fuera casi todo el día. Pero Bertram estará aquí. Por favor, no vayas a ninguna parte sola. Aquí estarás a salvo.

—Claro —dijo ella, y luego se volvió y caminó apresuradamente hacia el pasillo.

—¿Ally?

Se quedó inmóvil y después se dio la vuelta lentamente. Él seguía entre las sombras.

—Tienes algo en el pelo.

—¿En el pelo? —se lo tocó y dio un respingo. Heno—. Una ramita —murmuró—. Gracias, ya la tengo. Buenas noches —repitió con firmeza. Se volvió. Si la llamaba otra vez, ¿qué haría? ¿Qué diría?

Pero Mark no la llamó, aunque ella sentía su presencia... sus ojos... mientras se alejaba.

Él seguía vigilándola.

12

Ally tenía que admitir que le encantaba el pabellón de caza. Siempre amaría la casita del bosque, su hogar, pero el pabellón de caza era algo especial. Por de pronto, tenía electricidad, lo cual significaba que siempre había luz para leer. Su habitación tenía un baño completo, con una bañera grande, y siempre había agua caliente para bañarse.

Aquel día, cuando se despertó, le agradó pensar que tendría la casa entera para ella todo el día. Podría comer tranquilamente, registrar de nuevo el altillo y buscar su cuaderno de dibujo, y le quedaría tiempo para pasarlo en la biblioteca, sin que nadie viera qué estaba escribiendo.

Aunque echaba de menos el trasiego de sus tías, no podía por menos de disfrutar de su soledad. Y otras veces, se recordó, había pasado días aún más lejos, en el castillo de Carlyle. Sin embargo, esta vez, estaba a punto de casarse con Mark Farrow. Esta vez, se había ido para siempre.

No quería entristecerse, así que acabó de desayunar y se apresuró a salir. Tenía que descubrir dónde estaba Bertram antes de empezar sus indagaciones, pero no le fue difícil dar con él: estaba podando un seto delante del pabellón.

Ally echó a andar hacia los establos, luego vaciló y decidió regresar a la casa en busca de una bufanda para cubrirse el pelo recién lavado y que no se le llenara de pajitas de heno. Entró en el cuarto de estar, recorrió el pasillo y entró en su dormitorio. Se acercó a la cómoda, abrió el cajón de arriba y en ese instante le pareció distinguir un movimiento en el espejo. Estuvo a punto de gritar.

El espejo reflejaba la imagen del bandido. Estaba cómodamente sentado en la cama, con el antifaz puesto y las botas estiradas sobre la colcha. Ally se volvió.

—¿Se puede saber qué haces aquí? ¿Es que estás loco? —preguntó, a pesar de que sabía que vivía allí.

—Chist —dijo él rápidamente, y se levantó y se acercó a ella rápidamente—. No me traicionarás, ¿no?

Oh, qué dulce era.

—No —le dijo solemnemente.

—¿Van a estar fuera todo el día? —preguntó él.

—¿Quiénes?

—Lord Farrow y su hijo.

Ally asintió con la cabeza.

—Sí, sí, se han ido —dijo, algo nerviosa—. Pero esto es una locura. No deberías estar aquí. Bertram está vigilando la casa. Y los perros... ¿cómo has esquivado a los perros?

—Me he hecho amigo suyo. He estado por aquí muchas veces. Los Farrow ya no viven aquí, ¿sabes?

—Aun así estás en peligro.

—¿Por qué?

—Bertram está fuera.

—Pero no entraría en la casa estando tú aquí, Ally. Llamaría a la puerta. Sólo entraría si gritaras o pidieras ayuda. ¿Piensas gritar?

Ella negó con la cabeza. Él llevaba botas, calzas de montar negras y camisa blanca de poeta, con el cuello abierto. Ally reparó en que había dejado el manto sobre una silla, junto al fuego. Su fusta y su pistola también estaban allí.

—Ya te he dicho —dijo en voz baja— que nunca te traicionaría.

Él sonrió bajo el antifaz.

—Y sin embargo vas a casarte el sábado.
—¿Cómo lo sabes? —preguntó ella.
—Está en el periódico. Por lo visto lord Stirling ha dado la noticia.
—Ya veo.
—¿Piensas seguir adelante con esa boda? —preguntó él.
—Es cuestión de honor —respondió Ally.
—¿Y conoces a ese hombre? ¿Crees que podrás pasar la vida con él? ¿Cómo es?
Oh, cómo iba a disfrutar aquello, pensó ella.
—Es extremadamente arrogante.
—No parece un buen partido.
—Es insoportable.
—¿De veras?
—Un hombre dominado por su ego.
—Increíble.
Ally sonrió y posó la mano sobre su pecho. Se alegró al notar que él inhalaba bruscamente. Deslizó los dedos por la piel desnuda de su garganta y luego más abajo, abriendo los botones de la camisa. Rozó con los dedos su pecho.
—Voy a casarme con él el sábado...
—¿Sí?
—Así que, aunque temo por mi vida, no puedo decir que no me alegre de que estés aquí. Conmigo. A solas.
La respiración de Mark volvió a agitarse. Ally se puso de puntillas y deslizó los dedos hasta su cara. Tomó entre las manos su recia mandíbula y lo besó lentamente, deslizando la lengua sobre sus labios. Tal y como esperaba, él la estrechó rápidamente entre sus brazos. Ella sintió que sus dedos se abrían sobre su espalda y sintió su mano entre su pelo. Notó su lengua y una sensación erótica se apoderó de ella hasta las profundidades de su alma.
Se preguntó fugazmente qué venganza podía tomarse. Estaba donde quería estar. Y sin embargo...
Mark se movió y rompió el contacto.

—Vas a casarte —le recordó.
—Pero aún no estoy casada.
—¿No?
—Y, dado que se nos han concedido estos momentos tan dulces, me gustaría pasarlos contigo —musitó.

Sabía exactamente hasta dónde quería llevar aquella farsa antes de decir la verdad. Pero conocía su fascinación por aquel hombre cuando se hallaba bajo su disfraz de ladrón, y no podía resistir la tentación de indagar en ella.

Pero se detendría, revelaría lo que sabía. Le diría...

Entonces sus bocas se encontraron una vez más. La presión de los labios de Mark era exigente y enérgica, y ella ansiaba su contacto. Puso la palma de la mano sobre su mejilla, deslizó los dedos por su piel y bajó la mano por la camisa, desabrochando algunos botones más. Apenas se dio cuenta de que él la levantaba en volandas y la tumbaba sobre la colcha suave, echándose a su lado. Sintió el calor y la fuerza de sus caderas y sus muslos y el fuego que parecía correr por su piel. Los ojos de Mark relucían, fijos en ella, por entre las ranuras de la máscara. Luego, la tocó.

Pasó un dedo por su labio inferior, suave y húmedo. Deslizó los dedos hasta los botones de su corpiño y ella contuvo el aliento y se quedó mirándolo mientras él avanzaba lentamente, botón por botón. Apoyó la palma de la mano sobre su pecho, por encima de la fina tela de la camisa de seda, y una oleada de placer recorrió a Ally. Cerró los ojos y sus bocas se encontraron de nuevo con mayor pasión. Después, Mark comenzó a moverse contra ella con vehemencia apenas controlada, deslizó las manos por sus senos, hasta sus caderas y lamió su garganta y su pecho por encima de la seda, apoderándose del pezón en medio de un frenesí erótico. El leve roce de sus dientes inflamó de nuevo los sentidos de Ally. Ignoraba cuándo había desabrochado Mark la cinturilla de su falda, ni cómo había bajado la tela. Sólo sentía sus manos ardientes, suaves y firmes, que le acariciaban las caderas y las nalgas. No se dio cuenta de que ella misma estuvo a punto de desgarrar su camisa, sólo notó que ésta había desaparecido de pronto y que el pecho de Mark estaba sobre la seda que cubría el suyo.

Él se levantó y apartó la falda y las enaguas. Tomó sus pies, le quitó los delicados zapatos y deslizó las manos a lo largo de sus muslos. Encontró sus ligas y le bajó las medias. Luego las dejó caer al suelo como nubecillas. Ally cerró los ojos. Era vagamente consciente de que había llegado demasiado lejos y, sin embargo, envuelta en una oleada de euforia, no le importaba. Cuando Mark volvió a tumbarse a su lado, se dio cuenta de que estaba completamente desnudo y que tenía entre las manos el bajo de su camisa, destinado a desaparecer también.

Abrió la boca al fin para emitir algún sonido, para hablar, para protestar... para gritar que aquello sólo era una venganza, que no debían ir más lejos. Pero él volvió a besarla. La besó con la carne dura de su cuerpo y sus músculos, con sus manos, que la acariciaban y la apresaban, ansiosas. La caricia de su boca parecía penetrar el ser de Ally. Luego, Mark abandonó su boca y comenzó a besar toda su piel. Ella se estremecía y temblaba. Era oro y ardía. Sintió la intimidad de su boca en su vientre, donde describía círculos. Tocó su carne, y estaba viva. Bajo la piel, sus músculos se flexionaban y se distendían, llenos de vida. Mark deslizó los dedos por su cadera y los hundió entre sus muslos. La tocó y ella dejó escapar un gemido de sorpresa, al tiempo que él se apoderaba otra vez de su boca con arrolladora pasión.

Ally se retorció, hundió los dedos entre su pelo y le arañó la espalda. La boca de Mark se movía velozmente, apenas rozaba su garganta, su pecho, su vientre, sus muslos... y entre ellos. Aquella intimidad resultaba asombrosa, sobrecogedora. Ally dejó escapar un grito y se arqueó. La dulzura ardiente que creaba Mark parecía hervir en el fondo de su ser, irradiaba calor a sus miembros y cegaba su mente y sus ojos, llenándola de frenesí. De pronto, se sintió estallar, presa de un placer violento y volátil que era puro éxtasis, locura...

Todavía estaba aturdida cuando sintió la presión de su cuerpo. Mark la estrechaba entre sus brazos, la besó con fiereza y luego... su cuerpo cubrió el de ella. Sus muslos poderosos se coloraron entre los de Ally. Ella sintió primero la punta de su miembro erecto y luego un movimiento, una presión que satisfacía un anhelo y que, sin embargo, cortaba como un cuchillo.

Mark la acunaba suavemente, se movía despacio. Ella se tensó a su alrededor, y él la reconfortó con sus caricias. Ally comenzó a gemir y él la silenció de nuevo con un beso. La caricia de su lengua alivió los segundos de intenso dolor que siguieron. Luego, Ally sintió algo distinto y dolorosamente placentero. El tiempo pasaba y ella sólo era consciente de su olor y su tacto, de su dureza dentro de su ser. De cada matiz de su piel. De cada oleada, como una marea, como una tormenta. El cuerpo de Mark era a un tiempo rayo y trueno, el roce de su piel desnuda resultaba cada vez más erótico. Sus caricias eran exquisitas. El placer, el arrebato del éxtasis, iba creciendo con cada embestida. Parecía imposible aquella ansia, aquel deseo desesperado, aquella necesidad. El aliento de Ally era también como el trueno; su pulso, una avalancha. Su corazón se había desbocado.

El mundo pareció echar a volar. Nada era real. Sólo la carne de Mark. Sólo su cuerpo firme y abrasador... fuera de control...

De nuevo, el estallido arrollador del clímax. El hombre de la máscara quedó rígido...

El mundo comenzó a dar vueltas alrededor de Ally. La sensación de sentirse colmada, cubierta de miel... cálida, tan cálida y sin embargo...

Él se tumbó a su lado. Ally estaba asombrada. Y, una vez acabado su encuentro amoroso, una vez conocido aquel esplendor, una vez alcanzado el éxtasis, de pronto tuvo miedo de lo que había hecho. ¿Y si él no la creía...?

No se atrevía a abrir los ojos. Pasó largo rato escondida entre sus brazos mientras él le acariciaba el pelo.

Mark se movió ligeramente. Ella abrió los ojos de mala gana. Él se estaba quitando el antifaz.

—No... espera... —pero él se quitó la máscara y la miró con fijeza—. Sabía quién eras —musitó ella.

—Lo sé —contestó Mark.

Ella se incorporó, sorprendida.

—¡No es verdad!

—Sí —él sonrió.

—Estás mintiendo —de pronto cobró conciencia de su desnudez y se tapó el pecho con la colcha arrugada—. Eres un embustero. Tu ego no soporta que pueda desear a otro.

—Entonces, ¿todo esto era para darme un escarmiento?

—No exactamente, pero te lo merecías, desde luego.

—Querías atormentarme. Pues lo siento, pero lo sabía. A fin de cuentas, anoche estabas en el altillo del establo.

—No me viste allí.

—No, pero los perros te delataron. Y luego volviste a casa cubierta de heno. Espiaste la conversación que tuve con mi padre.

—Yo no estaba espiando —dijo ella, indignada—. Me quedé encerrada allí.

—Pudiste hacer notar tu presencia.

—Así que tu padre conoce tu vida secreta. ¿Él también es un delincuente? —preguntó ella.

—¿Mi padre? ¿Un delincuente? —Mark la miró con fijeza. Nunca había parecido tanto como en ese momento el hijo de un conde. Luego sonrió, comenzó a reírse y le tendió los brazos.

Ally se apartó, furiosa. Mark había logrado cambiar las

tornas otra vez. Ella había pretendido jugar con él, pero al parecer era él quien había jugado con ella.

—¿Qué pasa? ¿De repente te has vuelto tímida?

—¡He descubierto que prefiero al forajido!

—¿Por qué te enfadas? Querías ponerme furioso, hacerme creer que te acostarías alegremente con un bandido antes que conmigo.

—¿Hacerte creer? Era la verdad.

Mark se levantó tranquilamente, a pesar de su desnudez.

—Ally...

—Preferiría estar sola.

—Vamos, Ally. La broma ha sido mutua.

—¿Todo esto es una broma?

Él suspiró.

—Perdóname, entonces. ¿Te sentirías mejor si te dijera que al principio no estaba seguro, que me hiciste pasar un mal rato mientras me preguntaba si lo sabías o no?

De pronto sonó un timbre y Ally se sobresaltó. Mark arrugó el ceño.

—Es el teléfono —dijo. Agarró la colcha—. ¿Puedo?

—¡No!

Pero la colcha desapareció y Mark se envolvió con ella antes de salir de la habitación. Helada de repente, Ally corrió al cuarto de baño y cerró la puerta tras ella. Llenó la bañera con agua caliente y se sumergió en ella, temblando. Cuánto lo odiaba.

Y cuánto lo amaba...

Se oyó una llamada a la puerta.

—¿Ally?

—¡Vete!

Para su asombro, Mark se marchó. Ella esperó, acurrucada en el agua, segura de que volvería. Estaba enfadada y quería seguir estándolo.

Pero también quería que Mark le hablara. Quería entenderlo todo. Quería amarlo tal y como era, como había llegado a amar la extraña nobleza y el espíritu de un forajido.

Pero él no regresó. Ally notó que estaba dolorida y dejó que el agua relajara sus músculos. En su cabeza se atropellaban las ideas mientras el agua se iba enfriando. Al fin se levantó. Vaciló antes de salir del cuarto de baño, pero él no estaba allí. Se vistió rápidamente, con torpeza.

Cuando se aventuró a salir al cuarto de estar, Mark la estaba esperando. Era de nuevo el hijo del conde, vestido con un fino chaleco de brocado y una bonita chaqueta de tweed, calzas y botas de montar. Estaba de pie ante el fuego, con su cuaderno de dibujo en las manos. Y estaba leyendo.

—¡Dame eso! —dijo ella, echando a andar hacia él.

Mark cerró el cuaderno. Cuando la miró, parecía un perfecto desconocido.

—Eres una idiota —le dijo.

Ella se quedó muy quieta, rígida y furiosa.

—¿Cómo dices? —preguntó en tono gélido.

—Volviste a la oficina de correos.

—¿Que volví?

—Te has puesto un disfraz mucho más peligroso que el mío, Ally Grayson —le reprochó él—. ¿Por qué crees que alguien intentó entrar en casa de tus tías? ¿Crees que esa gente está jugando? Quizá deba llevarte conmigo al depósito de cadáveres. Puede que ver a un hombre degollado te haga entrar en razón.

—¿De qué estás hablando?

—De A. Anónimo. Fui tan tonto que creí que el sobre no era tuyo cuando me lo negaste. Y ahora... Santo Dios. Has escrito otro artículo.

—Escribo artículos excelentes —replicó ella con soberbia.

—Conseguirás que te maten.

Ella entornó los ojos.

—Ya veo. Y un salteador de caminos no corre el riesgo de que le peguen un tiro.

—Eso es completamente distinto.

—¿Ah, sí? ¿No me digas? Por lo visto crees que hay una razón de peso para disfrazarte y arriesgar tu vida asaltando carruajes. Puede que para mí sea igualmente necesario arriesgar la mía expresando cosas que me parecen importantes.

—¡A. Anónimo se está buscando su propio asesinato!

—A. Anónimo escribe para que la gente piense.

—Estás suplicando que te corten la garganta.

—Escribo lo que veo, lo que otros deberían ver —replicó ella con dignidad.

—Fuiste otra vez a la oficina de correos. Después de que ese tipo estuviera a punto de entrar en la casa.

—No me siguieron.

—¿Ah, no? La llamada de teléfono que acabo de recibir era de Scotland Yard. Te vieron.

—¿Me has hecho seguir? ¡Cómo te atreves!

Él sacudió la cabeza.

—No te he hecho seguir. Le dije a Ian que enviara a un hombre a vigilar la oficina de correos. Y te vio.

—Naturalmente, si le dijiste a la policía que...

—Alguien te siguió desde el museo. Puede que te hayan seguido otra vez. Pero, ¿qué importa eso? Te vieron una vez, ¿qué más da que te vean otra?

—¿Quieres dejar de comportarte como si hubiera cometido un crimen? Eres tú el que ha estado haciendo cosas ilegales.

Mark se quedó muy quieto, mirándola.

—Esto tiene que acabar inmediatamente.

Ally sacudió enérgicamente la cabeza.

—No.

—Estás a punto de convertirte en mi esposa.

—No voy a dejar de escribir.

—No pienso casarme con un cadáver.

Ally sintió un escalofrío que la sorprendió. Nunca había visto a Mark tan frío, tan inflexible. Dijo con voz suave:

—No te conozco. No te conozco en absoluto. Pero, como he dicho desde el principio, no estás obligado a seguir adelante con esta boda.

Dio media vuelta y regresó a su dormitorio. Cerró la puerta con llave, pero no importó. Mark no hizo intento de entrar. Al cabo de unos minutos, oyó que la puerta principal se cerraba. Comprendió que él se había marchado.

Permaneció un rato donde estaba. Por fin se levantó. Ya no hacía falta que registrara el altillo del establo. Estaba sola en el magnífico pabellón de caza. Podía disfrutar de la biblioteca. Podía leer. Podía escribir... Sí, podía escribir. Tenía derecho a expresarse. No dejaría de hacerlo porque un hombre se lo ordenara, ni siquiera aunque ese hombre fuera a convertirse en su esposo.

Salió de la habitación y se fue a la biblioteca. Los perros estaban dentro de la casa. Cuando se sentó ante el escritorio, Malcolm se acercó a ella y gimoteó; luego, se echó a sus pies. Cara llegó trotando tras él y se acurrucó en la alfombra persa, en medio de la estancia.

Ally puso papel en la máquina de escribir. Pero no se le ocurrió nada. Asombrada, apoyó los brazos sobre la máquina y reposó la cabeza sobre ellos.

Y luego lloró.

Pero no por mucho tiempo. Se irguió, se apartó el pelo de la cara, miró la máquina de escribir y comenzó a traducir en palabras sus sentimientos.

El mundo está cambiando. Cada día vemos tecnología nueva. El hombre ansía permanecer igual y, sin embargo, en un mundo cambiante, debe adaptarse. Los hombres van a la guerra como soldados, pero las mujeres que sienten la necesidad de combatir se ven obligadas a desafiar los convencionalismos y a buscar un disfraz con el que acercarse al campo de batalla. Cada hombre y cada mujer deben librar en algún momento de su vida una batalla consigo mismos. Con excesiva frecuencia adoptamos disfraces para vivir. De hecho, debemos cubrirnos con ellos, porque a menudo es esa fachada la que nos permite conseguir lo que buscamos. Amar es ver bajo la máscara, sin que los sentimientos cambien.

Se recostó en la silla. Aquello no podía enviarlo al periódico. Se quedó mirando lo que había escrito e hizo amago de arrancar la hoja con intención de arrugarla. Luego vaciló, asaltada por una idea.

Los antimonárquicos estaban convencidos de que los monárquicos eran los responsables de los asesinatos. Los monárquicos, por su parte, estaban seguros de que los culpables eran los otros, idea ésta que ella misma había ayudado a perpetuar. Pero...

La emoción, no la lógica, tendía a gobernar el mundo. En la política, las pasiones tenían gran influencia. ¿Y si se habían equivocado todos? ¿Y si los asesinatos se habían cometido no por cuestiones políticas, sino por una pasión mucho más personal? Ella nunca había sentido una emoción o un sentimiento tan profundos como los que experimentaba en ese momento. Nunca había experimentado emociones tan intensas antes de conocer a Mark. De pronto entendía el odio y la ira que podían entremezclarse con el amor y el deseo, y el dolor que podía sentirse cuando las emociones se veían profundamente afectadas.

Vaciló. Luego sus dedos comenzaron a volar. Quizá se equivocara, pero no importaba. Estaba expresando sus opiniones, no afirmándolas como un hecho. Ofrecía sus ideas para que se debatieran, para que los demás pudieran indagar en sus propios pensamientos.

Se equivocara o no, su intención era hacer pensar a la gente.

Esa noche, lord Farrow regresó a casa antes que su hijo. Ally se alegró de ello. Le dio la bienvenida calurosamente, pero le dijo que tenía que volver a casa.

—No es seguro —protestó él.

Ally sonrió.

—Estoy segura de que Mark tiene a sus amigos o a la policía vigilando la casa por las noches —dijo, y la expresión de lord Farrow la convenció de que así era—. Y, además, tenemos los perros que nos ha prestado. No me pasará nada. Tengo volver a casa.

—Pero, dentro de unos días, ésta será tu casa —lord Farrow hizo una pausa y arrugó el ceño—. ¿Has decidido no casarte con mi hijo?

—Si Mark me quiere tal y como soy, me casaré gustosamente con él. Pero esta noche necesito volver a casa.

Lord Farrow parecía disgustado y Ally sabía que no entendía qué estaba ocurriendo.

—Mañana iremos a visitar a tus tías.

—No puedo quedarme aquí —insistió ella.

—Hablaremos por la mañana —dijo él.

Ally se pasó esa noche dando vueltas en la cama. Sabía que lord Farrow quería protegerla. No permitiría que se quedara en la casa del bosque.

Por la mañana, cuando se levantó, Mark aún no había vuelto.

La casa donde Hudson Porter, antiguo camarada de armas y buen amigo de lord Lionel Wittburg, había vivido estaba una milla más cerca de Londres que el pueblo. Tal y como Ian le había asegurado, el ama de llaves seguía trabajando allí diariamente, en espera de la llegada desde Boston de los únicos parientes del señor Porter. Mark llegó temprano.

—Señora Barker —dijo cuando el ama de llaves le abrió la puerta.

Ella inclinó la cabeza. Lo estaba esperando y le hizo una pequeña reverencia, como si no estuviera segura de qué debía hacer en su presencia.

—¿Té, señor? Milord... Excelencia.

—No, gracias. Vamos a sentarnos a hablar, ¿le parece?

Quizá debería haber aceptado el té. Aquella mujer, tan enjuta y huesuda como Hattie, el ama de llaves de Giles Brandon, le recordaba a una abeja a punto de levantar el vuelo.

—¿Vive usted en la casa? —preguntó. Ella asintió con la cabeza y miró hacia la ventana—. ¿Por qué no estaba la noche que Hudson Porter fue asesinado?

—La policía ya estuvo aquí —murmuró ella.

—Sí, lo sé.

Ella levantó las manos y se encogió de hombros.

—Él me dio la noche libre.

—¿Por qué?

—Quería... trabajar. Sin que nadie lo molestara.

—¿Y qué hizo usted esa noche?

—Me quedé con una amiga.

—¿Qué amiga?

—Linda Good.

—¿Y dónde vive?

—Cerca del pueblo —lo miró a los ojos rápidamente y después apartó la mirada—. Yo... señor... Excelencia... milord... ya he pasado por esto muchas veces. Cuando volví a casa, me encontré al señor Porter arriba. Degollado. Fue horrible. No creo... no creo que pueda pasar por esto otra vez. El señor Porter ya está enterrado. Tenemos que dejarlo descansar.

Su nerviosismo resultaba evidente. Mark se preguntó a qué se debía. Ian Douglas habría hecho comprobar su coartada, indudablemente. Aun así...

—¿Dónde guarda usted sus llaves? —le preguntó.

Ella señaló con el dedo. Al igual que en casa de los Brandon, había un gancho junto a la puerta.

—¿Haría el favor de enseñarme dónde tuvo lugar el asesinato?

Ella asintió con la cabeza, como si se alegrara de tener algo que hacer al fin. Lo condujo al piso de arriba. La habitación guardaba sorprendente parecido con el despacho en el que había muerto Giles Brandon. Las paredes estaban recubiertas de estanterías. El escritorio ocupaba el centro de la estancia. Había una sola puerta.

—Gracias. Puede dejarme a solas —le dijo Mark. Ella vaciló—. No pasa nada —añadió él con intención, mirándola fijamente.

Al fin, el ama de llaves se marchó de mala gana.

Mark comenzó a registrar el escritorio. Sabía que la policía lo había hecho ya y, al principio, no encontró nada. Luego, al mirar el calendario del señor Porter, encontró, marcada el día de su asesinato, una anotación que le pareció extraña.

¿Señora Barker fuera?

¿Por qué el signo de interrogación si el propio Porter había decidido darle la noche libre al ama de llaves? Mark se quedó mirando el calendario y pensó que aquello debía tener algún sentido.

Luego su mente comenzó a vagar. Estaba cansado, había pasado casi toda la noche cabalgando sin dirección, y sentía un nudo de tensión en el estómago.

Ally lo había cautivado desde el primer instante. Su sonrisa, su ingenio, el sonido de su risa, el olor de su perfume, todo en ella lo había embrujado. Había sido increíble descubrir que aquella mujer, tan bella en todos los sentidos, estaba destinada a ser su esposa. Los dos eran testarudos y tenían mucho genio, y él había llegado a adorar incluso el brillo de desafío de sus ojos. Pero, ¿cómo había podido Ally? ¿Cómo era posible que siguiera exponiéndose a las brutales manos de un asesino? Estaba dispuesta a arrojar por la boda no solamente una vida segura, un título, una posición, sino también a él, para perseguir un sueño ilusorio. Y ése era el problema. Él se había enamorado y había creído que ella sentía lo mismo, que las personalidades del hijo del conde y el bandido se fundirían en una y que, en los años posteriores, se reirían juntos de su primer encuentro. No había nada como tocarla, como estar con ella, hacerle el amor, sentir su ardor y su furia, su pasión y...

Se dio cuenta de que el ama de llaves había vuelto. Estaba de pie en la puerta. Él se levantó y le sonrió.

—Señor... tiene el calendario del señor Porter —murmuró ella.

—Sí, así es. Voy a llevarlo a Scotland Yard. Les será devuelto a los parientes del señor Porter cuando lleguen.

Al marcharse, le pareció que ella estaba mucho más nerviosa de lo necesario, y se enojó consigo mismo por estar distraído y no pensar con claridad en los asesinatos. ¡Maldita fuera Ally! Ella se equivocaba... No podía arriesgar su vida tan alegremente porque...

Porque se había convertido en parte de él.

Decidió regresar al pabellón de caza. No sabía si podría disculparse, pero tenía que verla. Hablar con ella. Tocarla.

Al tomar las riendas de Galloway, experimentó una ansiedad repentina.

Dios, sí. Tenía que volver con ella.

Lord Farrow no flaqueó. Aunque su hijo se había ausentado sin explicación, hizo cuanto pudo por mostrarse amable y considerado, fingiendo que era natural que Mark desapareciera de vez en cuando. Y, por supuesto, dado que Mark era el salteador de caminos, era natural.

Mientras desayunaban, Ally le preguntó:

—¿Sabe usted que su hijo es el bandido?

Lord Farrow se quedó mirándola y asintió con la cabeza.

—Y tú lo sabes porque estabas en el granero.

Ella se sonrojó.

—Lord Farrow... ¿cuál es la razón?

Él dejó escapar un suspiro.

—No me corresponde a mí decírtelo. Debe hacerlo Mark. Pero te aseguro que hay que mantener el secreto. Ni siquiera Brian Stirling está al corriente. Créeme, Mark no haría daño a nadie.

Ella se quedó callada, consciente de que lord Farrow no le diría nada más.

—¿Va a ir a la ciudad hoy? —preguntó.

—Tengo que ir, sí. Pero prometí llevarte a ver a tus tías primero.

—La verdad es que me gustaría volver al museo para pasar un rato con lady Camille.

—¿Sabes si está trabajando? —preguntó él, sorprendido.
—Sí, estará allí. Como la exposición acaba de abrirse, pasará allí varios días para asegurarse de que todo está en orden.
—Me preocupa que...
—No debe preocuparse tanto. En Londres las calles están llenas de gente. En el museo hay guardias y yo conozco a todo el mundo. Estaré a salvo. No puedo pasarme la vida escondida.
—Ojalá Mark estuviera aquí —murmuró Joseph.
—No me pasará nada —dijo ella con firmeza.
Cuando llegaron a Londres, Ally le deseó que pasara un buen día y entró en el museo. Camille estaba trabajando y se sorprendió al verla llegar.
—¿Qué haces aquí, si te casas dentro de unos días? —preguntó.
Ally sonrió.
—¿Y qué crees que debería hacer, Camille? La boda va a ser en tu casa. Estoy segura de que mis tías están trabajando como locas con el vestido y... no hay nada que yo pueda hacer.
—Yo esperaba que...
—¿Que estuviera conociendo mejor a Mark? —preguntó Ally—. Mark no está. Pero, en fin, no quiero entretenerte. Tienes cosas que hacer.
—Ally, me he enterado de lo que pasó en la casa de tus tías la otra noche. Por favor, ten cuidado.
—Lo tendré.
Sonrió y salió del despacho de Camille, cruzó a toda prisa las salas de exposición y salió a la calle. Cuando se dirigía a la oficina de correos, cambió de dirección bruscamente y se fue derecha a la sede del periódico. Se dirigió a las oficinas de la redacción con la esperanza de que Thane Grier estuviera allí. Para su alivio, allí estaba.
Él casi vertió su té al verla llegar, y se levantó torpemente.

—Señorita Grayson...
—Buenos días.
—Bien-bienvenida.
—Gracias.
—¿Qué está haciendo aquí?
—Quería leer unos artículos viejos. ¿Sería posible?
Él enarcó las cejas.
—Sí, si tiene la paciencia de una santa. Tendrá que repasar muchísimos periódicos para encontrar algo concreto.
—No pretendo remontarme muy atrás. Quiero leer todo lo que sea posible sobre los asesinatos de Hudson Porter, Jack Prine y Giles Brandon.
Las cejas de Grier se elevaron aún más.
—Hágame ese favor —dijo ella suavemente.
Él levantó los brazos.
—La ayudaré.
—No quisiera apartarlo de su trabajo.
—Llevo un buen rato mirando las dos mismas palabras —le dijo él—. Me vendrá bien un descanso.

Thane la condujo al depósito del periódico y le presentó a la encargada, una señora risueña, de poco más de sesenta años, que se mostró encantada de orientarlos en la dirección correcta.

La sala parecía enorme. Había cajas de archivos por todas partes. La encargada, sin embargo, sabía dónde estaba todo, al menos por fechas, y dado que buscaban noticias relativamente recientes, no fue tarea difícil encontrarlas. Entre los tres, pronto tuvieron unos cuantos periódicos sobre la mesa y la señora Easton, la encargada del archivo, volvió a sus tareas.

—¿Qué está buscando exactamente? —preguntó Thane—. Podría serle de más ayuda si me lo dijera.

—No lo sé. Quiero leer entre líneas.

—¿No me diga que está intentando descubrir quién es el asesino? —Ally se encogió de hombros—. En estos archivos no hay ninguna prueba —le dijo Thane.

Ella vaciló.

—¿Recuerda el caso del Destripador?

—Era muy joven, pero, ¿cómo olvidarlo?

—Circularon toda clase de teorías.

—Todavía circulan.

—Cierto. Pero, por lo que he leído, es muy probable que esos asesinatos los cometiera un perturbado sin un ápice de la complejidad que le atribuyó la gente, como eso de que podía estar relacionado con la Corona.

Thane frunció el ceño y sacudió la cabeza.

—Estoy completamente perdido.

—¿Y si los asesinatos no tuvieran nada que ver con la situación política actual?

—¿Se refiere a las protestas contra la monarquía?

—Sí. ¿Y si fueran una tapadera?

—¿Para qué?

—No lo sé. Por eso quiero leer todos estos periódicos.

—Está bien, leámoslos.

Pasado un rato, Thane levantó la mirada hacia ella.

—Por un momento, he creído que podía tener algo.

—¿De veras?

—Amas de llaves locas —dijo él con un suspiro.

—¿Pero...?

—Luego me acordé de Hattie, el ama de llaves de Giles Brandon. No es más que huesos y pellejo. No creo que hubiera podido empuñar un arma contra él.

—Quizá no lo hizo ella sola —repuso Ally.

—¿Y cómo convence un ama de llaves loca a otra persona para que sea su cómplice? —preguntó él.

Ally levantó las manos.

—No lo sé.

Thane titubeó y la miró.

—Ojalá trabajara usted aquí —dijo en voz baja.

Ella se sonrojó.

—Gracias.

Él torció la boca ligeramente.

—Lo que deberíamos hacer sería averiguar la verdad sobre usted.

Ally se echó a reír.

—¡Oh, Thane! No hay ninguna verdad sobre mí.

Él se recostó en la silla y se estiró.

—Ally, si me permite llamarla así, es usted una mujer increíble. No puedo creer que ningún hombre, con título o sin él, renunciara a la oportunidad de compartir su vida con usted... una vez llegara a conocerla.

—Eso es muy halagüeño.

—No, no, escuche. La clave es que el hombre en cuestión la conoce. Pero su compromiso con Farrow se acordó hace muchos años. Lord Farrow no podía saber que llegaría a ser usted una mujer hermosa, llena de generosidad y de inteligencia...

—Thane, por favor, créame...

—¿Por qué, siendo el conde de Warren, iba a prometer a su hijo con una huérfana por el simple hecho de que un buen amigo es el padrino de la criatura? Quizá si fuera usted hija ilegítima de Brian...

—No soy hija de Brian.

—¿Cómo lo sabe?

—Por Camille. Si fuera hija de Brian, ninguno de los dos me habría repudiado. Tienen muy claras las nociones del bien y del mal, y Camille habría exigido que todos los hijos del conde se criaran en su casa.

—Puede que Camille no lo sepa —Thane parecía perplejo, como si el razonamiento de Ally tuviera sentido—. Aun así... hay algo —insistió.

—No sé. Mis recuerdos comienzan en los bosques, eso es lo único que puedo decir —le dijo ella—. Volvamos al trabajo.

—Sí, estudiemos el caso —murmuró él.

Al cabo de un tiempo, volvió a mirarla.

—¿Todavía piensa casarse el sábado?
—Es lo previsto —murmuró ella.
—No he sido invitado.
Ella levantó la mirada.
—Bueno, es mi boda, así que está invitado.
—Gracias.
De pronto, Ally se dio cuenta de que el tiempo había volado. Se había quedado allí demasiado tiempo. Tenía que volver. Se levantó y Thane hizo lo mismo al instante.
—Thane, tengo que marcharme, pero muchísimas gracias.
—¿Volverá? —preguntó él.
—Espero que sí. Estoy segura de que no cree que pueda ser útil, que sólo estoy jugando... pero gracias.
—Ha sido un placer. Estaré encantado de ayudarla en lo que pueda cuando sea.
Ally sonrió y salió apresuradamente, preguntándose si el artículo que había dejado sobre la mesa de recepción estaría ya en manos del jefe de redacción y si su nuevo artículo saldría en el periódico de la mañana siguiente.
Thane la observó marcharse.
Luego la siguió.

Cuando llegó al museo, Mark temía que la angustia le estuviera empujando a actuar como un loco.
Pero, al llegar al pabellón de caza, lo había encontrado vacío. Dado que Bertram no estaba por allí y sólo los perros guardaban la casa, se obligó a ser razonable. Su padre solía tener asuntos que atender en Londres. Si había permitido que Bertram lo llevara en el carruaje a la ciudad, ello sólo podía significar que Ally estaba con él.
Cuando llegó a la ciudad, el día casi había tocado a su fin. Y, aunque sabía que su padre estaría en el Parlamento, no logró dar con él. Al final, comprendió que Bertram es-

taría esperando en el coche y, cuando encontró al sirviente, éste lo encaminó al museo.

Al llegar al museo, experimentó cierto alivio pasajero al ver a Camille.

—Sí, Ally está por aquí, en alguna parte.

El museo era muy grande. Pero nadie veía a Ally desde hacía horas.

Al final, cuando empezaba a oscurecer y era casi la hora de cerrar, Mark llegó a la conclusión de que Ally sólo había utilizado el museo como una excusa para andar libremente por la ciudad. Regresó al despacho de Camille.

—Camille, si vuelve, entretenla. Enciérrala con llave si es necesario —dijo, y luego salió del museo pensando que podía empezar a buscarla en la oficina de correos.

Ally no entendía, sencillamente, el peligro que corría si otros descubrían que era ella quien escribía bajo el seudónimo de A. Anónimo, pensó, lleno de frustración.

Londres era siempre un hervidero. A Ally le encantaba. Y, sin embargo, para su sorpresa, cuando dobló la esquina y se dirigió a la entrada del museo, todo le pareció vacío.

Oía música procedente de varias tabernas y restaurantes. De las calles distantes le llegaba el repiqueteo de los cascos de los caballos. Pero estaba cayendo la noche. La luz de una farola parpadeó... y se apagó. Las sombras parecieron espesarse.

Siguió andando apresuradamente mientras intentaba calmarse. Los comercios todavía estaban abiertos. Detrás de las puertas de las tabernas, los obreros bebían sus pintas de cerveza. Luego oyó el ruido de un carruaje que se acercaba. Se volvió a mirar.

Era un carruaje grande y avanzaba lentamente por la calle. Debido a la oscuridad, no podía ver al conductor. Era extraño que se moviera tan despacio.

Miró hacia delante y apretó el paso. El carruaje se puso a su lado. Y se detuvo.

—¡Alexandra!

Al oír gritar su nombre, pronunciado en tono ronco, sintió que un escalofrío le recorría la espalda. Echó a correr. El carruaje volvió a ponerse en marcha, pasó de largo y se detuvo. La puerta se abrió. Salió un hombre. Un hombre corpulento.

—¡Alexandra!

Su voz era profunda y áspera. Ally sólo veía su enorme figura y una capa negra que ondulaba a su alrededor. Corrió de nuevo, consciente de los pasos que la seguían. Gritó al sentir que una mano pesada la agarraba del hombro.

—¡Detente!

Se dio la vuelta... y se encontró mirando el rostro de lord Lionel Wittburg.

—¡Lord Wittburg!

Estaba acalorado y tenía una mirada frenética. Ally intentó desasirse. Él era mayor, pero todavía fuerte. Ella recordó que había sido militar.

—Ven conmigo. Debes venir ahora, enseguida.

—Lord Wittburg, tiene que dejarme ir... Me esperan en el museo.

—No, debes venir conmigo.

Ella dejó escapar un grito cuando volvió a agarrarla y la levantó en volandas. Le golpeó el pecho con los brazos, pero él era como un muro de piedra. La llevó, casi a rastras, hacia el carruaje. De pronto, Wittburg dejó escapar un aullido y ella cayó al suelo. Entonces se dio cuenta de que había otro hombre en la calle. Wittburg agitaba los puños como un loco. Pero el otro se agachó, se irguió y le asestó un puñetazo. Lord Lionel Wittburg se desplomó con un suave quejido.

—¡Ally!

Era Mark. Imposible... pero cierto.

Se acercó a ella y la ayudó a levantarse. Se oyó el estruendo de otros pasos, comenzó a salir gente del museo y de las tabernas cercanas. Un hombre saltó a la calle desde el carruaje.

Mark abrazaba a Ally. Ella oía el pálpito de su corazón. Lo miró, pero él miraba fijamente a lord Wittburg. El cochero estaba a su lado. Mark la dejó y se agachó junto a Wittburg. Miró al cochero.

—¿Qué estaba haciendo?

Wittburg dejó escapar un gruñido y abrió los ojos. Agarró a Mark por las solapas.

—La verdad... ella tiene que saber la verdad. Dile la verdad.

—Lord Wittburg, por el amor de Dios, ¿qué verdad? —preguntó Mark con ansiedad.

Lord Wittburg volvió a cerrar los ojos. Mark levantó la vista hacia el gentío que empezaba a congregarse a su alrededor.

—¡Que alguien llame a una ambulancia!

Lord Lionel Wittburg sobreviviría. El puñetazo de Mark sólo le había hecho perder el conocimiento. Pero lo que sucedió después fue un caos. Las calles se llenaron de gente. Una ambulancia se llevó a lord Wittburg al hospital. La policía habló con Mark y Ally. Camille apareció; luego llegaron Brian y lord Farrow. La policía requisó el carruaje de lord Wittburg hasta que la situación se aclarara. Ally insistió en que el anciano caballero sólo había querido hablar con ella, no causarle ningún daño, pero dijo también que parecía estar fuera de sí y que, en efecto, la había asustado.

Por fin, acabaron en el despacho de Camille. Hunter, cuyo despacho estaba al lado, se reunió con ellos. Todos estaban muy preocupados por Ally, que insistía en que estaba bien.

—Creía que te habías quedado en el museo —le dijo Camille.

Se hizo un silencio y todos la miraron.

—¿Dónde estabas? —preguntó Mark en voz baja. Ella temía contestar—. ¿Ally? —insistió él.

—Estaba mirando escaparates —dijo. En realidad, no era mentira. Había mirado varios.

—Es evidente que estás en peligro —dijo Mark—. ¿Por qué te empeñas en provocar estas situaciones? Y las tiendas cerraron hace tiempo.

—Me... entretuve demasiado —contestó ella. Estaba sentada, bebiendo un té con una pizca de whisky. Camille se había sentado a su lado. Los hombres permanecían de pie, mirándola.

—Ally —dijo Brian—, no es propio de ti preocupar de esta manera a quienes te quieren.

Aquellas palabras la hirieron profundamente.

—Perdonadme —dijo con sencillez—. Lo siento mucho, de verdad.

—Si lo sientes tanto, tal vez podrías decirnos la verdad —repuso Mark.

Ella lo miró con fijeza. De nuevo se hizo el silencio en la habitación.

—Estuve en las oficinas del periódico —dijo lisa y llanamente.

—¿Por qué? —preguntó Hunter.

—Quería repasar unos artículos atrasados —contestó ella. Su respuesta pareció asombrar a todos, menos a Mark, que seguía mirándola fijamente. Ally decidió cambiar de tema—. Lo que ha pasado esta noche es triste, pero no peligroso —les dijo—. Es lord Wittburg quien debería preocuparos, no yo. Creo que el pobre hombre está perdiendo la cabeza.

—Está bien, aquí no resolveremos nada —dijo Brian—. Todos necesitamos irnos a casa, cenar y descansar un poco.

Mark seguía clavando en Ally una mirada heladora.

—Creo... creo que debería regresar con mis tías.

—¿A la casa del bosque? No. ¿Quieres poner en peligro sus vidas? —preguntó Camille.

—Volverás al pabellón de caza —dijo Mark.

Ella comenzó a negar con la cabeza. Sabía que los demás le darían la razón. A fin de cuentas, estaba a punto de convertirse en su esposa. Pero sus padrinos ignoraban cómo estaban las cosas entre ellos.

Se sobresaltó cuando Mark se acercó a ella y la hizo ponerse en pie.

—No vengas conmigo porque te lo ordeno. Ven conmigo porque te lo estoy pidiendo. Porque es importante para mí, y eso te importa.

A ella le asombró el ardor y la hondura de la emoción que dejaban traslucir sus palabras, y la nube de pasión que empañaba sus ojos. Descubrió que no podía hablar y se limitó a asentir con la cabeza.

—Espero que mañana encontremos una explicación sensata para todo esto —dijo Brian pragmáticamente.

Como era ya muy tarde, lord Farrow sugirió que pasaran la noche en su casa de la ciudad, y así se convino. Ally se quejó de que allí no tenía nada, pero, como Kat y Hunter vivían en la ciudad, Hunter prometió enviarle ropa y algunas cosas de aseo.

Al llegar a la casa, Ally conoció a Jeeter, el encantador mayordomo de lord Farrow, que salió a recibirlos a la puerta. Mientras se bañaba en la elegante habitación que le asignaron, llegó un recadero con ropa limpia. Seguía en la bañera cuando oyó un tenue sonido de voces abajo. Eran Mark y su padre. Cerró los ojos. Mark no había mencionado lo que había dicho lord Wittburg al abordarla. Ella también había guardado silencio, consciente de que seguramente Mark quería hablar a solas con su padre primero. Se había enfadado tanto con ella porque hubiera ido al periódico... Y aun así... había aparecido milagrosamente y había salido en su defensa. Y luego le había rogado que se quedara con él...

Estaba enamorada de Mark. Si pudiera... llegar a entenderlo... No. Si pudiera convencerlo de que debía amarla tal y como era...

Mientras Ally estaba en el piso de arriba y Jeeter improvisaba la cena, Mark se enfrentó a su padre en el salón.

—Esto no puede seguir así. Lionel Wittburg estaba absolutamente convencido de que tenía que hablar con Ally. Y me dijo que tenía que decirle la verdad. ¿Qué verdad, padre? Debo saber qué está pasando. En nombre de Dios, ¿por qué no confías en mí? —preguntó con cierta angustia.

Su padre se dejó caer en el sillón de cuero que había junto al fuego y sacudió la cabeza.

—Juré guardar el secreto.

—Padre...

—Sí, lo sé. Y confío en ti. Siempre he confiado en ti, ya lo sabes. Pero algunos secretos hay que llevárselos a la tumba.

—No, si con ello estás poniendo a otros en peligro.

Joseph guardó silencio un momento.

—Brian Stirling y yo acordamos que Alexandra y tú os casaríais porque... la reina así nos lo pidió.

—¿La reina?

Joseph se recostó en el sillón. Mark tomó asiento en el sillón de enfrente y esperó a que su padre continuara. Al fin, Joseph lo miró.

—En muchos cuentos hay un punto de verdad. Todo esto sucedió cuando tú eras muy joven y Ally apenas una criatura. Se remonta a los tiempos del Destripador.

—¿El Destripador? —preguntó Mark, perplejo.

—Te doy mi palabra de que el hombre al que la policía creía Jack el Destripador está muerto. ¿Te has preguntado alguna vez por qué las investigaciones cesaron tan poco tiempo después de la muerte de Mary Kelly?

—Las investigaciones no cesaron exactamente —dijo Mark.

Pero su padre tenía razón. Él era muy pequeño en aquella época. Aun así, muchas personas implicadas en la investigación le habían dicho que el hombre conocido popularmente como Jack el Destripador, al que nunca se había identificado, había muerto.

Su padre exhaló un suspiro.

—Hubo muchos que intentaron vincular a la Corona con los asesinatos.

—¿No irás a decirme que la Corona estaba implicada? —preguntó Mark—. ¿Y cómo sabes todo esto?

—Porque lady Maggie estuvo a punto de morir a manos del asesino. Por suerte, fue él quien acabó perdiendo la vida. No conozco todos los detalles del caso. Nunca les he pedido a Maggie o a James que me lo explicaran todo. No hay pruebas fehacientes, ningún modo concluyente de cerrar el caso. Pero ese hombre murió cerca de la casita donde creció Ally. A pesar de los rumores, no hubo tal conspiración de la Corona. Esa teoría surgió porque el príncipe Eddie se casó, en efecto, con una muchacha católica llamada Annie. Como sabes, el príncipe acabó consumido por la sífilis. Y Annie... no estaba bien. Además, un matrimonio católico no era legal, desde luego.

Mark miraba fijamente a su padre.

—¿Me estás diciendo que Ally es su hija?

Joseph asintió con la cabeza.

—Había que protegerla, ¿comprendes? —dijo con suavidad—. Ahora te confío a ti esta información, que otros me confiaron a mí. Pero la verdad no debe saberse nunca

—suspiró débilmente—. ¿No te das cuenta de lo fanática que puede ponerse la gente cuando están en juego sus ideas acerca del bien y del mal? ¿Cómo ciertos hombres permiten que su idea de un bien mayor los conduzca a cometer horrendos asesinatos? Hay quienes temen, como ha sucedido desde hace siglos, que algún posible vínculo de la familia real con el catolicismo resulte peligroso. No hay razón para que permitamos que la verdad sobre el origen de Ally se haga pública. Nadie debe saberlo. Pero Ally es la nieta de la reina. Una joven brillante, una belleza. No debe correr peligro por su posición, ni sufrir ningún perjuicio por su ilegitimidad.

—Obviamente, hay otros que saben la verdad. Lionel Wittburg, por de pronto. Y yo habría estado en mejor posición de proteger a Ally si también la hubiera sabido.

—Lo siento. Di mi palabra, y no la doy a la ligera.

Mark bajó la cabeza. La historia que acababa de contarle su padre era fantástica. Toda aquella situación le parecía imposible de creer. Sacudió la cabeza.

—Entonces, los delirios de lord Wittburg... ¿no tienen nada que ver con los asesinatos? ¿Ha confundido lo que está pasando con algo que sucedió en el pasado?

—No lo sé —dijo Joseph—. No lo sé.

Mark se levantó, se acercó al hogar y se quedó mirando las llamas.

—Ya sabes que el otro día paramos su carruaje. No creo que haya informado del incidente a la policía, porque no he oído hablar de ello, ni he visto nada. Registré su carruaje. No había ni una sola gota de sangre. Ian sigue convencido de que el asesino escapa siempre en carruaje. Creo que tiene razón. Pero... hoy fui a ver al ama de llaves de Hudson Porter, y se comportó de manera muy extraña.

—Entonces, ¿estamos más cerca de la verdad?

Mark se encogió de hombros.

—Tengo la impresión de que sí, pero me parece que estamos pasando algo por alto. Hoy, cuando hablé con esa mujer, me descubrí pensando que podía ser una conspiración de las amas de llaves. Pero a esos hombres los asesinó alguien muy fuerte. Y luego está Ally. ¿Por qué atacaron la casa del bosque? ¿Porque alguien considera a Ally un peligro, o porque conoce su origen? ¿O ambas cosas están relacionadas de algún modo? Hay quienes se han apresurado a asumir que, dado que las víctimas eran antimonárquicos, la Corona tenía que estar implicada, y quienes piensan que los asesinatos son un modo de crear mártires para la causa antimonárquica. Pero, al echar la vista atrás, uno se da cuenta de que, a veces, lo que parece obvio no es siempre la verdad.

Joseph lo miraba con el ceño fruncido.

—¿No te preocupa... la identidad de Ally?

—Sólo si la pone en peligro —Mark sacudió la cabeza—. No me importa quiénes fueran sus padres. Es ella quien me importa.

Su padre sonrió lentamente.

—Deberíais casaros y marcharos del país. Podríais iros a América, o a Australia. Alejaos de todo esto. Dejad que otros lo resuelvan.

—No podemos hacer eso —dijo Mark—. No podemos pasar el resto de nuestras vidas mirando hacia atrás y haciéndonos preguntas —se quedó callado al ver aparecer a Ally en lo alto de las escaleras.

Joseph siguió su mirada.

—Ally, estás encantadora —dijo alegremente.

Mark vio su cara y comprendió que sabía que habían estado hablando de ella. Pero advirtió en sus ojos la determinación de seguirle la corriente a su padre.

—Esta casa es preciosa —dijo ella mientras bajaba las escaleras—. Y mi habitación es muy bonita. Es usted siempre un anfitrión excelente, lord Farrow.

—Veamos si Jeeter nos ha preparado algo de comer, ¿os

parece? –lord Farrow le ofreció el brazo para acompañarla al comedor.

En mitad de la comida, Joseph le preguntó si le molestaba que los planes de boda hubieran quedado en manos de otros. Ally se echó a reír y le dijo:

–El castillo de Carlyle es un sitio maravilloso. A mis tías se les rompería el corazón si no pudieran hacer mi vestido. No me molesta en absoluto. Lo importante son los votos nupciales. Lo demás, es cosa de otros y, si a ellos les hace felices prepararlo todo, a mí también.

Al acabar la cena, Joseph dijo que quería retirarse. Ally les dio las buenas noches y subió antes que él. Mark subió después, con una copa de coñac que se llevó a su cuarto. Sabía que no podría dormir. Había sido un día muy largo. Se dio un baño, bebió tranquilamente su coñac e intentó no pensar.

Monárquicos. Antimonárquicos. Amas de llaves. Jack el Destripador. Teorías conspirativas. La verdadera identidad de Jack el Destripador seguía siendo una incógnita. Probablemente no había sido más que un perturbado al que nadie conocía más allá de su pequeño mundo.

¿Adónde lo llevaba aquello? Quizá los asesinatos de los tres antimonárquicos no se debieran a razones políticas. Quizás los motivos políticos no fueran más que una fachada para ocultar algo mucho más mundano.

Se levantó y se secó. Ally... Temía por ella. Vaciló. Luego se puso las calzas y salió al pasillo. Recorrió los pocos pasos que lo separaban de su puerta. No estaba cerrada con llave. Entró.

Ella llevaba un sencillo camisón de algodón que le había enviado lady Kat. Tenía el pelo limpio y suelto sobre las almohadas y dormía en la penumbra. Mark se acercó a la cama y la miró. Vio que tenía los ojos abiertos y que lo estaba observando. Al cabo de un momento, le ofreció una sonrisa reticente.

–Estamos en casa de tu padre –le recordó suavemente.

—No le pediré a nadie, ni siquiera a mi padre, que me perdone por tomar lo que es mío... lo que amo —añadió él en voz muy baja, y se tendió junto a ella. Ally se volvió hacia él. Sus labios se curvaron en una sonrisa sensual.

—¿Es eso cierto? —preguntó suavemente.

—¿Que te amo? Sí. Algunos dirían que es absurdo. El amor no puede ser tan fácil, ni tan rápido. Pero que se vayan todos a paseo. ¿Que si te quiero? Sí. Pero también me desconciertas y me enfadas.

Ella extendió las manos y sus dedos elegantes se posaron sobre el rostro de Mark.

—Yo también te quiero —dijo—. Y la verdad es que es un fastidio, porque tienes esa noble arrogancia, o quizá sea sencillamente la arrogancia propia de un hombre.

—¿Crees que podremos aclararlo a lo largo de los próximos cuarenta o cincuenta años? —preguntó él, y puso los dedos sobre sus labios para acallarla.

Se sorprendió cuando ella se incorporó y se quitó el camisón. A la luz de la luna, su cuerpo relucía. Su garganta, sus hombros, sus pechos, eran perfectos como lo des una escultura. Su pelo refulgía con un brillo extraño. Se apoyó contra él y tomó la iniciativa. Sus pechos desnudos se apretaron contra el torso de Mark y su pelo dorado acarició su piel desnuda. Luego bajó los labios y rozó los de él con una caricia. La misma esencia del ser de Mark pareció temblar y tensarse. Él intentó estarse quieto, dejarla hacer.

Ally se tumbó sobre él y comenzó a moverse sinuosamente. Actuaba por instinto. Mark ansiaba que aquello fuera realmente algo más que simple pasión, que Ally confiara en él, que las emociones templaran su batalla.

Luego dejó de pensar y se entregó al olvido mientras un placer puro comenzaba a levantar el vuelo. Los labios de Ally rozaban su pecho; sus dientes danzaban suavemente sobre su desnudez. Sus dedos se movían por su cuerpo, abrieron sus calzas, se deslizaron más abajo...

Mark la estrechó entre sus brazos y se quitó los pantalones. Vio su rostro a la luz de la luna y la apretó contra sí. Después la besó ávidamente. La tocó, rodeando con las manos cada curva de su cuerpo. Apretó sus nalgas y Ally deslizó los dedos a lo largo de su miembro erecto. Luego lo agarró con fuerza. Mark la apretó contra el colchón, ansioso por probar su piel. Ally se restregó contra él una y otra vez. Su lengua caliente hacía que el corazón de Mark bombeara atronadoramente.

Su unión fue fiera, desesperada... y tierna. El mundo dejó de existir. Sólo quedó la necesidad de alcanzar la cima, y luego el deseo de dejarse llevar. Después, el deseo se inflamó de nuevo. Mark no podía dejar de tocarla, de ansiar sus labios...

Una y otra vez, las sombras y la oscuridad los acunaron mientras estallaban en el clímax... y los devolvieron luego a ese lugar donde la cordura hacía de la más leve caricia un tesoro. Exhaustos, permanecieron juntos, en silencio, deleitándose en el contacto de su piel.

No hablaron más esa noche. Los dos convinieron en silencio que había instantes que debían preservarse como un tesoro y no cuestionarse nunca.

Estaban desayunando cuando sonó el teléfono. Jeeter entró en el comedor y miró a Mark.

—Es el inspector Douglas —dijo.

Mark se disculpó y salió. Cuando regresó, parecía preocupado.

—¿Y bien? —preguntó su padre.

—No puedo creerlo —dijo Mark—. Registraron el carruaje de lord Wittburg. Han encontrado una capa negra llena de sangre. Y manchas de sangre por todo el carruaje.

Joseph lo miró con perplejidad.

—¿Lionel?

Ally sacudió la cabeza.

—No puede ser.

—A mí también me cuesta creerlo. No puede haber perdido la cabeza hasta ese punto. Está en el hospital —dijo Mark—. Tengo que irme. Padre...

—Hoy no tengo nada urgente que hacer. Creo que llevaremos a Ally a ver a sus tías.

Ally asintió con la cabeza y deseó desesperadamente poder ir con Mark. Estaba pasando algo terrible. Se negaba a creer la verdad aparente.

—Mark, ¿crees que tal vez la policía haya...?

—¿Falsificado las pruebas? No, no lo creo —dijo Mark—. Disculpadme. Tengo que irme.

Se disponía a marcharse cuando Jeeter entró con el periódico. Se detuvo y lo tomó. Ally estaba segura de que quería ver si había alguna noticia sobre el inminente arresto de Lionel Wittburg, pero se sorprendió al ver que la miraba fijamente y que sus ojos parecían cubiertos por un velo tan venenoso que se encogió en la silla.

—Parece que A. Anónimo ha vuelto a escribir —dijo él con voz afilada—. Hablaremos luego —dejó el periódico sobre la mesa y salió.

Lord Farrow recogió el diario.

—Los artículos de ese tipo son bastante buenos. ¿Por qué se ha puesto Mark así? —murmuró—. No hay nada sobre lord Wittburg —añadió, aliviado—. Pero este artículo de opinión es muy interesante. Sugiere que los crímenes podrían tener un motivo completamente distinto.

—Discúlpeme, voy a prepararme para que nos vayamos —murmuró ella, y huyó de la mesa.

¡Cuánto deseaba estar en otra parte! Pero sabía que ese día lord Farrow no la perdería de vista. Al llegar arriba, se puso a pasear por la habitación. Mark estaba furioso otra vez. Ally sufría al pensar lo unidos que habían llegado a estar, cómo le había susurrado él que la quería. No había hecho nada malo, se dijo. De hecho, de no ser por él, no habría escrito aquel artículo.

De pronto alguien llamó a la puerta y oyó preguntar a lord Farrow:

—¿Ally? ¿Estás lista?

—Sí, sí, claro.

Durante el viaje, intentó pensar en algo desenfadado que decir. Sus esfuerzos, sin embargo, resultaron innecesarios. Lord Farrow parecía haberse sumido en una profunda introspección. Después de la primera media hora, Ally se alegró de que cayeran en un cómodo silencio.

Se sobresaltó al ver a un hombre sentado en el porche de la casita. Él pareció sorprenderse igualmente al ver llegar el carruaje y se levantó.

—Patrick —dijo lord Farrow—, me alegro de verte.

Ally lo miró extrañada. Era alto y pelirrojo. Se sonrojó al mirarla y le tendió la mano con una sonrisa remolona.

—Patrick, MacIver, señorita Grayson.

—Patrick es un buen amigo de Mark, querida.

Ella se echó a reír de repente.

—Y también un bandolero, según creo.

Patrick palideció y miró a lord Farrow.

—No pasa nada, Patrick.

El pelirrojo se encogió de hombros.

—Ya nos conocíamos —murmuró.

Ella cuadró los hombros.

—Supongo que está aquí guardando la casa. Se lo agradezco.

Él se relajó, el color regresó a sus mejillas y su sonrisa se hizo cálida y sincera.

—Ha sido un honor. Somos tres vigilando la casa, y lo que creíamos que sólo sería un deber se ha convertido en un auténtico placer. Creo que hemos engordado todos varias libras y que vamos a tener chalecos nuevos para la boda.

Ally no tuvo ocasión de contestar. Las hermanas habían oído llegar el carruaje. Violet salió primero y enseguida abrazó a Ally. Detrás de ella salieron Merry y Edith. Los dos perros saltaban a su alrededor, moviendo la cola.

Ally entró con ellas en la casa, pero lord Farrow se quedó fuera, con Patrick, y ella comprendió que quería ponerle al corriente de los últimos acontecimientos. Ella, en cambio, no les dijo nada a sus tías para no arruinar su alegría. Le hablaron de lo bonito que era su vestido, pero insistieron en que no podía verlo hasta el sábado por la mañana.

—No va a ser el gran acontecimiento que pensábamos —dijo Merry con cierta tristeza.

—Pero aún así será maravilloso —añadió Edith.

Ally se echó a reír y las abrazó a las tres.

—Si vosotras estáis allí, no puedo pedir nada más. Vosotras, queridas tías, sois mi vida.

—Oh —dijo Merry, y empezó a sollozar.

—No te pongas a llorar —le advirtió Violet con severidad, pero ella también sacó su pañuelo.

Edith dejó escapar un sollozo.

—Oh, por favor —dijo Ally, y volvió a abrazarlas.

—Pero... vamos a perder a nuestra niña.

—Nunca me perderéis. Nunca —prometió ella.

La tetera comenzó a pitar.

—El té —dijo Violet, recomponiéndose.

—Dios mío —le dijo Merry a Violet—, ¡qué atareadas vamos a estar estos dos días! Mañana tenemos la función benéfica de lady Maggie, así que supongo que será mejor que después nos vayamos al castillo. Espero que a lord Farrow no le importe.

—Debería darme vergüenza —dijo Ally—. Había olvidado por completo lo de mañana.

—No seas boba —dijo Violet—. Has tenido muchas cosas que hacer. De hecho, no deberías ir.

—Debo ir. Voy todos los años.

—Se lo preguntaremos a Mark —dijo Edith.

—No, no se lo preguntaremos a nadie. Es la función de lady Maggie, y allí estaré.

—Pero tu boda es al día siguiente —dijo Edith.

—¿Y qué tengo que hacer, aparte de asistir? —repuso Ally, y se rió—. Yo no he hecho nada.

Las tías se miraron con escepticismo.

—Bueno... —dijo Violet.

—Está decidido —contestó Ally con firmeza.

—Entonces puede que a lord Farrow no le importe llevar en su carruaje parte de la comida que hemos preparado –murmuró Merry.

–Lord Stirling mandará su coche por la mañana, como siempre –le recordó Edith.

Ally reparó de pronto en las cajas y recipientes que había en la cocina, por todas partes. Los pobres del East End iban a darse un banquete. Se echó a reír y las abrazó de nuevo.

–Nunca me perderéis –les prometió–. No ha habido nunca una niña tan afortunada como yo.

Mark estaba sentado en el despacho de Ian, rechinando los dientes. Ian estaba leyendo el periódico, inclinado sobre la mesa.

¿Qué tenía que hacer para que Ally se diera cuenta del peligro que corría?

–Un artículo excelente –dijo Ian, levantando la vista–. Si no fuera porque ahora sabemos que el asesino es lord Lionel. Pobre hombre. Ha perdido el juicio.

Mark se preguntó si no estaría en parte enfadado porque, en su artículo, Ally hubiera llegado a la misma conclusión que él. ¿Y si los árboles les estaban impidiendo ver el bosque?

–Has hablado con lord Wittburg en el hospital, imagino –dijo.

–Claro. Él lo niega todo.

–Creo que está diciendo la verdad.

–Mark, hemos encontrado pruebas.

Mark sacudió la cabeza con firmeza.

–Detuve su carruaje el otro día. No había manto, ni sangre. Alguien puso esas pruebas allí después.

Ian se puso tenso.

–Mark, puede que no resolvamos todos los casos, pero pondría la mano en el fuego por cualquiera de mis agentes.

—No estoy sugiriendo que hayan sido tus hombres.
—Entonces, ¿qué...?
—Había mucho alboroto en la calle. Salió mucha gente al oír los gritos.
—Está bien. Pero, ¿cómo es posible que alguien llevara esas pruebas encima y supiera que el carruaje de lord Wittburg estaría allí? —preguntó Ian.
Mark se levantó.
—Tengo que ver a Lionel.
El inspector sacudió la cabeza.
—Mark, tú no quieres que sea él.
—No, no puedo creerlo.
—¿Quieres que vaya contigo? —dijo Ian, dejando escapar un suspiro.
—Sí. Quiero que oigas lo mismo que yo. Pero también quiero que pongas a tus hombres a investigar archivos bancarios.
—¿Archivos bancarios? —preguntó Ian.
Mark tocó el periódico.
—Has dicho que era un artículo excelente, y sugiere que tal vez estemos buscando grandes motivos cuando en realidad se trata de algo más personal. Averigua a quién beneficiaba la muerte de cada uno de esos hombres. Sabemos por el ama de llaves que Eleanor Brandon parecía adorar a su marido. Pero él la maltrataba. Y no sé nada sobre la relación entre Jack y Elizabeth Prine.
—Hudson Porter no estaba casado —repuso Ian—. ¿Qué estás pensando? ¿Que esas tres mujeres conspiraron para matar a sus maridos?
—Hay alguien más implicado, alguien que quizá quería fomentar la causa antimonárquica. Pero creo que es necesario descubrir a quién beneficiaban financieramente esas muertes.
—El dinero de Giles Brandon era de su mujer.
—Y quizá ella quisiera recuperarlo. Puede que me esté

saliendo por la tangente. Pero, antes de colgar a lord Wittburg, quisiera estar seguro de que sabemos la verdad.

La tarde fue deliciosa y, a pesar de su agitación, Ally disfrutó enormemente. Mientras se preparaba para recoger los restos del té, Sylvester, el más grande de los dos perros, se acercó de un salto a la puerta.

—¿Qué pasa, chico? —preguntó ella—. ¿Necesitas salir? —abrió la puerta y salió. El perro comenzó a ladrar y corrió hacia uno de los senderos. Ally lo siguió. Luego se detuvo, convencida de que había oído un ruido delante de ella.

—¡Sylvester! —gritó. El perro no regresó—. ¡Sylvester! —gritó de nuevo. Para entonces, la perra, Millicent, también había salido de la casa, y lord Farrow estaba a su lado. Se volvió hacia la casa, tenso.

—¡Patrick! —Patrick apareció al instante—. ¿Vas armado? —preguntó lord Farrow.

Patrick asintió y se levantó el borde de la chaqueta para mostrar su pistola. Lord Farrow hizo un gesto con la cabeza y echaron los dos a andar por el sendero, seguidos por Millicent. Ally hizo amago de seguirlos.

—Vuelve a la casa —le dijo lord Farrow.

—Pero...

—Por favor. Bertram se quedará con vosotras.

Ally se quedó parada, rígida, y dejó que se fueran. Se sobresaltó al sentir que había alguien junto a su hombro. Se volvió. Era Bertram.

—Señorita, convendría que entrara en la casa. Puede que no sea nada, pero...

Ella suspiró y regresó a la casa. Sus tías estaban recogiendo aún y no se habían dado cuenta lo que ocurría.

—¿Te importaría llevar ese tarro de mermelada, querida? —preguntó Merry.

—Claro que no —dijo ella. Las ayudó en la cocina, pero siguió aguzando el oído, tensa.

Unos minutos después, la puerta se abrió y entraron corriendo los perros. Lord Farrow y Patrick llegaron tras ellos, hablando tranquilamente. Ally miró a lord Farrow.

—Creo que me sentaría bien tomar otra taza de té, si es posible, Violet —dijo él.

Ally miró con frustración a Patrick, y éste se encogió de hombros. Ella dejó escapar un suspiro. Sabía que iba a tener que esperar.

Lord Wittburg parecía terriblemente desmejorado. Mark entendía muy bien el porqué. Había ido internado en una institución en la que se trataba a los dementes que habían cometido algún delito.

El olor era espantoso. Y, aunque lord Wittburg había sido llevado a una habitación privada, los gritos y llantos de los locos seguían llegando hasta allí.

Mark se sentó junto a su cama. Lord Wittburg abrió los ojos cansados. Logró esbozar una sonrisa.

—Mark...

—Lord Wittburg.

El anciano sacudió la cabeza.

—Que haya llegado a esto...

—Lord Wittburg...

—Yo no he matado a nadie, Mark.

—Lo sé, Excelencia.

Lord Wittburg tomó su mano y se la apretó.

—Te creo —musitó débilmente—. Voy a necesitar un buen abogado.

—Lord Wittburg...

—Alguien puso esas cosas en mi carruaje —dijo él, con voz todavía frágil, pero llena de ira.

—¿Quién? —preguntó Ian desde la puerta.

Mark se inclinó.

—Excelencia, ¿sabía alguien que estaba buscando a Ally cerca del museo?

Lord Wittburg no contestó. Había cerrado los ojos.

—Vi a ese joven del periódico. Estaba en la calle —dijo de pronto.

—¿Qué joven? —preguntó Mark.

—Grier. Thane Grier.

—¿Alguien más? —preguntó Mark.

Wittburg exhaló un suspiro.

—Estuve en el club, hablando con Arthur Conan Doyle.

—¿Había alguien más allí? —insistió Mark.

—Los de siempre. Sir Angus Cunningham también estaba, cosa nada frecuente. Pero sir Andrew Harrington lo había invitado a tomar el té —cerró los ojos—. No había mujeres. Los hombres hablaban de cuánto están cambiando los tiempos. Pero el club sigue siendo un santuario. No había ni una sola mujer.

—Lord Wittburg, ¿no se acuerda de nadie más? ¿Por qué estaba tan empeñado en hablar con Ally?

Él abrió los ojos bruscamente.

—Ella debe saberlo. Para protegerse.

—Yo la protegeré —prometió Mark. Wittburg volvió a cerrar los ojos—. ¿Lord Wittburg?

No hubo respuesta. El anciano mantuvo los ojos cerrados. El ordenanza que los había acompañado hasta allí tocó el hombro de Mark.

—Señor, está sedado. No creo que se despierte hasta dentro de unas horas.

Mark asintió y se levantó. Ian y él salieron juntos.

—¿Y ahora qué? ¿Cómo se relaciona esto con tu teoría de las ama de llaves locas? —preguntó Ian.

—Ha dicho que no había mujeres. Me parece interesante que haya hablado de eso —le dijo Mark.

—Parece que Thane Grier siempre está donde ocurre algo —comentó Ian.

—Es periodista. Su trabajo consiste en mantener los oídos bien abiertos y presentarse allí donde esté la noticia —repuso Mark.

—Lamento decir que seguimos sin tener nada. Nada que ayude a lord Wittburg.

—Consígueme esos registros bancarios. Y los testamentos de las víctimas —dijo Mark. Al salir a la calle, se detuvo—. Ian, creo que deberíamos hacerle otra visita a Eleanor Brandon.

—Estaba destrozada por la muerte de su marido, Mark.

—Vamos a ver si sigue destrozada.

Ian dejó escapar un suspiro.

—Está bien.

Ni Eleanor Brandon ni Hattie, su ama de llaves, se alegraron de su nueva visita. No les ofrecieron el té. De hecho, Hattie se mostró reticente a dejarlos pasar. Ian tuvo que insistir.

Eleanor les recibió en el salón. Iba de luto, y le sentaba bien. Parecía mucho más serena que la vez anterior.

—¿Por qué han vuelto? Deberían estar buscando al asesino de mi marido —dijo con hostilidad.

Ian miró a Mark.

—Eleanor, estábamos preocupados. Hemos venido a ver cómo se encontraba. ¿Tiene dificultades, económicas o de otro tipo?

—No. Si quieren ayudarme, márchense. Lo que necesito es paz en mi propia casa.

—Por supuesto, por supuesto —le dijo Mark—. Bien, entonces, nos vamos.

Ian lo miró, extrañado. Él se encogió de hombros. Al

salir de la casa, Ian volvió a mirarlo como si hubiera perdido la razón.

—¿Nos haces venir hasta aquí para eso?

—Tengo la impresión de que hizo un papel magnífico cuando se fingió histérica para irrumpir en la fiesta de lord Stirling.

—¿Cómo sabes que estaba fingiendo?

—No lo sé, sólo lo creo. Tenemos que hablar con su hermana.

Ian volvió a suspirar.

—Comprobé la coartada, Mark.

—Quiero saber más.

—Es un viaje muy largo.

—Pues nos lo tomaremos con calma.

Cuando se marchaban, lord Farrow se llevó a Patrick aparte un momento. Ally oyó a éste último mencionar a un tal Thomas, que iría después, y decir que Geoff llegaría pronto, así que Mark no tenía de qué preocuparse: entre los tres no dejarían solas a las tías ni un momento. Ally dedujo que Geoff y Thomas también formaban parte de la banda de salteadores de caminos.

Tras volver a abrazar a sus tías, se acercó a Patrick y le dio las gracias de todo corazón. Él le aseguró que lo hacía encantado.

Ya en el carruaje, con lord Farrow, Ally preguntó:

—Y bien, ¿qué encontraron en el bosque?

—Nada... y algo. Había alguien allí. Estoy casi seguro. Pero llegó a la carretera y desapareció. Lamento que llegáramos tarde, pero me alegro de que los perros estén allí, y ahora habrá dos hombres vigilando la casa todo el tiempo.

—Les estoy muy agradecida —murmuró ella.

Él sacudió la cabeza y sonrió repentinamente.

—Con todo lo que está pasando, a veces cuesta darse

cuenta, pero hay gente decente en el mundo. Gente que no espera la gratitud de uno por hacer lo correcto.

—Aun así, estoy agradecida.

Cuando llegaron al pabellón de caza, cenaron juntos y lord Farrow sugirió que se retiraran temprano, pues al día siguiente se marcharían a primera hora. Ally estaba agotada y aceptó gustosamente. Pero, una vez en la cama, no consiguió conciliar el sueño. Estaba aguardando.

Era ya de noche cuando llegaron a casa de Marianne York, la hermana de Eleanor Brandon. La señorita York, una solterona enjuta y con cara de ciruela pasa, resopló al saber que otro inspector de Londres había ido a verla.

—Ojalá pudiera decirles lo contrario —dijo con otro bufido—. Eleanor estuvo aquí. No es que yo la invitara, pero es mi hermana, y se presentó. La advertía de que no se casara con Giles Brandon. Ese hombre la echaba de su propia casa sólo porque estaba escribiendo.

—Siento curiosidad. Su relación no es muy... estrecha —dijo Mark amablemente—. Hay hoteles estupendos en Londres donde Eleanor podría haber pasado la noche.

—¿Con qué dinero? —bufó ella.

Ian se aclaró la garganta. Indicó el salón, que estaba elegantemente decorado.

—No quisiera pecar de indiscreto, pero tengo entendido que su padre las dejó bien situadas.

Marianne volvió a resoplar.

—Yo tengo mi dinero. Eleanor, la muy tonta, lo puso todo a nombre de Giles Brandon cuando se casaron. Le dije que era una necia. Ella contestó que yo era una solterona amargada. Pero yo vivo muy bien sola. Y ella vivía en un tormento. Y no me digan que estaba dispuesta a dejar que la pisoteara por su genio. Se ponía enferma. Era una infeliz. Cuando se vio obligada por las circunstancias a buscar hospitalidad en mi casa, apenas pudo soportarlo. Pero, aun así, sabía que yo me sentiría obligada a aceptarla.

—Bueno, muchas gracias por hablar con nosotros —dijo Mark.

Era tarde. Cuando salieron a la calle, Mark montó en Galloway y miró a Ian.

—Creo que deberíamos estudiar este asunto con más detenimiento, ¿no te parece? ¿Qué te parece si mañana le hacemos otra visita a Elizabeth Harrington Prine?

Ian exhaló el suspiro más profundo del día.

—El pobre sir Andrew se llevará un disgusto cuando sepa que hemos interrogado a su prima —dijo.

—Y el pobre lord Lionel podría acabar en la horca —le recordó Mark.

Ian asintió con la cabeza.

—Mañana tendré listos los registros que me has pedido. Y sí, iremos a ver a Elizabeth.

Mark estaba seguro de que su padre habría preferido regresar al pabellón de caza desde la casita del bosque. Cansado, se encaminó a casa.

Malcolm y Cara, los perros, salieron a recibirlo cuando llegó. Bertram salió de los establos para hacerse cargo de su caballo. Mark entró en la casa, exhausto.

Era muy tarde y el pabellón de caza estaba en silencio. Se dirigió a su habitación, pero luego vaciló y recorrió el pasillo sin hacer ruido, hacia la habitación de Ally. Ella estaba dormida. Mark se quedó junto a la cama unos segundos y luego se tumbó a su lado. La respiración de Ally era constante y profunda. Mark la estrechó en sus brazos.

Ally se despertó con la clara impresión de que Mark había estado allí. Observó la cama y el hueco de la almohada, junto a ella. Sonrió. Luego su sonrisa se convirtió en un ceño.

¿Cómo se atrevía Mark a ponerse así por su artículo? Él tenía muchas cosas que explicar. Para empezar, Ally estaba segura de que había descubierto qué había querido lord Wittburg y, sin embargo, no le había dicho nada. Esperaba poder interrogarlo durante el desayuno. Pero, tras vestirse, solo encontró a lord Farrow sentado a la mesa, tomando un café.

—Me temo que Mark se ha ido ya —le dijo él.

—¿De veras?

Lord Farrow puso una mano sobre la suya.

—Se trata de algo importante, o no te habría dejado sola.

—Claro —murmuró ella, confiando en que lord Farrow no notara su tono sarcástico.

—En cualquier caso, yo estoy listo cuando tú lo estés.

—Un sorbo de café, milord, y podremos marcharnos —repuso ella.

A pesar de la distancia entre el pabellón de caza y el East End, llegaron con tiempo de sobra. Se habían instalado tenderetes para la comida y sillas para las funciones, todo dentro del patio de la iglesia.

A Ally se le asignó la zona de niños. La flor y nata de Londres había donado toda clase de cosas, y esposas pobres con sus familias, así como prostitutas que criaban la progenie de padres desconocidos, se acercaron a ella. Había pañales, patucos, mantas y ropa para los necesitados.

Tras pasar cuatro horas de pie, Ally se alegró de que Merry fuera a sustituirla para que se tomara un descanso.

—Pero tú sigues trabajando —protestó.

—Oh, no, querida. Acabo de tomar un té delicioso con lady Maggie y el reverendo. Detrás de aquella esquina hay un jardín encantador. Alguien te llevará un té enseguida.

Y así, contenta por tener la oportunidad de sentarse, Ally se lavó las manos y se encaminó al jardín. Se detuvo junto a la entrada al ver que Thane Grier estaba allí, entrevistando a Maggie. Ellos hicieron una pausa al verla y la saludaron con la mano. Ally les devolvió el saludo y se acercó a una mesa. Apenas se había sentado cuando Thane se reunió con ella.

—Hola. Menudo día.

—Siempre es así —le dijo ella.

—El artículo de ayer era suyo, ¿verdad? —preguntó él bruscamente. Ally se quedó boquiabierta. Thane levantó una mano—. No hace falta que conteste. Usted misma me dio accidentalmente la respuesta. Pero no se preocupe. Su secreto está a salvo conmigo.

—No sé qué decir.

Él sonrió.

—He venido a darle las gracias.

—¿Por qué?

—Creo que me ha puesto tras la pista de algo.

—¿Ah, sí?

—He empezado a hacer indagaciones secretas.

Era un hombre guapo, más joven de lo que Ally había creído al principio, y parecía estarle sinceramente agradecido. Ella sonrió y asintió con la cabeza, animándolo a continuar. Thane miró a su alrededor y bajó la voz.

—Bueno, Giles y Eleanor Brandon no se llevaban nada bien. En público, ella fingía adorarlo. Le permitía celebrar toda clase de reuniones en su casa. No le quedaba más remedio. Cuando se casaron, puso todos sus bienes a nombre de él. Ahora que ha muerto, vuelve a ser dueña de todo.

—Pero, ¿qué prueba eso? —preguntó Ally.

—No prueba nada, pero la codicia es uno de las principales causas del asesinato. Elizabeth Prine no tenía ningún dinero... hasta que se casó con Jack Prine.

—¿Y ha heredado lo que él tenía? —dijo Ally.

—Exacto.

—Pero Hudson Porter no estaba casado —señaló Ally.

Thane sonrió.

—¡Ajá! Ahí es donde estriba el gran descubrimiento.
—¿Estaba casado?
Thane sacudió la cabeza.
—No, aunque tiene parientes en América. Pero, ¿sabe qué?
—¡Cuente!
—El ama de llaves ha recibido una bonita suma —se recostó en la silla y la miró con satisfacción.
—Eso sigue sin demostrar nada.
La sonrisa del periodista se desdibujó levemente.
—Sí, pero el hecho de que esas tres mujeres hayan heredado grandes sumas de dinero es muy sospechoso, ¿no le parece?
—Sí, pero...
—Las tres se conocían. Dos de ellas se frecuentaban. Y tenían motivos para librarse de ellos.
—Aun así, no creo que ninguna tuviera fuerzas para matar a un hombre como Giles Brandon. Además, sigue sin tener pruebas de una conspiración.
—Pues tendremos que encontrarlas.
—¿Tendremos?
—Fue usted quien empezó esto.
—Sí, pero no puedo moverme con la libertad de un reportero de investigación —le informó ella.
Thane le sonrió.
—Me he tomado la libertad de enviarle unos cuantos artículos antiguos a lady Stirling para que se los dé. Verá, no creo ni por un instante que lord Wittburg sea culpable de asesinato, aunque he escrito una crónica excelente sobre la extraña forma en que la abordó, su arresto y el hallazgo de pruebas inculpatorias en su carruaje.
—Yo tampoco creo que sea culpable. Creo que sólo quería hablar conmigo. Y me parece que alguien debería averiguar la verdad. Si le condenan por asesinato, será culpa mía.

—Culpa suya, no. Los culpables son aquellos que han cometido actos malvados —dijo él con gravedad.

Ally sonrió.

—No he oído que últimamente haya habido protestas callejeras.

—El furor parece estar remitiendo —repuso él—. Bueno, hasta la próxima vez. Si es que la hay.

Ally lo miró con fijeza.

—Es increíble. Toda una nación puesta de rodillas porque unas mujeres deseaban librarse de sus maridos.

—Una idea escalofriante, en efecto —contestó Thane. Luego dijo—: Entonces, mañana es el gran día.

—Sí.

Él sacudió la cabeza, admirada.

—Y sin embargo aquí está la novia, atendiendo a niños desarrapados, y la señora del castillo ayudando a su amiga a educar a prostitutas.

—¿Y qué otra cosa debería estar haciendo? —preguntó ella con un encogimiento de hombros.

—¿Va a haber luna de miel?

—¿Me está entrevistando? —inquirió ella.

—Sí, si no le importa.

—No creo que hagamos viaje de novios ahora. Quizá dentro de algún tiempo.

—¿Dónde está el novio? —preguntó él—. Una pregunta estúpida. Hasta yo sé dónde está.

Ally frunció el ceño.

—¿De veras?

—Claro. Trabaja a menudo con el inspector Douglas —la miró con fijeza—. Fue de gran ayuda para atrapar al asesino de Sheffield, hace unos meses. ¿No lo sabía?

—Debo de haberlo olvidado —murmuró ella lacónicamente.

—Pues prepárese. Con su futuro marido, no debe esperar nada corriente.

—Ni él debe esperarlo de mí. Por desgracia, es hora de que vuelva a mis deberes. Ha sido estupendo verlo, Thane. Nos veremos mañana.

—Desde luego. Y no olvide su sobre. Estudie atentamente esos artículos. Aunque supongo que estará muy ocupada. Aun así, si tiene un rato...

—Lo tendré, se lo prometo —le aseguró ella, y regresó, pensativa, a su puesto.

Elizabeth Prine, majestuosa con sus ropajes de viuda, saludó a Mark educadamente, aunque con el ceño fruncido.

—¿Cómo estás? ¿Has venido otra vez por mi marido? Claro que sí. No tendrías el mal gusto de hacerle una visita de cortesía a una viuda tan reciente.

—Elizabeth, necesitamos ayuda —le dijo él—. ¿Puedo pasar?

Ella titubeó ligeramente.

—Claro.

—Elizabeth, creo sinceramente que alguna persona del movimiento político al que Jack y tú apoyabais es culpable de estas muertes.

—Mark —dijo ella con suavidad—, eso es lo que quieres creer.

—¿Cómo, si no, consiguió el asesino las llaves?

—Puede que mi ama de llaves tuviera un descuido.

—El ama de llaves de Eleanor Brandon no es descuidada en lo más mínimo.

—Me alegro por Eleanor.

—El caso es que los asesinatos están relacionados. Las tres víctimas murieron del mismo modo.

—Eran antimonárquicos. Así que, ¿por qué sospechar de otro antimonárquico?

—Elizabeth, el asesino conocía a tu marido.

Ella suspiró.

—Mark, ojalá pudiera ayudarte.

—Siento preguntar esto, pero... ¿teníais Jack y tú... diferencias conyugales?

—¡Mark Farrow!

—Tengo que preguntártelo, Elizabeth.

—Por lo que tengo entendido —contestó ella con aspereza—, han descubierto que el asesino es lord Lionel Wittburg. Sí, un defensor de la Corona —añadió con rabia—. Estás aquí, atormentándome, cuando parece que, pese a lo grande que haya sido, lord Wittburg ha perdido la razón. Mark, por favor, estoy muy cansada.

Él vaciló.

—¿De veras, Elizabeth? —preguntó con suavidad—. He oído rumores de que... te veías con otra persona.

Ella profirió un gemido de sorpresa y se levantó, indignada. Pero no con la suficiente rapidez, pensó él.

—¡Cómo te atreves!

—Me atrevo porque estoy buscando a un asesino.

—Sal de mi casa, Mark. Y no vuelvas. Me trae sin cuidado lo importante que seas.

—Gracias por tu hospitalidad, Elizabeth —dijo él. Se acercó a la puerta, consciente de que ella lo seguía—. Por cierto, ¿dónde está hoy tu ama de llaves?

—Se fue. Si quieres saberlo, la despedí después de la muerte de Jack. Ahora, sal de aquí.

—Una última cosa, Elizabeth. Los testigos te sitúan con un hombre.

Era mentira. Pero dio en el clavo. A pesar de que ella intentaba mantener la compostura, Mark se dio cuenta de que había palidecido súbitamente. Cerró la puerta de golpe tras él.

Mark ignoraba si su amante estaba dentro o no, pero ahora sabía que probablemente el ama de llaves había sido despedida justo después del asesinato... y que Elizabeth

Prine tenía oculto a su amante en la casa cuando fue a verla con Ian Douglas.

Había dado un palo de ciego, llevado por una corazonada, y había acertado. Y tenía que admitir que, en buena medida, ello se debía al artículo de Ally. Maridos y mujeres, y los dramas que se desarrollaban entre ellos. El amor y el odio, separados por líneas muy finas...

Se alejó de la casa. Tenía que convencer a Ian de que hiciera vigilar la casa lo antes posible. Esa mañana se le había hecho evidente otra cosa. Elizabeth Prine había empezado a hacer las maletas. Las figuritas que adornaban la casa habían desaparecido. Se estaba preparando para huir.

Ally había olvidado que las tías y ella iban a ir directamente al castillo de Carlyle. Tras un día muy largo, pero productivo, se reunió con Camille y las tías en el carruaje de los Stirling y emprendieron el camino a casa, seguidas por Brian, a caballo.

Por el camino mantuvieron una charla muy animada, pero para cuando comenzaron a acercarse al castillo Merry y Edith se habían quedado adormiladas y Ally, sentada junto a Camille, estaba a punto de dormirse. Al llegar al castillo, ayudó a bajar a las tías. Camille se apeó la última y le entregó un sobre de buen tamaño.

—Thane Grier me pidió que te diera esto —le dijo.

—¿Qué es, querida? —preguntó Violet.

—Sólo unos artículos viejos. Es un joven muy agradable y estuvimos hablando de lo mucho que me gusta leer.

—Qué amable —dijo Edith, sofocando un bostezo.

Camille la miró inquisitivamente. Ally se limitó a sonreír y se dirigió a la puerta.

—Santo cielo, qué falta nos hace un baño a todas —murmuró Violet mientras se limpiaba una mancha de la mano.

—Sí. Voy a enseñaros vuestras habitaciones. Es tarde, así que haré que os suban el té y podréis acostaros en cuanto os hayáis bañado —les dijo Camille.

—Eres un encanto —le dijo Violet.

—Siempre tan considerada —añadió Edith.
—Una mujer asombrosa —remachó Merry.
Camille sacudió la cabeza, sonriendo.
—Mañana va a ser un día muy ajetreado —dijo—. Los del banquete llegarán temprano. Y habrá que vestir a la novia.
—¡Qué maravilla! —exclamó Violet.
—Sí, qué maravilla —dijo Merry, y soltó un sonoro sollozo.
—Por favor, queridas, no empecéis a llorar —Ally las besó a las tres y obedeció la discreta señal que le hizo Brian, advirtiéndole que escapara rápidamente para que ellos se ocuparan de sus tías.

Corrió escaleras arriba y por fin encontró algo de paz en la habitación que conocía desde hacía tanto tiempo. Se apoyó en la puerta y cerró los ojos. Se dijo que sin duda volvería allí. Pero, por un momento, se sintió a punto de llorar.

Se apartó de la puerta. Violet tenía razón. Habían trabajado mucho, estaban mugrientas y necesitaban un baño. Llenó la bañera de agua caliente y se sumergió en ella con un suspiro de placer. Luego abrió los ojos de golpe. Al día siguiente era su boda.

De pronto sintió una punzada de pánico. Se había enamorado de Mark. Y la idea de dormir a su lado cada noche le resultaba maravillosa, excitante, casi increíble, pero...

Pero ya no tendría ocasión de hablar con él antes de la boda. Y si él seguía sin entender su necesidad de ser ella misma...

Salió de la bañera, pensativa. Entonces se acordó del sobre. Volvió a la habitación, chorreando, y lo buscó. Helada, volvió a meterse en la bañera sin mojar los papeles.

Muchos de los artículos iban acompañados de fotografías. Algunos databan de varios años atrás. Casi todos ellos hablaban de diversas reuniones de sociedades antimonárquicas. Otro hablaba de lord Wittburg, que había pagado la fianza de Hudson Porter, arrestado por conducta desordenada. Uno informaba sobre la boda de Jack Prine con Elizabeth Harrington, tildándola de un encuentro entre polos opuestos. En la fotografía que acompañaba al artículo aparecía Andrew Harrington. La boda había tenido lugar en el pueblo, y sir Angus Cunningham también estaba allí, junto al novio. Al mirar con más atención, Ally descubrió que Thane Grier también había asistido.

Volvió a guardar los artículos en el sobre y dejó éste a un lado. Luego se recostó en la bañera. ¿Y si tres asesinatos cometidos por interés habían servido al interés de otra causa? ¿Quién se habría dirigido primero a quién? ¿Y de quién habría sido la idea? ¿Habría surgido acaso en alguna reunión fortuita?

Ally no lo sabía. Las ideas parecían agolparse en su cabeza. Comprendió que estaba demasiado cansada para llegar a alguna conclusión y se levantó, se secó con una toalla, buscó un camisón, acabó de secarse el pelo lo mejor que pudo y se acostó. Un busto de Nefertiti la miraba con sus ojos de ébano pintado. Apagó la lámpara de la mesilla de noche, haciendo caso omiso de la diosa egipcia.

Iba a casarse al día siguiente.

Ian Douglas se había mostrado entusiasmado cuando Mark habló con él, y aceptó de inmediato ordenar a sus hombres que vigilaran la casa. El pueblo quedaba fuera de su jurisdicción, pero podía encontrar algunos hombres fuera de servicio. Y hablaría con sir Angus Cunningham, el magistrado del pueblo.

—Creo que sería conveniente utilizar sólo hombres de plena confianza —dijo Mark.

Ian dejó escapar un gruñido, pero dijo:

—Sí, tienes razón —vaciló—. He estado revisando esos registros bancarios, como sugeriste.

—¿Y?
—Al morir Jack Prine, Elizabeth lo heredó todo. Los bienes de Giles Brandon volvieron a manos de su esposa. Y el ama de llaves de Hudson Porter recibió una sustanciosa herencia en su testamento. Aun así, esto es tan... En fin, ya veremos. Puede que Elizabeth tenga un amante, pero eso no es ilegal, aunque pueda considerarse inmoral.
—Eso depende de quién resulte ser el amante —señaló Mark.
—Deberías irte a casa. Tienes que pensar en mañana.
—¿Mañana?
—Tu boda.
—¡Santo cielo, es cierto! —exclamó Mark. Le deseó buenas noches y se fue a casa. El viaje le pareció muy largo. Cuando llegó, dejó su caballo en manos de Bertram, entró apresuradamente y empujó la puerta de la habitación de Ally.
Estaba vacía.
El pánico se apoderó de él durante un instante. Luego hizo una mueca. Claro, Ally no estaba allí. Estaba en el castillo de Carlyle.
El corazón le latía con violencia. Regresó al salón y se sirvió un coñac. Se sentía ridículo. Qué extraño. Hacía apenas unas semanas, ella no era más que una vaga promesa que había hecho. Y ahora...
Lo era todo. No podía imaginarse la vida sin ella. ¿Cómo podía impedir que fuera tan desafiante, tan decidida, tan... peligrosa para sí misma?
—Casándome con ella —murmuró—. Es lo mejor que puedo hacer.

Alguien estaba vigilando la casa. Debería haber imaginado que era inevitable, después de la visita de Mark Farrow, esa mañana. Maldito fuera. Él tenía la vida resuelta antes incluso de nacer. Heredaría tierras, riqueza, un título nobiliario. Todo. ¿Por qué tenía que entrometerse en los asuntos de lo demás, creyéndose un gran detective?

¡Farrow debería morir!

Sacudió la cabeza, irritado, y comprendió que sería preferible no enfrentarse a él. Había matado a hombres desprevenidos, cuando iba armado y ellos no. ¿Cómo iba a ingeniárselas para encontrar a Farrow desarmado?

Pero de eso tendría que preocuparse más adelante. Observó al hombre que vigilaba la casa. Iba vestido de paisano y se paseaba constantemente arriba y abajo por la acera.

La entrada de atrás.

Aquel tipo no estaba vigilando la parte trasera de la casa.

Tuvo que trepar por los árboles y saltar el muro, lo cual no mejoró su humor. Después, tuvo que arrastrarse hasta la parte de atrás de la casa. Había conservado un juego de llaves, así que no le costó entrar. La casa estaba en silencio. Ella estaba arriba. Al atravesar el salón, vio pruebas de que había estado recogiendo sus cosas. Todas las estanterías, las mesas y los armarios estaban vacíos.

Se quedó muy quieto. Mark Farrow había estado en la casa ese mismo día. Habría visto todo aquello. Sin duda habría adivinado que Elizabeth planeaba marcharse.

Respiró hondo. ¿Cómo podía haber sido tan estúpida?

Miró hacia lo alto de las escaleras y comenzó a subirlas. Palpó la funda que llevaba sujeta al tobillo. Al llegar a la alcoba, ella lo estaba esperando. Se había soltado el pelo y estaba recostada contra la almohada. Una lámpara ardía a su lado.

—Mark Farrow estuvo hoy aquí.

—Sí, me libré de él —contestó ella.

—¿Ah, sí? ¿Cómo?

—Estuve absolutamente brillante, indignada... ¡regia!

—Sospecha que tienes un amante.
Ella vaciló.
—No puede demostrar nada.
Él se acercó con una sonrisa y bajó la luz de la lámpara. Ella dejó escapar un ronroneo. Él se tendió a su lado.
—Ponte de lado —le susurró con voz ronca.
—Como quieras —murmuró ella, y obedeció.
Él sacó el cuchillo de su funda. Hubiera deseado atreverse a hacerlo de otro modo. Lamentaba no verle la cara. Elizabeth creía que lo había hecho todo por ella. Que era incapaz de vivir sin ella.
Pero no podía correr el riesgo de que gritara. Ella esperaba... otra caricia. Él acercó delicadamente el cuchillo a su garganta, de tal manera que no se diera cuenta de lo que ocurría. Luego apretó. Y cortó.
El único sonido que escapó de ella fue un borboteo cuando la sangre comenzó a empapar las sábanas y la almohada.
Él no esperó a que muriera. Limpió cuidadosamente el cuchillo con las sábanas y bajó tranquilamente por las escaleras. No le apetecía escapar por detrás, arrastrarse por la hierba y saltar la valla. Pero, en fin, algunas cosas eran necesarias.
Y su carruaje lo aguardaba.
Iba a ser una noche muy ajetreada.

—¡Oh! —exclamó Violet.
—¡Santo Dios! —dijo Merry.
—¡Ay! —añadió Edith.
Ally les estaba muy agradecida. Se sentía como si se moviera en medio de una neblina. El castillo estaba lleno de gente por todas partes, pero Camille había llegado temprano a su cuarto, del mejor humor posible, y le había dicho que se lo llevarían todo a la habitación y que nadie debía verla. Luego, llego el momento de empezar.

Llegaron las tías, seguidas por Kat, Maggie y Camille. La habitación era grande, pero...

Primero, el pelo. Violet era una maga haciendo tirabuzones. Le limaron y pintaron las uñas de los pies y de las manos. Abajo había mucho trasiego y, al cabo de un tiempo, Camille, Maggie y Kat tuvieron que marcharse. Ally estaba con sus tías cuando llegó el momento de ponerse el vestido, que estaba en un cuarto vacío del otro lado del pasillo.

Primero, las medias y la delicada ropa interior. El corsé. Luego, el vestido, exquisito, con cientos y cientos de perlas. Un toque de maquillaje, una pizca de perfume, los zapatos, la cola y, por último, la diadema con el velo.

Al fin se halló del todo vestida, sintiéndose como un pájaro relleno y adornado para una fiesta. Camille, Maggie y Kat habían vuelto, vestidas con sus mejores galas para la ocasión y más bellas que nunca. Las tías también estaban encantadoras. Las seis la rodearon y Camille pidió que les llevaran el espejo de cuerpo entero.

Ally no se reconoció. El peinado la hacía parecer mayor y más sabia. Con el vestido, su cuerpo tenía la silueta de un reloj de arena. Parecía más alta, sin duda por los tacones de los zapatos. Sus ojos brillaban, sin mostrar ni rastro del miedo que de pronto se había apoderado de ella.

—Os dije que un blanco roto sería perfecto —dijo Violet.

—Mi querida hermana, es un beige muy suave —repuso Merry.

—Es blanco roto —insistió Violet.

—Las dos os equivocáis. Es color perla —anunció Edith.

—Es precioso, se llame como se llame —les dijo Ally, y corrió a abrazarlas.

—Ten cuidado. Te vas a arrugar el vestido —protestó Violet, y la abrazó—. ¡Que se arrugue!

—Como somos seis —dijo Maggie con sorna—, va a acabar hecho una pasa. Besos en la mejilla, nada de abrazos.

Así que empezaron los besos. Después, Camille miró su relojito y dejó escapar un gemido de sorpresa:
—¡Es la hora!
—¿Creéis que de veras va a haber novio? —preguntó Ally. Todas se quedaron calladas, mirándola con horror—. Es que Mark Farrow tiene tendencia a llegar tarde... o a no llegar.
—Está aquí. Lo he visto llegar —dijo Kat.
Alguien llamó a la puerta. A Ally le dio un vuelco el corazón. Camille abrió. Brian Stirling esperaba para acompañar a la novia abajo. Estaba extraordinariamente guapo.
—¿Ally? —dijo.
Ella asintió con la cabeza y se acercó a él para darle el brazo. Luego sintió otra punzada de temor. No había vuelto a pensar en la ridícula maldición de Eleanor Brandon, pero de pronto le parecía que pendía sobre ella como un paño mortuorio.
—¡El escarabajo! —exclamó.
—Está en el joyero —dijo Kat—. ¿Dónde te lo ponemos, Ally?
—No va mucho con el vestido —comentó Camille.
—Pero es una pieza preciosa —dijo Maggie.
—Tengo que llevarlo —rogó Ally.
—En el corpiño, se lo pondremos por debajo del corpiño —sugirió Kat, y eso hizo.
Unos instantes después, las mujeres bajaron las escaleras y Ally volvió a dar el brazo a Brian. Ya estaba sonando la marcha nupcial.
—Voy a tropezarme en las escaleras —murmuró ella.
—Claro que no —le dijo Brian—. No dejaré que te caigas.
La música seguía sonando. Ally vio que el castillo estaba adornado con elegantes banderas blancas y plateadas. Había invitados por todas partes, todos ellos elegantemente vestidos. Mientras avanzaban, los destellos de las cámaras los deslumbraban sin cesar, seguidos por un hilillo de humo.
Ally cruzó el vestíbulo medieval del brazo de Brian y

entró luego en el salón de baile. El corazón le dio un vuelco. Sí, Mark había llegado a tiempo a su boda. Lo vio a través del velo: el hombre al que había admirado a la entrada del juzgado del pueblo, calmando a la multitud; el hombre del que se había enamorado cuando había asaltado su carruaje; el hombre con el que había bailado en el bosque, junto al riachuelo... el hombre al que amaba en la oscuridad, completamente desnudo.

Ahora iba vestido con elegancia. Llevaba un chaleco de brocado y una elegante levita. Era alto, su cabello oscuro relucía, su cara era fuerte y hermosa. Y sus ojos...

Ally tembló al acercarse a él. Patrick, el padrino, permanecía junto a Mark. Maggie, su madrina, se colocó junto a ella y le quitó el ramo de flores. Brian entregó a Ally a Mark cuando el sacerdote preguntó:

—¿Quién entrega a esta mujer en matrimonio?

Ally sabía que quienes la querían estaban cerca. Sus tías estaban a la derecha, en el primer banco, como las tres madres de la novia.

Se sentía como en un sueño. Como si se moviera a través de una fantasía. Apenas oía los sollozos de sus tías. El sacerdote seguía hablando. Amor, honor, obediencia. ¿Cómo podía jurar ante Dios tal cosa? ¿No entendería Dios alguna mentirijilla sin mala intención? A fin de cuentas, ella quería a Mark.

Sostuvo la mirada gris de Mark durante toda la ceremonia y de algún modo logró decir lo que tenía que decir a su debido tiempo. Sintió la caricia de la mano de Mark sobre la suya. Y suspiró cuando la besó.

El estruendo de los aplausos le pareció el de la marejada, y el olor y el sabor de Mark la sobrecogió: de pronto cobró conciencia de que aquel hombre hacía que todo fuera perfecto.

Volvió a sonar la música y salieron del gran salón, aunque ella ignoraba adónde iban. Salieron al exterior. Entonces descubrió que estaba invitado todo el mundo: no sólo la nobleza de los alrededores, sino también las doncellas y los herreros, los cocineros... todos los sirvientes y vecinos. La gente gritaba, emocionada y sincera, dándoles la enhorabuena.

Ally sintió el escarabajo junto a su pecho y sonrió. Aquel mal presentimiento había sido una necedad. Todo había sucedido tal como debía. Era como un sueño. Había conocido a Mark; se había enamorado de él; se había casado con él.

Llena de contento, lanzó el ramo. Lo recogió la hija de un granjero, que gritó de alegría. El gran patio estaba lleno de mesas. Dentro del castillo había más. Los músicos tocaban por todo el castillo y los jardines.

—¿Champán? —preguntó Mark, dándole una copa.

—¡Por las almas gemelas! —exclamó Patrick—. Por Ally, una verdadera dama para un hombre como Mark.

Aquellos momentos fueron mágicos. Mark no podría haber estado más guapo, ni más encantador. Su padre no podría haberse mostrado más cariñoso.

Bailaron el primer baile y acabaron descalzos sobre el césped. Ambos sonrieron al recordar otro baile en el bosque. La música llenaba el aire, sus venas, su alma. Lamentó tener que separarse de Mark, aunque fuera para bailar con su padre. Pero había muchas personas a las que atender. Mark, naturalmente, bailó con sus tres tías, y también con Maggie, Camille y Kat, y ella bailó con Brian, Jamie y Hunter... y con muchos otros caballeros a lo que ni siquiera conocía. Bailó con el cocinero y también con Thane Grier, que no se atrevía a pedírselo, y al que ella misma sacó de entre la multitud. Bailó con Patrick, con Thomas, con Geoff...

Y con el inspector Douglas.

—¡Inspector!

—Lo siento.

—Pero si estaba usted invitado. Es muy buen amigo de Mark.

—Sí.

Ella lo miró con fijeza.

—No está aquí por eso, ¿verdad? —él tragó saliva—. ¿Qué ha ocurrido? —Ian sacudió la cabeza—. Insisto en que me lo diga.

—No quiero que se corra aún la voz.

—Puede confiar en mí, inspector Douglas.

Él hizo una mueca y volvió a tragar saliva.

—Elizabeth Prine fue encontrada muerta en su cama hace un par de horas —dijo.

Ella se confundió de paso y estuvo a punto de caerse.

—¿Elizabeth Prine? ¿La viuda de Jack Prine?

—Sí.

Ally sintió el escarabajo contra su piel.

—Hay algo más, ¿verdad? —preguntó. Él asintió con la cabeza—. Dígamelo. Va a llevarse a Mark dentro de poco, el día de nuestra boda. Dígame qué ha ocurrido.

—No... no queremos que nadie lo sepa aún.

—Lo entiendo —dijo ella, intentando conservar la paciencia.

—Eleanor Brandon...

—No, aún no, pero pronto lo estará. Está inconsciente. Ha perdido mucha sangre.

Seguían bailando el vals. El sueño se había convertido de pronto en una pesadilla.

—¿Y su ama de llaves? —preguntó ella rápidamente. Él la miró con los ojos entornados—. No sea ridículo. Mark jamás cuenta un secreto —repuso ella con amargura—. Lo que sé, lo sé por los periódicos.

—El ama de llaves... —Ian se estremeció—. Debió de ser muy fácil matarla —dijo en voz baja.

—Hudson Porter no estaba casado. ¿Su ama de llaves...?

—Sí.

—¿Están todas muertas?

Mark se acercó a ellos y tocó a Ian en el hombro. Tenía una expresión agria.

—Maldita sea, ¿qué le estás diciendo a mi esposa?

Ella forzó una sonrisa, se deslizó en brazos de Mark y lo obligó a alejarse con ella por la pista.

—Me estaba diciendo la verdad... cosa que a ti no te gusta hacer.

—Esto no es asunto tuyo, Ally —ella dejó escapar un gemido de asombro. Mark sacudió enérgicamente la cabeza—. ¿Es que no lo ves? Se trata de un loco. Ha matado a cuatro mujeres en una sola noche. Bueno, Eleanor Brandon todavía está viva, pero seguramente morirá sin llegar a decirnos el nombre de su asesino. Ally, tienes que mantenerte el margen de esto. Tienes que dejar de escribir. ¿Entiendes?

—Vas a marcharte de tu propia boda dentro de unos minutos, ¿verdad? —preguntó ella.

—Volveré, Ally.

—Estoy segura de que sí... en algún momento. Pero, si vas a dejarme al margen, no puedes contar con que esté aquí, esperándote.

—Ally...

—¿Por qué te dijo Lionel Wittburg aquello, en la calle? —preguntó ella con vehemencia.

—Eso no importa.

—Sí que importa. ¿Y por qué os disfrazáis tú y los otros de bandidos?

—Eso debería ser evidente —repuso él con frialdad—, para alguien con tu talento para la deducción.

—El asesino escapa en carruaje, así que paráis carruajes para buscar pruebas. Y, entre tanto, el pobre lord Wittburg está en el hospital, y el único crimen que ha cometido es decirme lo que tú no quieres decirme.

—Yo entonces no lo sabía.

—¿Sabe Brian que vas a marcharte? —preguntó ella. Mark

no contestó, pero Ally dedujo por su mirada que Brian lo sabía. Se sintió enferma. Al parecer, todo el mundo había aceptado el hecho de que Mark se iría, de que siempre se iba. Y ella lo entendía. Lo que no soportaba era que la trataran como a una figurita de cristal que no podía cambiarse de sitio, porque se rompía. Mark reconocía su talento, pero no estaba dispuesto a permitir que lo ejercitara.

–Vamos a irnos al carruaje, como si nos escapáramos para nuestra noche de bodas –le dijo él.

–Qué suerte que la hayamos pasado ya –murmuró ella gélidamente.

–Santo Dios, Ally, tienes que comprender la magnitud de todo esto. Ese hombre no se detendrá ante nada para ocultar la verdad.

–Lo entiendo.

–Entonces, perdóname –le pidió él.

Un grito sonó en el patio. El carruaje de los Farrow, adornado con alegres festones, apareció ante su vista.

–Es la señal –dijo él en voz baja, mirándola fijamente.

Ally deseó que volviera el hombre que había conocido hacía tan poco tiempo, el hombre que le pedía las cosas, en lugar de exigírselas. Pero ella se volvió y saludó a la multitud agitando la mano. Luego corrió hacia el carruaje de la mano de Mark. Él la ayudó a subir. Ally miró hacia atrás, compuso una sonrisa y volvió a saludar. Edith, Merry y Violet, sollozaban, apiñadas.

–Os quiero –les gritó alegremente, y desapareció en el interior del carruaje. Entonces se arrancó la diadema con furia y las horquillas salieron volando–. ¿Ha salido todo a tu gusto? –preguntó con aspereza cuando el carruaje comenzó a avanzar hacia las grandes verjas del castillo.

–Ally... –dijo él con voz dolida.

–¿Adónde voy? –preguntó ella fríamente–. Todo esto es una farsa, ¿no? Todo en tu vida es una comedia. Casarte con una desconocida forma parte de la quinta escena.

—Ally —repitió él—, cuatro personas han sido asesinadas en una sola noche y el asesino ha escapado. ¿Tan terrible te parece que nuestras vidas privilegiadas se vean interrumpidas unas horas?

Ella se enfureció aún más. Mark no entendía que lo único que quería era que la respetara y no la excluyera.

—No quiero una vida privilegiada —dijo—. Quiero que mi vida sea mía. Antes era libre. Ahora no lo soy.

—Ally, no estás precisamente en una prisión.

—¿Ah, no?

—Si lo estás, yo no la he levantado —ella clavó la mirada en él, llena de incredulidad—. Fue tu nacimiento el que creó esa prisión.

Ella sacudió la cabeza mientras intentaba refrenar las lágrimas.

—No, esa prisión apareció cuando tú entraste en mi vida —agitó una mano, enfadada, al ver que él se disponía a hablar—. ¿Adónde vamos? —preguntó con frialdad—. Todos tus amigos están en el castillo.

Él apartó la mirada, como si ya no le importara.

—Pronto no estarán allí —dijo.

—Cielo santo, ¿es que no puedes contestar ni a una sola pregunta? ¿Adónde me llevas?

El silencio fue la única respuesta que obtuvo. Apenas habían cruzado las puertas cuando el carruaje se detuvo.

—Volveré en cuanto pueda —dijo él, y salió.

Ally asomó la cabeza por la puerta y vio a Patrick, Thomas, Geoff e Ian allí, montados a caballo. Junto a ellos estaba el caballo de Mark. Él montó de un salto. El carruaje se puso en marcha de nuevo. Ella seguía sin saber dónde iba.

Rompió a llorar.

Visitaron los lugares donde habían tenido lugar los asesinatos por orden de cercanía, lo cual les llevó primero a casa de Elizabeth Prine. El juez de instrucción estaba allí. Había agentes de policía vestidos de paisano vigilando la casa, que no había sido acordonada aún.

No tardaron en deducir que el asesino tenía una llave y había entrado por la puerta de atrás. El cuerpo de Elizabeth les reveló muchas cosas. No sólo conocía a su asesino, sino que lo estaba esperando. Mark lamentó darse cuenta de que no se había equivocado: Elizabeth tenía una aventura.

El hecho de que lo hubiera descubierto podía muy bien haber sido el detonante del asesinato. Hizo un examen detallado de la habitación, de la casa y del jardín, pero estaba seguro de que el único aspecto que importaba era el que primero se les había hecho evidente: el amante de Elizabeth era el asesino.

Y, desde el principio, Ian había tenido razón respecto a su medio de escapar: había salido al camino de atrás, donde lo esperaba un carruaje.

En la casa de Porter no encontraron nada distinto, excepto que el ama de llaves, asesinada en su cama, no parecía estar esperando compañía. Era probable que ni siquiera hubiera oído llegar a su asesino. Con suerte, habría muerto sin llegar a darse cuenta de que estaba allí.

Su última parada fue la casa de los Brandon. El ama de llaves también había sido sorprendida mientras dormía. El asesino había entrado usando su propia llave. Mark recreó cada paso del asesino. El ama de llaves había muerto primero. El asesino había entrado sigilosamente, con intención de matarla. Después de asesinar al ama de llaves en su cuarto de la planta baja, había subido las escaleras. Mark pensó que debían hablar con la doncella a la que Elizabeth había despedido. Podía tener alguna información y quizá estuviera en peligro.

Eleanor Brandon, al parecer, se había dado cuenta de lo que ocurría. Había indicios de lucha en su habitación. Ian le dijo que la habían dejado en la cama, y que estaba seguro de que el asesino había dado por sentado que estaba moribunda cuando se marchó. Había sido uno de los agentes de guardia que vigilaban la casa de los Brandon quien se había dado cuenta de que las luces no se apagaban al llegar la mañana. Eleanor estaba aún viva porque él había echado abajo la puerta, había dado la voz de alarma y la había llevado al hospital.

Al fin, llegaron al hospital. Eleanor Brandon yacía en la cama, blanca como una sábana... salvo por los puntos de color carmesí de su garganta. Tenía heridas defensivas en los brazos.

—Igual que su marido —dijo Ian.

—¿Qué posibilidades hay de que se despierte? —le preguntó Mark al médico.

El hombre sacudió la cabeza.

—Un uno por ciento, pero haremos todo lo que podamos.

Era ya tarde cuando salieron del hospital. Patrick, Thomas y Geoff, que esperaban fueran, apoyados en una tapia, se incorporaron al verlos aparecer.

—Ya no hay nada que podamos hacer —dijo Mark—. Es tarde. Mañana, sin embargo, creo que deberíamos volver a salir.

—¿Como bandidos?

—Las mujeres estaban implicadas. Habían tomado parte en los asesinatos. No empuñaron el cuchillo, pero dieron su consentimiento. Quizá prometieron al asesino una recompensa. El asesino, por su parte, debía tener sus propios propósitos. Sabemos que escapó en su carruaje, así que hay al menos dos hombres involucrados: un cochero que monta guardia, y el asesino. El manto que se encontró en el coche de lord Wittburg era auténtico, pero alguien lo colocó allí para inculparlo. Si el asesino no temía que Elizabeth Prine lo hubiera delatado... En cualquier caso, la noche que lord

Wittburg asaltó a Ally, había estado en el club. Lord Wittburg vio a Arthur Conan Doyle, a sir Andrew Harrington y a sir Angus Cunningham. También vio a Thane Grier en la calle. A Doyle podemos descartarlo porque no tiene ningún vínculo con los asuntos que tenían lugar en esas casas, ni forma parte de las filas de los antimonárquicos —ofreció una agria sonrisa—. También podemos descartarlo porque sé que es incapaz de cometer esta carnicería. Sin embargo, en todas las listas aparecen una y otra vez Harrington y Cunningham. Y el periodista ha aparecido muchas veces en el lugar adecuado.

—Sir Angus es juez —dijo Ian, casi indignado.

—Sí, pero no creo que debamos descartarlo por eso.

—Sir Angus involucrado... ¡es espantoso! —Ian parecía incrédulo.

—No he dicho que sea él, sólo que podría serlo. ¿Cuánto tiempo crees que podrás retener la noticia de los asesinatos y evitar que salga en la prensa?

Ian sacudió la cabeza.

—Cuanto más tiempo lo pospongamos, más parecerá que intentamos ocultar una conspiración.

—Entonces, sugiero que informes a la prensa tú mismo. Di a tus hombres que repasen de nuevo las escenas de los crímenes en busca de pruebas. Luego, da la noticia.

Ian asintió, apesadumbrado.

—Ya me estoy imaginando que se dará mañana en todas las iglesias del país.

Ally se sorprendió gratamente al darse cuenta de que se dirigían a la ciudad. El carruaje llegó al fin a la casa de lord Farrow. Bertram, que parecía compungido, la ayudó a apearse.

—Jeeter la ayudará con lo que necesite, lady Farrow —murmuró sin mirarla—. Y no tema. Yo montaré guardia.

—Gracias, Bertram. No tengo miedo, pero le agradezco su preocupación —le dijo ella.

—Lord Joseph piensa quedarse a dormir en su club esta noche, para que dispongan de la casa —contestó él.

Ah, sí, era una recién casada, a fin de cuentas.

—Nadie sabe dónde va a pasar la noche, excepto sus padrinos —añadió Bertram.

—Gracias.

¿Nadie sabía dónde estaba? Cualquiera podía reconocer el carruaje.

Al entrar saludó a Jeeter, pero deseaba escapar de todo el mundo. Corrió a la habitación en la que había dormido antes y la encontró preparada. Se quedó un momento delante del espejo del tocador. El pelo le caía sobre los hombros y estaba desaliñada. Comenzó a desabrocharse el corpiño del vestido y luego vaciló y arrugó el ceño. Había una extraña marca en la manga. Una marca roja...

Estuvo a punto de desgarrar el vestido en sus prisas por despojarse de él. Sí, había en la manga una mancha que parecía de sangre. Había otra en la espalda del vestido, donde un hombre podía haber puesto su mano mientras bailaban el vals.

Su sangre pareció helarse.

Cualquiera podía haberse cortado. Afeitándose, desde luego, o cocinando... O cometiendo un asesinato.

Mark no sabía qué esperar cuando llegó a casa esa noche. La última vez que la había visto, Ally estaba furiosa. Pero, ¿qué novia no lo estaría? Mientras miraba la entrada de la casa se preguntó si no habría dado muchas cosas por sentadas. No creía que el ser hijo de lord Joseph Farrow le hubiera hecho creerse importante. Dos aspectos lo habían impulsado a abrazar la vida que ahora llevaba: una simpatía sincera por la anciana reina Victoria y la amistad de Arthur Conan Doyle. Era cierto, sin embargo, que el ser hijo y heredero de lord Farrow lo había ayudado en sus investigaciones, permitiéndole cruzar puertas que quizá no se hubieran abierto para otros. ¿Se había engañado a sí mismo respecto a su propia importancia? ¿Debería haberse quedado en su fiesta de boda y haber dejado que otros se ocuparan del caso? ¿Vivía acaso con la ilusión de ser el único capaz de resolver los asesinatos? ¿Había permitido que su egolatría se interpusiera entre Ally y él?

Hizo una mueca. No podía ser. Se trataba, simplemente, de que se había enfrascado en exceso en el caso. Por otro lado, había aceptado un matrimonio pactado, pero nunca había imaginado que pudiera llegar a enamorarse de su novia. De su esposa. Tampoco había imaginado nunca que su novia pudiera huir de él su noche de bodas, y entró en la casa temeroso de que así fuera. A pesar de que Jeeter le dijo que la señora se había retirado hacía tiempo, subió las escaleras con el corazón atenazado por un temor que no había sentido en la peor de las batallas. Sin embargo, cuando abrió la puerta, ella estaba allí.

La única luz de la habitación procedía del fuego de la chimenea. A su resplandor, vio la forma de Ally en la cama. Las sábanas estaban apartadas y ella llevaba puesto un camisón de seda blanca que se ceñía a sus curvas como una segunda piel. Mark sintió que su carne ardía, que su cuerpo se aceleraba.

Exhaló un suspiro de alivio, entró sin hacer ruido y cerró la puerta. Con el corazón en la garganta, comenzó a desvestirse. Cerró los ojos un momento ante el espejo al acordarse de la cantidad de sangre que había visto ese día. De pronto, sintió que toda aquella sangre cubría su piel y su alma, y que no podía acercarse a Ally de aquel modo.

Salió del cuarto, decidido a bañarse en otra parte. Al llegar a su habitación, se dio prisa. Acabó de desnudarse y se metió en la bañera cuando todavía se estaba llenando. Se frotó con jabón y se burló de sí mismo por sentir la necesidad de librarse del hedor de la muerte y la maldad. Tan enfrascado estaba en sus pensamientos que no oyó que la puerta de su habitación se abría, ni que la del cuarto de baño se abría unos segundos después. Se estaba restregando enérgicamente cuando por fin levantó la vista. Y ella estaba allí, con su fino camisón de seda y el cabello dorado alrededor de los hombros.

Era tan bella como un ángel, pero su sonrisa sugería algo mucho más carnal y erótico. Mark se detuvo, sorprendido y cautivado. Ella pareció deslizarse por el suelo y tomó asiento junto a la bañera. Mark no fue capaz de decir nada.

—Así que has vuelto —dijo Ally muy suavemente.

Él tragó saliva, consciente de que el agua no podía

ocultar la respuesta que el simple sonido de su voz suscitaba en su cuerpo.

—Sabías que volvería lo antes posible.

—Claro —musitó ella, y se inclinó hacia él.

Mark estaba asombrado porque la mujer furiosa a la que había dejado esa tarde se hubiera convertido a su regreso en aquella diosa seductora. Cuando Ally se acercó, se sintió agradecido y trémulo, y se movió, ansioso, para aceptar su beso. Pero se quedó perplejo al sentir la punta de un cuchillo contra su vena yugular. Ally se recostó. Sus ojos eran como dagas y empuñaba con firmeza la empuñadura del cuchillo. Él apretó los dientes, furioso con ella... y consigo mismo.

—¿A qué se debe este recibimiento? —preguntó él gélidamente.

—Quería darte una lección —le informó ella.

—¿De veras? ¿Y qué querías enseñarme? ¿Que le he dado la bienvenida a mi hogar a una víbora venenosa?

Ally enarcó una ceja.

—La primera lección es que eres tan vulnerable como cualquier hombre... o mujer. No puedo vivir siempre bajo vigilancia.

Él entornó los ojos.

—Como verás, todos corremos peligro en cualquier momento.

—En segundo lugar, no te has casado con una idiota.

—¿No? Es curioso que saques ese tema ahora.

—Ten cuidado con lo que dices. Tengo un cuchillo.

A pesar de sus palabras y de la daga que sostenía junto a su cuello, a Mark le costaba concentrarse. El vapor había humedecido la seda de su camisón, que se pegaba provocativamente a sus pechos y realzaba cada matiz de su figura.

—¿Qué es lo que quieres... mi amor? —preguntó suavemente.

—No soy un objeto. No voy a permitir que me traigan y me lleven sin mi permiso... sin pedirme mi opinión. Lo creas o no, no me ha molestado que tuvieras que irte el día de nuestra boda. He de decir, sin embargo, que cualquier novia se habría enfadado. Me he enfurecido porque no has querido explicarme lo que sucedía tú mismo, porque no me has pedido mi opinión, ni siquiera para preguntarme adónde quería ir mientras tú te marchabas a jugar a ser el gran Mark Farrow.

—Continúa.

—Aquí es donde tú me pides disculpas —le informó ella.

Mark sonrió.

—No pienso disculparme por tomar decisiones pensando en tu seguridad.

—¿En mi seguridad? No es a mí a quien han sorprendido desprevenida. No soy yo quien tiene un cuchillo en la garganta.

—Hay una cosa que he aprendido sobre tales situaciones que tú, al parecer, desconoces —le informó él.

—¿Y cuál es?

—Siempre hay que saber cuándo un oponente no piensa usar un arma.

De pronto, la agarró de la muñeca y el cuchillo voló sobre el suelo del cuarto de baño y se estrelló contra la pared. Mark tiró de ella y Ally perdió el equilibrio. Con un leve grito, acabó encima de él, en la bañera. Empezó a maldecir, a forcejear para que la soltara. Mark la enlazó por la cintura y la sujetó con fuerza contra sí. El agua seguía cayendo del grifo y se vertía por el suelo. Mark consiguió incorporarse y cerrar el grifo. Ally tenía la fuerza de un demonio, pero al fin él logró sujetarle los brazos. Sentía su furia; emanaba de ella con un calor abrasador. Estaba rígida, empapada y a su merced, y ella lo sabía.

—Yo también me alegro de verte, amor mío —le susurró él al oído.

Sin duda ella era consciente de que estaba completamente excitado. No se atrevía a moverse.

—No soporto que no comprendas que puedes hablar conmigo, que no confíes en mí, que no... me digas la verdad.

—¿Qué verdad quieres que te diga? —preguntó él.

—Para empezar, ¿qué quería decir lord Wittburg?

Mark vaciló y luego exhaló un suspiro. Quería abrazarla con más ternura que nunca, pero ella seguía rígida y hostil en sus brazos.

—Es complicado —murmuró.

—Parece que tenemos tiempo —respondió ella.

Él respiró hondo y aflojó un poco los brazos. Su padre había dicho que nadie debía saberlo. Pero Ally tenía derecho a conocer el secreto. Y dado que Mark temía que las presentes circunstancias estuvieran relacionadas de algún modo con su nacimiento, creía que debía advertirla.

—¿Has oído hablar de las teorías conspirativas acerca de Jack el Destripador? —preguntó.

—Claro —Ally se volvió en sus brazos y lo miró con el ceño fruncido, sorprendida—. No puedo creer que la monarquía tuviera algo que ver con eso.

—No —dijo Mark—. Pero a menudo hay un grano de verdad en el origen de las teorías más fantásticas.

—¿Qué tiene eso que ver conmigo?

—Hay un ápice de verdad en los rumores acerca del príncipe Alberto Víctor, duque de Clarence, conocido como Eddie.

—No creo que...

—No era un asesino, Ally. Pero al parecer se enamoró y se casó clandestinamente. Con una mujer llamada Annie. Y tuvieron un bebé. Eddie estaba muy enfermo y es posible que, dadas las circunstancias, Annie enloqueciera. Estaba enferma y al final murió. La Corona estaba entonces en peligro y Eddie no se rodeó de los mejores consejeros...

—¿Y?
Mark respiró hondo otra vez.
—Tú eres su hija —dijo con calma.
Ella sacudió la cabeza.
—¿Su hija?
—La hija del príncipe Eddie y de su querida Annie.
Ella negó otra vez con la cabeza.
—Eso no es más que un rumor... un cuento. Nada más. Si es el argumento que han usado para obligarte a casarte con una huérfana, lo siento mucho —Mark no intentó llevarle la contraria—. Por favor, deja que me levante —le suplicó ella.

Mark la soltó y la ayudó a ponerse en pie. Se levantó y buscó rápidamente unas toallas. Temblando, Ally tomó la que le ofrecía y huyó. Él se anudó la toalla a la cintura y la siguió. Ally se había ido a su cuarto. No intentó impedirle la entrada. Estaba delante del fuego, temblando. Mark se acercó a ella, la hizo volverse, le quitó el camisón empapado y la envolvió en la toalla.

—No es cierto —insistió ella.
—No sé si lo es o no —le dijo él—. Es la historia que me contó mi padre. Sólo sé que no me importa.

Ally escudriñó sus ojos con expresión suplicante. Lleno de ternura, Mark la envolvió en sus brazos, la levantó en volandas y la sentó sobre sus rodillas en el sillón, frente al fuego. Ella seguía temblando, perdida en sus pensamientos.

—Sólo sé que te quiero —dijo él.

Ally no contestó, pero se removió, lo rodeó con sus brazos y le ofreció los labios, entreabiertos y húmedos. Mark la besó y, mientras intentaba reconfortarla, su beso se llenó de pasión. Presa de aquel abrazo, luchó por ser cuanto ella necesitaba, por demostrarle la verdad de su amor. Ella correspondió a cada una de sus emociones, y Mark olvidó cómo había empezado todo y por qué. Aquélla era su noche de bodas y estaba profunda y locamente enamorado de su mujer.

Se levantó y la llevó a la cama. Las toallas cayeron al suelo. Mark besó su garganta y sus hombros con infinita ternura y deseo. Adoraba sus curvas, la tersura de su piel. Deslizó los dedos sobre su pecho, masajeó su espalda, rozó delicadamente su columna. Ally le besó el cuello, la vena que palpitaba en ella, donde hacía un rato había apoyado el cuchillo, y Mark temió perder su caricia más de lo que había temido el acero.

Tomó sus pechos en la palma de la mano, sintió que su miembro se tensaba bruscamente, notó el pulso de su sangre y su deseo, aumentado por el delicado roce de los dedos de Ally, erótico y provocativo, y luego más firme. Escondió la cara contra su garganta y aspiró el olor a limpio de su pelo. Se sintió morir allí. Poseído por una fiebre erótica, la apartó y comenzó a acariciar ardorosamente sus pechos, su vientre, su cintura. Se hundió entre sus piernas suaves y saboreó su sexo, sintió su locura cada vez que se curvaba y se retorcía, cada vez que un gemido escapaba de sus labios.

Y luego se sintió apartado a la fuerza, y ella deslizó el fuego líquido de su lengua sobre él, por su torso, hasta llegar a su sexo palpitante. Mark dejó de respirar. La obligó a levantarse, la colocó sobre él, la hizo descender. Luego la penetró profundamente mientras la miraba arquearse y saboreó la tersa belleza de sus pechos. El cabello de Ally volaba a su alrededor como una cascada de oro. Después, Mark se dio la vuelta y siguió penetrándola frenéticamente hasta que sintió que una súbita tensión se apoderaba de ella.

Sólo entonces se abandonó al clímax. Cuando cayó a su lado, la abrazó con fuerza y dijo:

—Te quiero, Ally. A ti. A la muchacha que conocí en el bosque, que desafiaba todas las convenciones. Te quiero.

—Te quiero, Mark. Yo también te quiero —musitó ella mientras acariciaba su pecho.

A lo largo de esa noche, Mark sintió la necesidad de demostrarle lo mucho que la amaba. A ella no pareció importarle. De hecho, ella también parecía sentir la necesidad de hacérselo saber a él.

Al día siguiente, domingo, se despertaron muy tarde. Cuando abrió los ojos, Ally pensó por un instante que Mark había vuelto a marcharse. Pero estaba a su lado, apoyado en un codo, mirándola. Ella sonrió lentamente. Le encantaba verlo desnudo.

—Creo que hay una bandeja con té y algo de comer al otro lado de la puerta —le dijo él—. ¿Quieres que vaya a por ella?

—Sí, por favor —contestó Ally.

Mark se levantó, se anudó a la cintura una toalla y abrió la puerta. Metió la bandeja y la puso a los pies de la cama. Ally se dio cuenta de que estaba hambrienta.

—Jeeter, el perfecto mayordomo —murmuró Mark—. No hay tostadas que puedan enfriarse. Sólo galletas, mermelada y huevos cocidos.

Ally también se sentó. Sirvió el té mientras Mark ponía las galletas en los platos. Cuando estuvieron acomodados, algo precariamente, con los platos y las tazas ante ellos, sobre la cama, ella se puso seria.

—Mark, ¿crees que podría ser cierto? —le preguntó.

—Ally, ya te dije que no lo sabía, y la verdad es que no me importa.

—Pero...

—¿A ti sí? —preguntó él—. Te criaron tus tías. Nadie te habría querido más. Y en cuanto a tus tutores...

—Pero, ¿me querían sólo por lealtad a la Corona? —preguntó ella.

—Ally, no creo que nadie les haya pedido nunca que te dieran su amor. Puede que, al principio, sintieran la obligación de protegerte. Pero echa la vista atrás. Las estarías ofendiendo si dudaras de su cariño.

Ella bajó la cabeza y sonrió.

–Gracias. Gracias por decírmelo –dijo suavemente. Luego sacudió la cabellera, decidida a sacudirse también la extraña sensación que le había producido aquella revelación. ¿Podía ser cierto? Aún no lo sabía, pero intentaba desesperadamente que no le importara.

–Háblame de lo de ayer –le suplicó–. ¿Qué pasó cuando te fuiste?

Él se puso tenso y sacudió la cabeza.

–Fue horrible.

–No me da miedo –dijo ella.

–Ally, nunca había visto una cosa así... No es sólo la brutalidad de los crímenes, la sangre...

–Es que el asesino es frío y calculador –concluyó ella.

Mark la miró y asintió con la cabeza.

–Sé que A. Anónimo había empezado a sospechar que podía haber un aspecto más personal en los crímenes. Algo que fuera más allá de un intento de atacar al gobierno.

Ella asintió con la cabeza.

–Pero si esas mujeres estaban implicadas... Ahora están muertas.

–Eleanor Brandon está moribunda. O lo estaba. No sé qué habrá ocurrido.

–Si vive, es probable que tenga que enfrentarse a un juicio. Y que sea colgada por complicidad en el asesinato de su marido.

–Sabe Dios qué decidiría un jurado. Su médico no tenía muchas esperanzas. De todos modos, hay hombres vigilándola. Si recupera la consciencia, sin duda nos dará el nombre del asesino. No creo que esté dispuesta a dejarse colgar por un hombre que intentó matarla también a ella.

–¿Crees que el asesino podría ser sir Angus Cunningham? –preguntó Ally.

Mark la miró con sorpresa.

—¿Qué te hace pensar en sir Angus? —preguntó.

Ella se encogió de hombros, vaciló un momento y luego dijo:

—He estado repasando periódicos atrasados.

—¿Ah, sí? ¿Y cómo los conseguiste? —al ver que no contestaba, su cara se endureció—. ¿Por Thane Grier? —Ally no contestó—. Ally, él también es sospechoso —dijo Mark.

—Creo que es muy ambicioso, que está decidido a hacerse un nombre en su oficio. Pero no es un asesino.

—¿Cómo puedes estar tan segura?

—No lo estoy, desde luego —murmuró ella, bajando la mirada.

—Mantente apartada de él —le dijo Mark con firmeza. Ella no contestó—. Ally...

—Mark...

—¡Mantente apartada de él!

Ally lo miró y enarcó una ceja.

—El asesino es muy atrevido. Cada vez lo es más. Si intentaba culpar a la monarquía, se ha traicionado a sí mismo al asesinar a esas mujeres. Todo el mundo sabrá que los asesinatos obedecían a otros motivos.

—El asesino tenía una aventura con Elizabeth Prine. Imagino que idearon juntos el plan. Era un plan peligroso, implicaba a mucha gente. Temiendo que Elizabeth pudiera traicionarlo, decidió matarla. Pero, si ella moría, alguna de las otras mujeres podía asustarse y contar la verdad. De ahí...

—El baño de sangre —murmuró ella.

—Entonces, ¿a qué conclusión has llegado en tus lecturas? —preguntó él.

—Creo que deberías vigilar a sir Andrew Harrington —contestó Ally.

Mark se sobresaltó de nuevo y sacudió la cabeza.

—Ally... —suspiró—. Quizá deberíamos vigilar a Harrington. Pero no es el único al que debemos vigilar. Y sigo temiendo que estés en peligro.

—¿Porque alguien intentó entrar en la casa del bosque?

—Por eso y por... muchas razones. Puede que alguien más sepa quién eres. ¿Y qué pasaría si alguien supiera que eres A. Anónimo, aunque no sepa que tienes sangre real? No te estoy pidiendo que te pases la vida obedeciendo mis órdenes, sólo te pido que tengas cuidado hasta que atrapemos a ese asesino.

Ella le acarició la cara.

—Tengo cuidado, Mark. Igual que tú.

Él le agarró la mano.

—Ally, has vivido muy protegida en la casa del bosque. Entrabas y salías a tu antojo. Pero eso ya no puede ser.

Ella no quiso contestar.

—¿Te has acabado el té? —preguntó con suavidad.

Al ver que Mark asentía, retiró los platos y la bandeja y saltó casi literalmente encima de él. Luego, mucho más tarde, se levantó y se bañó. Mark regresó a su cuarto para hacer lo mismo. Ally sabía, naturalmente, que iba a volver a marcharse e ignoraba cuándo volvería. Ella, sin embargo, no había hecho promesas respecto a lo que haría. Ya vestida, se sentó en el tocador y se cepilló el pelo.

Cuando Mark regresó, le dijo:

—Es extraño.

—¿El qué? —preguntó él.

—Tú estabas con Ian. Yo venía de camino aquí —dejó el cepillo y se volvió hacia él—. Y, mientras tanto, el asesino se estaba divirtiendo en nuestra fiesta de bodas.

Tal y como esperaba, él arrugó el ceño.

—¿De qué estás hablando?

—Bailé con él —le dijo.

—Ally...

Ella se levantó, se acercó al rincón de la habitación, recogió su vestido de novia y se lo enseñó.

—Puede haber otras explicaciones, desde luego. Pero ese hombre salió dispuesto a matar a cuatro personas. Lo consiguió en tres casos, y Eleanor está al borde de la muerte. Puede que alguna de ellas se defendiera y le hiciera una pequeña herida —colocó el vestido sobre la cama y señaló las manchas—. O puede que alguien se cortara pelando una manzana. Pero alguien tenía una herida fresca que volvió a abrirse mientras bailaba conmigo.

Mark la miró fijamente; luego fijó la mirada en el vestido. Ally se sorprendió cuando, de pronto, la estrechó entre sus brazos casi con violencia. Hundió los dedos entre su pelo y la miró fijamente.

—Cielo santo, Ally...

—Mark...

Él sacudió la cabeza y ella vio furia en sus ojos plateados.

—Ese hombre es despreciable. Está loco... y sin embargo anda por ahí como si fuera completamente normal. Se atrevió a ir a nuestra boda, a bailar contigo, a abrazarte... a tocarte. Santo Dios. Si lo encuentro, no vivirá lo suficiente para que lo cuelguen. ¡Lo juro!

—¡Mark! —gritó ella, angustiada—. ¡No puedes tomarte la justicia por tu mano! Debes defenderte a toda costa, claro, pero no puedes ser el agresor. Siento haber enseñado esto.

Él tragó saliva. Ally comprendió que luchaba por dominar sus emociones.

—Es aterrador pensar que debemos buscar en la lista de tus parejas de baile.

—Creo que podemos descartar a la gente del pueblo —murmuró ella—. Pero eso nos deja con una lista muy larga, que incluye a sir Andrew, a sir Angus...

—Y a Thane Grier.

—Y a Thane Grier —reconoció ella—. Esto no nos lleva a ninguna parte. Lamento habértelo dicho.

—Nunca lamentes ninguna verdad que me digas, Ally, y

te prometo que intentaré con todas mis fuerzas decirte lo que pienso y explicarte mis actos. Es sólo que... es todo tan feo que no quiero que...

Ella apoyó la cabeza sobre su hombro.

—Eso no me da miedo —dijo con suavidad.

—A veces, a mí sí —repuso él.

—Debo formar parte de tu vida, Mark. No quiero hacerte desgraciado, como ayer, sino ser una verdadera compañera para ti.

Él le levantó la barbilla.

—Te quiero, Ally.

—Lo sé —respondió ella. Y luego dio un paso atrás—. Supongo —dijo— que el bandido va a volver a salir.

—¿Ah, sí? ¿Y eso por qué? —preguntó él.

—Bueno, lord Wittburg está a punto de ser condenado por el manto manchado de sangre que se encontró en su carruaje. Así pues, imagino que el asesino no escapaba del lugar de los hechos sin alguna prueba. Si el asesino sabía que debía poner ese manto en el coche de lord Wittburg, es que estaba al corriente de que alguien sospechaba que sólo podía escapar del lugar de los crímenes en un carruaje, sin que nadie lo viera. Por tanto, teniendo en cuenta lo que sucedió el viernes por la noche, sin duda hay otro manto manchado de sangre que descubrir —él suspiró—. Así que el bandido va a volver a salir.

—Sí.

—Entiendo —dijo ella.

—Pero hoy no.

—¿Ah, no? Entonces, ¿qué piensas hacer hoy?

—Amar a mi esposa —contestó él con voz suave, y la atrajo hacia sí.

17

El domingo fue suyo, y fue como una fantasía, un sueño hecho realidad.

Ally descubrió que la casa de lord Farrow tenía en el sótano una sala de billar y una diana para jugar a los dardos, juegos para los que tenía bastante talento. Mark y ella jugaron, se rieron y acabaron el uno en brazos del otro.

Jeeter preparó discretamente una cena deliciosa a la luz de las velas, con vino francés. Luego llegó la noche. Ally nunca había imaginado que pudiera amar a alguien tan apasionadamente, con tanta desesperación. Cada momento que pasaba con Mark se enamoraba más de él. Y, a cada momento, se daba cuenta de que, como por obra de un milagro, él también la quería. Nada más parecía importar.

Sabía, sin embargo, que Mark se habría ido el lunes, cuando ella despertara.

Y así fue. Ally recordó entonces con alivio que, en efecto, no le había hecho promesas respecto a su propio proceder.

Tras bañarse y vestirse, bajó y le pidió a Jeeter el periódico, que él le llevó al comedor junto con el café. La noticia de los asesinatos ocupaba la primera página. El artículo, aunque no se regodeaba en la violencia y el horror, tampoco intentaba disfrazarlos. Ally se alegró al ver que estaba firmado por Thane Grier. Cuando acabó de desayunar, exploró el piso de arriba. Se sentía como una fisgona, pero estaba segura de que lord Farrow tenía una máquina de escribir en su casa de la ciudad, igual que en el pabellón de caza. No se equivocaba. Al final, la encontró en su despacho.

Pasó una hora escribiendo como A. Anónimo y luego empezó a pensar en cómo podía salir de la casa. Bajó sin hacer ruido con la esperanza de que Jeeter pensara que seguía trabajando. Sabía que Bertram vigilaba la casa, pero dudaba de que temiera que ella intentara salir. La casa estaba vallada, pero al inspeccionar discretamente el jardín de atrás descubrió que había un roble por cuyas ramas bajas podía trepar y, desde él, saltar al jardín contiguo. No conocía a los vecinos, pero nadie parecía estar mirando su jardín, así que le resultó fácil cruzarlo corriendo y salir por la puerta de carruajes. Al llegar a la calle, miró hacia atrás para asegurarse de que Bertram no la había visto. Apretó el paso y se alegró al ver que un tranvía avanzaba en su dirección. Se encaminó a la sede del periódico con la esperanza de encontrar a Thane.

Sabía que le estaba utilizando para sus planes, pero él también había salido beneficiado. Se negaba a creer que pudiera ser culpable de asesinato. Lo vio al entrar en las oficinas. Él la vio también y se levantó rápidamente. Ally dejó caer discretamente el sobre que llevaba, dirigido al jefe de redacción, sobre una de las mesas por las que pasó, antes de acercarse a él. Thane la tomó de las manos y sonrió.

—¡Ally! No esperaba verla hoy. ¿Leyó el periódico del domingo? Escribí un artículo estupendo sobre su boda, aunque estuviera en los ecos de sociedad.

—Alguna vez las noticias tienen que ser agradables —dijo ella, y añadió rápidamente—: Su artículo de hoy era excelente.

La sonrisa de Thane se desvaneció.

–Me temo que era un tanto amargo.

–Estaba muy bien. Exponía los hechos sin sensacionalismo.

–Gracias –él frunció el ceño–. ¿Qué está haciendo aquí? Está recién casada. Seguro que tiene mejores cosas que hacer.

–Mark tenía trabajo –dijo ella rápidamente–. Pensamos hacer un viaje de novios pronto, pero, por ahora, ¿podría dedicarme unos minutos para hablar?

Él miró a su alrededor y se rió suavemente.

–Hoy puedo hacer cualquier cosa. Hoy hemos vendidos más periódicos que nunca. Vamos a tomar un café. Conozco el sitio perfecto.

La llevó a una pequeña cafetería con reservados donde pidieron café con leche. Thane cruzó las manos sobre la mesa.

–Bueno, Ally, ¿qué quiere de mí? –ella enarcó una ceja y él sonrió–. ¿Sabe?, me he enamorado perdidamente de usted. No sólo es preciosa, sino que además posee una aguda inteligencia –levantó una mano al ver que ella parecía incómoda–. No tema. Mis sentimientos se han convertido en simple admiración y respeto. Aun así, acaba de casarse con Mark Farrow. ¿Qué hace aquí, conmigo?

–Hay que resolver esos asesinatos –dijo ella.

–Ally, hay montones de policías trabajando en el caso. Por no hablar de su marido. Yo doy noticias, no las creo.

–¿Tiene usted carruaje propio, Thane?

Él frunció el ceño y la observó. Luego contestó lentamente:

–No, lo siento. ¿Por qué? ¿Necesita uno?

–No, no –dijo ella–, en realidad, no. Era simple curiosidad.

–Lo siento.

–Leí los artículos que me mandó.

Él se echó a reír.

—Habrá sido una recién casada muy aburrida —ella se sonrojó—. Cielos, perdone. No he debido decir eso.

—El viernes pude pasar un rato a solas —le dijo ella—. Creo que debemos centrarnos en dos hombres —añadió en tono grave—. Me cuesta creerlo, pero por todo lo que he leído sobre los antimonárquicos y sus reuniones, y la relación de nombres y lugares, el asesino es sir Andrew Harrington, o bien sir Angus Cunningham.

Él inhaló bruscamente, sin apartar los ojos de ella.

—A sir Andrew se le adora en todos los salones elegantes de Londres —le recordó—. Y sir Angus... es magistrado y héroe de guerra.

—Los dos lucharon por el Imperio en el extranjero —dijo Ally—. Puede que estén resentidos con la reina, aunque es evidente que los asesinatos no se han debido exclusivamente a razones políticas.

Él asintió con la cabeza.

—Continúe.

—Está bien. Sir Angus ha estado en muchas reuniones públicas, quizá para mantener la paz. Eso es una excusa, en cualquier caso. Como magistrado, puede ir a muchos sitios y con una buena razón.

—De acuerdo.

—Y sir Andrew es encantador. En todas partes es bien recibido. Además, era primo de Elizabeth Prine —se encogió de hombros—. Primo carnal, creo, lo que podría hacernos sospechar...

—De sir Angus —concluyó él—. Pero no necesariamente. Guillermo III y la reina María eran primos carnales. Y piense en sir Angus y en sir Andrew. ¿Con cuál de los dos tendría una aventura?

—Ninguno de los dos me llama la atención —respondió ella, y sonrió, pensando en el único hombre que de verdad llamaba su atención. Después, como Thane le caía bien, añadió–: La verdad es que, si no hubiera estado prometida y enamorada, le habría preferido a usted a cualquier otro.

–¿De veras? Acaba usted de restaurar mi fe en mí mismo –repuso él con una sonrisa–. Pero... es posible que ninguno de ellos sea el asesino. Podríamos estar hablando de un hombre que ha pasado tiempo en el ejército y se ha acostumbrado a matar. A fin de cuentas, en la guerra, uno mata al enemigo sin que se considere asesinato.

–Lo cual nos lleva a otra cuestión. Sea quien sea, debe de sentirse en la cima del mundo. Ha eludido todos los intentos de atraparlo. Seguramente estuvo en mi boda, el acontecimiento social de la temporada –se abstuvo de mencionar las manchas de sangre de su vestido–. Se habrá vuelto muy osado, demasiado seguro de sí mismo. Y empezará a cometer errores.

–Si los comete, al final acabarán atrapándolo –dijo Thane.

Ally se inclinó hacia él.

–Quizá podamos encontrar el modo de que cometa un error.

Fue un día infructuoso.

Recorrieron las rutas más probables, pero ni sir Angus Cunningham ni sir Andrew Harrington salieron en carruaje ese día. Al caer la tarde, se retiraron a los establos del pabellón de caza de lord Farrow. Mientras Thomas, Geoff y Patrick cenaban con su padre, Mark se fue al pueblo. Encontró a sir Angus en su oficina, donde hablaron acerca de los asesinatos.

Si sir Angus era culpable, no mostró indicio alguno de ello. Durante la conversación, Mark descubrió que sir Andrew y algunas otras personas estaban hablando de un partido de tenis cuando se le vio comiendo en el club de Londres. Mark logró marcharse pronto, diciéndole a sir Angus que estaba ansioso por volver con su flamante esposa.

Al regresar al pabellón de caza, desmontó y llevó a Galloway a los establos, donde recordó que aún llevaba el cuaderno de dibujo de Ally en la alforja, aunque aún no lo había mirado. Sentado en la bala de heno, luchó un momento con su conciencia. Debería devolverle el cuaderno sin haberlo abierto. Pero no pudo resistirse y lo abrió. Se sorprendió al ver un boceto suyo. Enmascarado. El talento de Ally le dejó asombrado. Comprendió entonces por qué lo había reconocido tan rápidamente. Había plasmado sus ojos con toda exactitud.

Sonrió, conmovido. Pasó la página, esperando encontrar más bocetos. Pero encontró palabras. Pronto descubrió que no se trataba de un artículo periodístico, sino de un relato de aventuras que tenía lugar en un templo de Egipto. Estaba seguro de que Ally nunca había estado en Egipto y, sin embargo, mientras leía, le parecía ver con sus propios ojos los antiguos paisajes de ese país. Se sintió decepcionado cuando, al volver la página, vio que sólo estaba escrita a medias.

Se levantó, volvió a guardar el cuaderno en la alforja y entró en el pabellón de caza para reunirse con los demás. Comería algo y regresaría enseguida a casa. El día siguiente sería muy largo, al igual que el otro, y el otro... Hasta que atraparan al asesino.

¿Y si se equivocaba? ¿Y si estaba buscando al culpable entre la nobleza y el asesino era un trabajador, un hombre corriente? No, no se equivocaba. Había sopesado cuidadosamente los hechos y las evidencias. Además, no podía permitirse el lugar de equivocarse.

Thane la miró fijamente y sacudió la cabeza.
—Está loca —dijo.
Al menos, pensó Ally, no había dicho que era idiota.
—No, no lo estoy.

—Pues entonces es una temeraria. Y yo no —repuso él.
—Le digo que puede funcionar.
—¿Y su marido?
—Reconozco que tal vez le cueste aceptar el plan al principio. Y le sabrá muy mal que haya venido a verlo a usted primero. Pero... confío en que se dé cuenta de que puede funcionar.
—¿Y si no es así? No quisiera verme con los dos ojos morados —le dijo Thane.
—Mark es un hombre razonable —le aseguró ella, confiando en no equivocarse.

Thane la miró con escepticismo, pero ella sabía que había conseguido despertar su interés.
—Tengo que volver —dijo, haciendo un esfuerzo por no parecer nerviosa.
—Dios mío, yo también. Y convencer a mi jefe de que he estado investigando la noticia del año.
—Y así es —respondió ella

Regresaron a pie a las oficinas del periódico. Luego, Ally apretó el paso, ansiosa por encontrar un tranvía. Se exasperó al ver que debía esperar. Todo había sido tan fácil esa mañana... El día estaba tocando a su fin y empezaba a oscurecer. Intentó convencerse de que probablemente Mark llegaría tarde. Pero los minutos de espera se le hicieron interminables. Al fin llegó el tranvía. Se apeó en Kensington y echó a andar enérgicamente. Un hombre pasó a su lado y se tocó el sombrero a modo de saludo. Ella sonrió. La manzana se le hizo asombrosamente larga.

De pronto se detuvo, convencida de que la estaban siguiendo. Se volvió rápidamente y se sintió como una tonta cuando una pareja la saludó amablemente y pasó de largo. El corazón le latía con violencia. Vio entrar a la pareja en una casa. Respiró hondo y experimentó una ridícula sensación de alivio. Oyó pasos de nuevo. Se detuvo y miró hacia atrás. Nada.

Se enfadó consigo misma al recordar que, una de dos, o entraba delante de las narices de Bertram o cruzaba a hurtadillas otra vez el jardín de los vecinos, trepaba al árbol y entraba por detrás. Bertram, naturalmente, le diría a Mark que había salido. Y ella no quería que lo supiera. No, hasta que ella misma se lo dijera. Así pues, tendría que ser el árbol.

Le pareció oír pasos de nuevo a su espalda. Se volvió sin aflojar el paso, pero no vio a nadie. Un perro ladró, y se sobresaltó. Sintió un escalofrío. La calle estaba llena de vegetación. La mayoría de los patios delanteros de las casas estaban decorados con espesos setos. Cualquier podía esconderse entre ellos. Se volvió de nuevo, decidida a darse prisa.

Fue entonces cuando se dio cuenta de que un carruaje había doblado la esquina, tras ella. Oyó el repiqueteo de los cascos de los caballos y se volvió a mirar. Dos hermosos caballos negros tiraban del vehículo. El cochero llevaba capa y un sombrero negro y bajo. El carruaje aminoró el paso. Ally echó a andar otra vez. Sabía que el coche se acercaba, que iba a aminorando la marcha de tal modo que podría detenerse cuando llegara a su altura.

Echó a correr.

Mark había llamado a la casa de su padre en Londres desde el pabellón de caza. Tras varios intentos, había logrado hablar con Jeeter, que le había asegurado que lady Alexandra estaba arriba y que parecía estar disfrutando de un día ocioso. Mark había decidido no molestarla, pero se había quedado un rato más en el pabellón, contándole a su padre todo lo que sabía y había deducido. Joseph estuvo de acuerdo en que podían estar buscando a un hombre al que previamente habían considerado un amigo.

–Un hombre corriente no dispone de los recursos que

este asesino parece desplegar tan fácilmente –le había dicho su padre–. ¿Eleanor Brandon está vigilada en el hospital?

–Por supuesto.

–Y lord Lionel Wittburg es inocente.

–Sí, pero sigue bajo custodia. Sigue bastante desorientado.

–Quizá podrías ir a verlo con Ally.

–Quizá –dijo Mark–. Esta semana nos iremos a mi casa de la ciudad, padre, y te devolveremos la tuya.

Joseph sonrió.

–Me gusta el pabellón de caza. Tomaos vuestro tiempo.

Mark regresó por fin a la ciudad al galope. Cuanto más se acercaba a casa, más ansioso estaba por ver a Ally. Por fin llegó a la calle de su padre. Delante de él, había un carruaje. Un carruaje grande y elegante que no creía haber visto nunca. Por la acera iba corriendo una mujer. Mark vio que un hombre saltaba del carruaje, llevando algo en la mano. Algo que relucía a la luz de la luna.

Como un cuchillo.

Ally miró hacia atrás mientras corría. Un hombre había salido del carruaje. En la oscuridad, apenas lo veía. Pero se dio cuenta de que llevaba algo. Algo que brillaba a la luz de las farolas. Imágenes espantosas comenzaron a desfilar por su cabeza. Comenzó a correr con más fuerza.

–¡Alto!

Ally oyó gritar a alguien, comprendió que había otra persona en la calle. Era Mark. Había reconocido su voz. Se volvió a medias e intentó ver qué pasaba. La figura que había descendido del carruaje se abalanzó hacia ella. Cayeron juntos al suelo, el hombre encima de ella. Ally se retorció y gritó, aterrorizada. Tuvo ocasión de verle la cara justo en el momento en que Mark se lo quitaba de encima.

—¡Thane! —chilló.

—¡Suélteme! —le gritó él a Mark—. ¿Se puede sabe qué les pasa? —preguntó con aspereza.

Los ojos parecían salírsele de las órbitas, llenos de temor, pero era comprensible: Mark lo agarraba con fuerza, sujetándolo del cuello.

—¿Dónde está el cuchillo? —preguntó Mark torvamente.

—¿Qué cuchillo? —dijo Thane cuando Mark aflojó la presión sobre su tráquea.

—Brillaba con la luz. Lo he visto.

Pero, mientras Mark hablaba, Ally vio lo que llevaba Thane. Era un sobre, y lo que brillaba no era otra cosa que la pequeña pinza metálica que lo mantenía cerrado. Ella lo recogió del suelo y se lo tendió a Mark. El cochero había saltado a la calle, pero se mantenía a distancia.

—¿Señor Grier? —dijo, nervioso—. ¿Va todo bien?

—Sí —respondió Thane, alzando la voz—. Estoy bien, ¿no? —le dijo a Mark tentativamente. Al ver que no lo soltaba, añadió en tono suplicante—: Por favor, no voy armado.

Mark le permitió que se incorporara lentamente.

—Explíquese.

Thane intentó arreglarse la ropa arrugada.

—Sólo intentaba darle a Ally unos recortes —dijo, indignado. La miró con enojo.

—Gracias, Thane —murmuró ella, y miró a Mark. Él la miró con ojos como dagas. Ally volvió a miar a Thane—. Me dijo que no tenía carruaje —dijo.

—Y no lo tengo. Ése es de mi jefe —repuso él, todavía indignado—. Me lo ha prestado porque cree que voy detrás de la historia del siglo.

—¿Y es así? —preguntó Mark.

—Bueno... —dijo Thane, y miró a Ally.

—Tenemos... tenemos que hablar —murmuró ella.

Mark la miró fijamente. Luego abrió la chaqueta de Thane y lo cacheó.

—No se mueva —lo advirtió. Se volvió hacia el carruaje. El cochero se apartó. Mark desapareció dentro del coche.

—¿Se ha vuelto loco? —le susurró Thane a Ally. Ella negó con la cabeza.

Un momento después, Mark volvió a aparecer.

—Quizá deberíamos entrar —sugirió Ally.

—Está bien —dijo Mark. Levantó una mano y volvió a mirar a Thane con recelo. El periodista asintió con la cabeza.

—Espere aquí, por favor, delante de la casa de lord Farrow —le dijo al cochero.

Mark dio un silbido y Galloway se acercó trotando. Luego, echó a andar hacia la casa. Bertram ya se había dado cuenta de que algo pasaba en la calle. Apareció en la puerta de la casa y sus ojos se agrandaron cuando vio a Ally.

—Santo cielo... —se quedó callado, con los ojos fijos en Mark—. Le juro, señor, que he estado vigilando la casa todo el tiempo.

—No se preocupe, Bertram. No le pedí que se asegurara de que mi esposa no se escapaba por la tapia de atrás —le dijo—. Porque es así como has salido, ¿verdad, amor mío?

—¿Saltó una tapia para salir? —le preguntó Thane a Ally, y ella comprendió que estaba un poco admirado. Luego Mark miró al periodista, y la sonrisa de éste se desvaneció al instante.

—Lo siento, Bertram —murmuró ella, y entró rápidamente en la casa. Thane y Mark la siguieron.

Jeeter apareció al oír la puerta. Él también se quedó pasmado al ver a Ally.

—Yo...

—No importa, Jeeter —dijo Mark—. ¿Nos sentamos en la biblioteca? —señaló la puerta de la habitación.

Ally entró delante de ellos. Oyó que Jeeter preguntaba:

—¿Les traigo té?

—¿Tiene whisky? —preguntó Thane.

—Desde luego —respondió el mayordomo.

—Creo que me vendría bien uno —dijo Thane—. Si no es molestia.

—Sí, a mí también —añadió Ally.

Mark la miró con enojo, pero no dijo nada. Jeeter fue a preparar las bebidas. Mark se sentó al borde del escritorio. Ally tomó asiento, nerviosa, en una de las sillas de enfrente, mientras Thane se sentaba en la otra.

—¿Y bien? —dijo Mark.

—Fui a las oficinas del periódico —le dijo Ally.

—Creo que te dije expresamente que te quedaras en casa y evitaras al señor Grier.

—Yo no te dije que no fuera a salir —le recordó Ally—. Me dijiste que no estaba prisionera.

—¿Sabe el señor Grier que alguien intentó entrar en tu casa cuando todavía vivías con tus tías?

Thane la miró con asombro.

—¡No! —dijo—. ¿Por qué?

—No lo sé —murmuró ella, y se levantó—. Mark, esto es ridículo.

Jeeter llamó a la puerta y entró con las bebidas. Ally odiaba el whisky, pero se lo bebió de un trago. El mayordomo se fue y cerró la puerta de nuevo tras él. Mark cruzó los brazos sobre el pecho. Thane Grier lo miraba fijamente.

—¡Creía que yo era el asesino! —exclamó.

—Estaba persiguiendo a mi mujer por una calle a oscuras.

Thane sacudió la cabeza.

—Me creía capaz de...

—Alguien ha sido capaz.

—¿Por qué yo?

—Tuvo oportunidad. Conocía a todos los implicados. Y escribió acerca de varias reuniones de antimonárquicos.

—Es mi trabajo —repuso Thane, desalentado—. Le juro que jamás... que jamás...

—¿Ally? —dijo Mark.

Ella suspiró y bajó la mirada.

—Mark, he escrito otro artículo —notó que él enarcaba una ceja, pero no se atrevió a mirarlo. Comenzó a pasarse delante de las estanterías—. A. Anónimo tiene impacto —dijo— y estoy orgullosa de mis artículos, aunque... mi sueño en realidad es escribir literatura —añadió, intentando que no se le quebraba la voz—. Pero vamos a dejar que se corra la voz de que A. Anónimo es Thane Grier.

Mark frunció el ceño y clavó la vista en Thane. Éste tragó saliva.

—Fue idea de Ally.

—Eso equivale a una sentencia de muerte —le informó Mark.

—No, si tú lo vigilas para ver qué pasa cuando se corra la voz —dijo Ally.

—Yo estoy dispuesto a hacerlo —añadió Thane.

—¿Incluso sabiendo que probablemente el asesino irá a por usted?

—Eso es lo que esperamos —dijo Thane. Mark miró a Ally.

—Podemos tenderle una trampa para atraparlo —dijo ella.

—Dime, ¿qué es lo que dice tu artículo de mañana? —preguntó él.

—Comienza diciendo que la gente está siempre dispuesta a llegar a conclusiones precipitadas y a ver lo que quiere ver —dijo—. Luego habla de que, a menudo, nuestras vidas son mascaradas. Que todos llevamos máscaras. Ahonda en las vidas de Jack y Elizabeth Prine, y explica que fue únicamente la codicia, y el deseo de ella de estar con su amante, lo que condujo a la tragedia —vaciló—. Luego sugiere que el autor sabe más de lo que escribe y que nadie, por muy alta que sea su posición, está salvo de caer en desgracia si es sospechoso de los actos más atroces.

Mark la miró un momento y luego se volvió hacia Thane.

—¿De veras está dispuesto a ofrecerse como chivo expiatorio? —Thane se puso un tanto pálido, pero asintió. Mark miró de nuevo a Ally—. Lo siento, pero sigo sin entender. ¿Cómo vamos a engañar al asesino con ese artículo? —miró a Thane—. ¿Y en qué beneficia esto a su carrera?

—Cuando todo acabe, la historia será de Thane. Y se hará público que los artículos fueron escritos para sacar a la luz al asesino —dijo Ally.

—Está bien, eso explica que esté dispuesto a llevar a cabo este disparate. Pero, ¿qué os hace pensar que podéis conseguir que el asesino ataque en un momento y un lugar en el que podamos atraparlo... antes de que le corte el cuello a Thane? —añadió Mark.

Thane palideció de nuevo.

—Hay además otro problema —dijo Ally—. Cómo hacer correr la voz de que Thane es A. Anónimo.

—Muy fácil —murmuró Mark—. Yo puedo comer en el club. Quizá jugar un partido de tenis con alguien. Incluso comentárselo en confianza a Angus y a Andrew. Por separado, desde luego.

Ella vaciló.

—También puedes decirles que Thane piensa entrevistarme. En la casa del bosque. Será una historia preciosa, cómo crecí con mis tías y luego me casé con un futuro conde. Esperabas atrapar al asesino en la carretera, ¿no es cierto?

Mark la miró con fijeza.

—Tú no estarás en la casa —dijo con tranquilidad.

—Tengo que estar allí. Tendrá que ser todo como si fuera real. No creo que Thane sea atacado de camino a la casa, porque yo le estaría esperando. Su tardanza se notaría enseguida.

—Podría funcionar —dijo Mark—. Yo podría acompañaros hasta allí y luego dejaros hablar.

—Una solución excelente —dijo Thane—. Y segura, además.

—Pero no vamos a hacerlo —repuso Mark.

—¿Por qué? —preguntó Ally.

—Porque no quiero que te impliques en esto.

—Ally, a fin de cuentas sólo es una suposición —dijo Thane.

Pero Ally no pareció oírle. Miraba fijamente a Mark con los labios apretados.

—¿Cómo dices?

—Esperas que llegue con vosotros y que luego me vaya. Cuando Thane se marche, tendría que seguirlo a cierta distancia, y tú te quedarías sola en la casa.

Ella entornó los ojos.

—Puedo ir mañana al periódico y anunciar que yo soy A. Anónimo.

Mark se apartó de la mesa.

—No, si estás atada en tu cuarto —replicó.

—Creo que debería irme —dijo Thane—. Tengo que devolver el carruaje dentro de un rato.

Ally se colocó frente a Mark con los brazos cruzados.

—Ese artículo saldrá mañana —le dijo con suavidad.

—Me parece que estarás atada todo el día.

—¿Piensas encadenarme eternamente?

—Si es necesario, sí.

—Mark, por favor.

—El tiempo vuela —murmuró Thane.

—¿Qué me dices de tus tías? —preguntó Mark—. ¿Es que ya no te preocupan?

—No seas ridículo. Nos ocuparemos de que estén a salvo en el castillo de Carlyle.

Mark sacudió la cabeza con un suspiro.

—Olvidas una cosa.

—¿Cuál? —preguntó Ally.

—Sir Angus Cunningham es el magistrado del pueblo. Si quisiera, podría llegar a la casa, acribillarla y, cuando estéis los dos muertos, decir que Thane era el asesino y que tú, por desgracia, has muerto accidentalmente en el tiroteo que inició Thane.

—¡Pero si ni siquiera tengo pistola! —exclamó el joven periodista.

—Eso no importa. Lo encontrarían con una —repuso Mark.

—Tiene razón —le dijo Thane a Ally.

—Mira —dijo ella—, hay que hacer algo. No podemos permitir que ese asesino salga impune. Mark, tú crees que alguien intentó entrar en la casa del bosque porque... —hizo una pausa—... por quién soy, o quizá porque el asesino sospechaba que yo era A. Anónimo, porque me había seguido desde la oficina de correos. Quizá lo mejor sea dejar a Thane al margen. Puedes decir a tus amigos en confianza que te preocupa que tu esposa pueda ser A. Anónimo.

Mark puso los brazos en jarras y la miró con furia, dando un paso hacia ella.

—¿Te has vuelto loca?

—Tengo que irme, de verdad —dijo Thane.

Ally puso una mano sobre el pecho de su marido.

—Mark, ese artículo saldrá mañana, de un modo u otro. Y tú sospechas que alguien puede saber que la autora soy yo, de todos modos. Si de verdad quieres protegerme, vas a tener que usarme como cebo.

Él le agarró la mano y se la apartó.

—No vas a hacer nada más —dijo enérgicamente—. Lo digo en serio, Ally. Nada.

—El artículo saldrá...

—¡Y yo tendré un plan! —bramó él, y salió de la biblioteca. Ella oyó cerrarse la puerta de la calle. Thane dejó escapar un largo suspiro.

—Ha ido... bien —Ally lo miró con enojo—. Bueno, no me ha matado —Thane se levantó—. Ally, cuando esté lista, cuando él esté listo... díganme lo que quieren que haga.
—Gracias, Thane.
Ally se quedó en la biblioteca y lo vio salir. Luego se mordió el labio y pensó que le hacía falta otro whisky.

18

Cuando Thane Grier salió de la casa, encontró a Mark Farrow en la acera, mirando la luna. Mark lo miró.

—Nos ha manipulado a los dos, ¿sabe?

—Pero ella no sabía que yo iba a venir —protestó Thane.

—Sí, eso le vino muy bien —murmuró Mark con sorna—. Aunque no hubiera venido usted, Ally se habría servido de su nombre. Me habría hecho pensar que sí, que el plan funcionaría, si usted estaba dispuesto. Y lo habría hecho con el único propósito de darle la vuelta por completo y hacer que yo me diera cuenta de que ella ya podía estar en peligro —le dijo.

—¿Cree que es así?

—Sé que alguien intentó entrar en la casa cuando ella estaba sola. Alguien que sabía que sus tías habían salido. En aquel momento el asesino actuaba con discreción. Ahora no creo que dudara en matarlas a las cuatro. Creo que todo le ha resultado demasiado fácil.

—¿Cómo puede seguir ese hombre haciendo su vida de siempre sin delatarse? —preguntó Thane.

Mark sacudió la cabeza.

—No lo sé. Supongo que, al final, se traicionará. Pero, ¿qué puede ocurrir antes de que eso pase?

—¿Tiene algún plan? —preguntó Thane.

Mark Farrow sonrió amargamente.

—Estoy en ello —dijo.
—Como le he dicho a Ally, estoy dispuesto a hacer lo que quieran —le aseguró Thane.
Mark le puso una mano sobre el hombro.
—Lo avisaré.
Thane asintió con la cabeza y al fin se encaminó al carruaje.

Ally seguía sentada en la biblioteca cuando Mark volvió a casa. Estaba bebiendo otra copa de whisky.
—Es curioso —dijo él.
—¿El qué...?
—Que bebas para darte ánimos. Estás dispuesta a ofrecerte como cebo para ese asesino, pero necesitas un whisky cuando planeas manipularme a tu antojo.
Ally se sonrojó.
—Yo no... Nunca... Bueno, me daba un poco de miedo que estuvieras enfadado.
Mark se acercó a ella, se arrodilló junto al sillón y le quitó el whisky de las manos.
—¿De veras piensas escribir literatura en lugar de esos artículos tan polémicos?
—Es lo que siempre he querido hacer —contestó ella.
—Vamos —Mark se levantó, la agarró de las manos y tiró de ella.
—¿Adónde? —musitó ella.
—A cenar y a la cama —anunció él.
—¿No vas...?
—¿A atarte a la cama? No, amor mío. A cenar, y luego a la cama —le aseguró Mark.

Apenas habían llegado a lo alto de las escaleras, después de cenar, cuando sonó el teléfono. Mark la dejó en la puerta del dormitorio y bajó. Ally entró en la habitación y se puso un sencillo camisón de algodón. Se cepilló el pelo mientras esperaba. Mark no regresaba. Sentada ante el tocador, tomó el escarabajo que le había regalado Kat y que se había puesto en la boda. Era una pieza preciosa. Y qué tonta había sido por temer la maldición de Eleanor Brandon, que no había sido más que una farsa. Por desgracia, Eleanor había pagado muy duro el haber conspirado para el asesinato de su marido.

Aun así, a Ally le encantaba el escarabajo y, ¿quién sabía?, quizá le trajera buena suerte. Por fin oyó que llamaban a la puerta. Se sobresaltó, se rió de sí misma y, por puro capricho, se prendió el escarabajo al camisón.

—¿Milady? —preguntó Jeeter suavemente.

Ella abrió la puerta en camisón.

—¿Qué ocurre? —preguntó.

—El señor Farrow... ha tenido que salir.

Ella suspiró.

—¿Quién lo ha llamado? —él pareció incómodo, como si no quisiera contestar—. ¿Jeeter?

—El carruaje que llevaba al señor Grier no ha llegado al periódico. El señor Grier lo había pedido prestado para venir aquí, así que han llamado del periódico.

Ally inhaló bruscamente, sintiéndose helada. Si algo le había ocurrido a Thane Grier, sería culpa suya. Y si algo le ocurría a Mark...

—Bertram ha ido con él —dijo Jeeter con calma.

—Gracias —contestó ella.

—Y no se preocupe, milady. Yo no voy a ir a ninguna parte.

—Gracias —repitió ella con una sonrisa—. Estoy más tranquila teniéndolo aquí.

Jeeter se marchó. Ally cerró la puerta y comenzó a pasearse por la habitación. Se echó en la cama. Se levantó. Al final, se acordó del sobre que le había llevado Thane esa tarde. Salió descalza de la habitación y corrió al piso de abajo. No vio a Jeeter en el salón y entró en la biblioteca. Quitó la pinza del sobre y volcó su contenido sobre la mesa.

Aquellos artículos eran muy parecidos a los que ya había leído. Fiestas, acontecimientos sociales. Reuniones, declaraciones hechas por diversas sociedades antimonárquicas. Los repasó uno a uno, intentando encontrar alguna mención a sir Angus o Sir Andrew. A veces había fotografías o caricaturas. Otras, no. Se detuvo en un artículo con una viñeta. Frunció el ceño, lo estudió detenidamente y luego dejó escapar un gemido. Era un artículo anónimo acerca de la injusticia de la propiedad y de las leyes nobiliarias. Pero lo que llamó su atención fue la caricatura. Databa de quizá dos años atrás. Y la mujer que aparecía en ella, y a la que no se identificaba expresamente, podía muy bien ser Elizabeth Prine. Junto a ella había un hombre que la consolaba. ¿Sir Andrew? O sin Angus, sin sus patillas y su barba.

Dejó escapar un suspiro de frustración y apartó los artículos. Luego volvió a acercarlos y empezó a repasarlos de nuevo. Uno no tenía nada que ver con los antimonárquicos. Hablaba de una fiesta benéfica que se había celebrado en la iglesia. Una ilustración acompañaba al artículo. Había flores por todas partes y las mujeres llevaban sus mejores sombreros. El antiguo párroco de la iglesia, el padre Mason, aparecía dirigiéndose a la multitud. Y en la fila de delante había una mujer que parecía Elizabeth Prine. Estaba flanqueada por dos hombres. Ally estudió detenidamente la ilustración. ¿Era uno de ellos su marido? No, parecía más bien sir Angus, sin la barba. Y el otro... era el primero de Elizabeth, sir Andrew Harrington. Suspiró y murmuró para sí:

—Entonces... ¿tenías una aventura con tu guapo primo carnal, o con un hombre mucho más mayor, pero distinguido por sus logros?

Mientras sopesaba aquella pregunta, oyó un golpe sordo

en la puerta de la calle. Se quedó paralizada. Aguzó el oído. Le pareció oír ruido en el piso de arriba. Se levantó en silencio. Pasados unos segundos, se acercó a la puerta de la biblioteca. Iba a llamar a Jeeter, pero algo la advirtió de que no lo hiciera. Cruzó corriendo el salón y el comedor y se asomó a la cocina y al cuarto de desayuno. Jeeter no estaba abajo. ¿Estaría arriba? ¿Qué había sido aquel golpe?

Cruzó el salón y se acercó al teléfono, a pesar de que sabía que, al usarlo, haría tanto ruido que, si había alguien en la casa, sin duda se daría cuenta inmediatamente de dónde estaba. Oyó más ruidos arriba. Y parecían proceder de su dormitorio. Oyó otro sonido más allá de la puerta de la calle. Angustiada, titubeó. No podía intentar usar el teléfono. Si había algún intruso en la casa, la encontraría antes de que pudiera hablar siquiera con la operadora. Si no había cortado ya la línea.

Se acercó a la puerta de la calle y vio que estaba entreabierta. Había sido forzada. ¿Con un cuchillo? Oyó movimiento arriba y un gemido procedente de delante de la casa. ¿Dónde se había metido Jeeter?

Le aterrorizaba la respuesta. Los sonidos que le llegaban de la planta de arriba eran espeluznantes. Golpes sofocados, una y otra vez. Cerró la mano alrededor del pomo, rezando por que las bisagras estuvieran engrasadas, y salió.

Entonces descubrió el origen de aquellos gemidos.

Mark había llamado a Ian Douglas, y el inspector había puesto en marcha una gran operación de búsqueda. Bertram y Mark se habían ocupado de las calles cercanas a su casa, mientras la policía peinaba todo Londres.

Estaban en King's Cross Station cuando un policía de paisano se acercó a ellos.

—¡Milord! —gritó—. ¡Hemos encontrado el carruaje! Junto a Hyde Park. Sígame.

Poco después llegaron a Hyde Park. Ian Douglas ya estaba allí, junto a la puerta abierta del coche.

—Vacío —le dijo a Mark.

—¿Y Grier? —preguntó Mark.

—No hay rastro de él —contestó el inspector.

Mark miró el carruaje, lleno de frustración. Sacudió la cabeza.

—¿Has mirado dentro?

Ian asintió con la cabeza.

—No he encontrado nada.

Mark se acercó a la puerta y entró. El compartimento no contenía nada. No había conductor. Ningún indicio de Thane Grier. Ninguna prueba. Mark se disponía a salir. Entonces se detuvo.

Había sangre en el asiento. No en gran cantidad, sino una mancha pequeña que podía proceder de una herida. Se oyeron gritos fuera. Mark saltó del carruaje y vio que un agente hacía señas a Ian desde la cuneta de la carretera, donde crecían densos arbustos.

—Aquí hay un cuerpo, señor —dijo el policía.

Ian y Mark echaron a correr. Un hombre yacía en el suelo, boca abajo. Ian le buscó el pulso. Sacudió la cabeza y volvió el cuerpo. Bajo el cadáver había un charco de sangre todavía caliente. Los ojos del hombre miraban, ciegos, el horror que lo había acometido. Ian se incorporó.

—Rastread el parque —dijo Mark.

—Ya estamos en ello. ¿Habías visto a este hombre? —le preguntó Ian.

—Es el cochero que vi hoy —contestó él.

El cochero había muerto y Thane Grier había desaparecido. En el asiento del carruaje había una mancha de sangre. Mark se volvió y se encaminó a toda prisa a su casa. Bertram lo siguió.

—¿Adónde vas? —le gritó Ian.

—¡A mi casa! ¡Manda a todos los agentes que puedas!
Montó en Galloway de un salto y partió al galope.

—¡Thane! —gritó Ally, y se agachó junto al hombre que yacía en el suelo, con un brazo extendido, como si intentara alcanzar la puerta—. ¿Thane! —lo tocó; no estaba muerto. Vio que respiraba agitadamente. Lo tumbó de espaldas y le levantó la cabeza.

Él parpadeó y volvió a cerrar los ojos. Tenía una profunda herida en la frente. Ally comprendió que tenía que pedir ayuda. Le echó la cabeza hacia atrás. Al hacerlo, los ojos se abrieron de nuevo y, de pronto, se agrandaron. Ally se dio cuenta de que la luz que salía de la casa se había hecho más brillante. La puerta se había abierto. Ella comenzó a volverse.

De pronto, unos gruesos brazos la rodearon y un trapo cubrió su cara. Luchó por desasirse al oler la droga en el paño. Arañó los brazos de su captor y luego se acordó del escarabajo que llevaba prendido en el camisón. Lo agarró, desesperada, mientras intentaba contener las náuseas y la oscuridad que amenazaba con embargarla.

Asió el alfiler. Apuntó lo mejor que pudo, dirigiendo la punta hacia lo que esperaba fuera el ojo de su agresor. El hombre dejó escapar un áspero bramido. Aflojó un instante los brazos. Ally echó el pie hacia atrás con todas sus fuerzas mientras intentaba mantenerse consciente. El hombre cayó hacia atrás y ella comenzó a correr.

Mientras corría, vio a otra figura de pie, oculta entre las sombras de la noche. Llevaba un manto negro.

Ally se volvió y huyó hacia la parte de atrás de la casa. Llegó al árbol, pero oyó que sus perseguidores se acercaban. Tomó aire fresco y trepó lo más rápido que pudo. Cayó en el jardín vecino y se abalanzó hacia la puerta, aporreó la madera e intentó gritar.

Se oyó un golpe y una maldición tras ella. Ally golpeó la puerta más fuerte.

—¡Socorro! —apenas tenía voz, pero alguien dentro de la casa tenía que haber oído los golpes—. ¡Socorro!

Su atacante estaba casi sobre ella. Ally no podía hacer nada, más que correr hacia la calle e intentar esquivar al hombre del manto. Gritó y echó de nuevo a correr, pero sus plegarias no dieron resultado.

Él estaba allí. Ally luchó ferozmente cuando la agarró, y ella reconoció los ojos que había visto tantas veces antes, llenos de risa y encanto.

Abrió la boca para gritar de nuevo. Esta vez, no pudo escapar al paño empapado en droga. No pudo resistirse a la oscuridad.

Mark llegó frente a la casa y desmontó al instante. Su corazón dio un vuelco. La puerta estaba abierta de par en par. Corrió hacia ella y notó que los arbustos de la entrada estaban pisoteados. Se agachó junto al umbral y vio una gota de sangre.

Bertram estaba tras él.

—Alguien ha estado aquí —dijo Mark.

—Ahora no hay nadie —contestó Bertram.

En la calle había un hombre con camisón, pantuflas y gorro de dormir. Mark se dio cuenta de que era uno de los vecinos.

—He oído gritos y golpes. He bajado en cuanto he podido... Había un carruaje, pero se alejó.

—¿Por dónde? —preguntó Mark.

El hombre señaló con el dedo, pero Mark estaba de pronto seguro de qué dirección había tomado el coche.

—Señor —le dijo al vecino—, el mayordomo de mi padre está en la casa. No sé si vivo o muerto. Por favor, búsquelo y pida ayuda. Bertram, llama al pabellón de caza. Dile que salga a la carretera con toda la ayuda que pueda encontrar. Y avisa a los hombres de Ian de que me sigan en cuanto puedan.

Saltó de nuevo a la silla del caballo y emprendió la persecución del carruaje.

Ally se sobresaltó al despertar y encontrarse todavía viva, aunque se sentía tan mal que casi deseaba haber seguido inconsciente. Sentía el zarandeo del carruaje, que se movía a toda velocidad. Ignoraba cuánto tiempo llevaba inconsciente o por qué seguía viva. Era consciente de que estaba a medias sentada en el suelo, a medias en un asiento, y se golpeaba contra unas piernas por un lado y contra un cuerpo por otro. Entornó con mucho cuidado los ojos.

A un lado, tenía el cuerpo de Thane. Y al otro...

—¡Maldita zorra! ¡Me ha dejado ciego! —oyó decir a alguien.

Era una voz profunda de un hombre que conocía desde hacía años. El magistrado, sir Angus Cunningham. De pronto se dio cuenta de que lo habría descubierto mucho antes si hubiera estudiado los artículos y las ilustraciones más detenidamente.

Había dos asesinos.

Por alguna razón, habían dado por sentado que el cochero era un sirviente del asesino, no su cómplice. Pero se habían equivocado.

Dejó escapar un grito cuando unos dedos la agarraron del pelo y la hicieron levantar la cabeza. Esperaba sentir el cuchillo, pero él sólo quería verle la cara. Le alegró ver que lo había dejado tuerto. Su ojo izquierdo estaba cerrado y rodeado de carne hinchada.

—¿Cómo te encuentras? ¡Debería sacarte un ojo! —bramó él.

Ally hizo lo posible por mirarlo con desprecio, y no con miedo, pero la verdad era que estaba aterrorizada. Pero él no la había llamado aún. Se estaba conteniendo. Aquello debía de formar parte de su plan. Quizá pensaba que todavía podía ocultar lo que estaba haciendo.

—¿Qué le ha hecho a Thane? ¿Y adónde nos lleva... y por qué? —preguntó, intentando ganar tiempo.

—A la casa del bosque, desde luego.

El pánico se apoderó de ella. ¡Sus tías!

—¿Quién iba a pensar —murmuró él— que la encantadora niña que creció en el bosque podía convertirse en una enemiga mortal? A. Anónimo —casi escupió el nombre.

—Me ha estado siguiendo —dijo ella.

—Desde la función benéfica. Incluso leí el sobre.

—Es usted muy listo. He tardado una eternidad en darme cuenta de que no era usted o sir Andrew, sino los dos.

—Pero, querida, ¿es que no lo ves? No somos ninguno de los dos —Cunningham esbozó una sonrisa grotesca—. Es este joven periodista el que va a cortarte el cuello. Verás, está enamorado de ti, pero te has casado y ya nunca serás suya, así que debes morir. Pero el muy idiota te quería, y tu muerte lo volverá loco. Se suicidará de un disparo, lleno de remordimientos. Entonces llegará tu marido, naturalmente. Se despreciará por haber confiado en el reportero. ¿Quién sabe? Puede que él también se pegue un tiro.

Seguía tirándole del pelo, y Ally no tenía más remedio que mirarlo.

—Mark Farrow jamás se suicidará. Es usted un necio. Mark sabe que es usted... y sir Andrew.

Sir Angus sacudió la cabeza.

—Si lo supiera —dijo con suavidad—, ya estaría detenido.

—Lo estará mañana —prometió ella.

Él volvió a sacudir la cabeza y finalmente la soltó y se recostó con calma en el asiento.

—¿Sabes, Ally?, a pesar de lo que me has hecho, lo siento. Siempre has sido una muchacha preciosa, curiosa y fascinante —se rió secamente—. Estabas destinada a algo bueno.

Protegida por los Stirling. Comprometida en secreto con Mark Farrow. ¿Creías que podía estar tan cerca y no enterarme de la verdad? —preguntó.

Ally sintió un nuevo escalofrío de temor.

—¿De qué verdad está hablando?

—Antes incluso de que te convirtieras en un estorbo, temía tener que... librarme de ti, querida. Nunca tuve pruebas, claro, pero estudié la situación cuidadosamente. Conocía el trabajo de Maggie en el East End y sabía lo cerca que estuvo de morir a manos del hombre que ellos creen era el Destripador. Así que tu padre, ese joven enfermo, era inocente. Y luego tuvieron que esconderte de la monarquía. Era preferible que murieras antes de que se supiera la verdad.

Ally se sintió enferma, pero se obligó a encogerse de hombros.

—Si ésa es la verdad, su argumento no tiene sentido. Si me hubieran querido esconder de la monarquía, no habría tenido mucho sentido ponerme bajo la protección de lord Stirling.

Él sacudió la cabeza. Parecía confuso, a la defensiva. Ally se preguntó si empezaba a sentir que una trampa se iba a cerrando a su alrededor y estaba luchando sencillamente por sobrevivir.

—Sálveme la vida y quizá no lo cuelguen —dijo ella.

—Lo siento, de verdad... o lo sentiría, si no me hubieras mutilado. Pero temo que debes morir.

—Si Andrew y usted no hubieran matado a las mujeres, quizá se hubieran salido con la suya —dijo ella—. El pobre lord Wittburg habría sido juzgado.

—Sí, lo sé. Hasta tú podías haberte salvado, aunque fueras un engorro. Fue una suerte que lord Wittburg se volviera un poco loco de repente. Fue a Andrew a quien se le ocurrió esa idea genial, meter el manto ensangrentado en el carruaje del viejo.

—¿Qué ha sido eso? —preguntó ella de pronto.

—¿El qué? —él miró a su alrededor frenéticamente.

Ally vio el frasco de éter a su lado, sobre el asiento. Tenía que distraerlo para apoderarse de él. Pero, aunque lograra dejarlo sin sentido, aún tendría que vérselas con el conductor. Andrew.

—Escuche —dijo.

—Yo no oigo nada —contestó él, pero aguzaba el oído.

—Se oyen caballos —dijo ella.

Para su asombro, se dio cuenta de que, en efecto, se oía un estruendo de cascos de caballos. Había mentido al principio, pero ahora... ¡Sí! Alguien se acercaba.

Mark nunca había cabalgado tan aprisa, pero ya no le importaba su caballo, ni prestaba atención a las ramas bajas que a veces le arañaban la cara. Sólo rezaba por que los asesinos creyeran que podían llegar a su destino antes de que los atraparan. Su corazón latía con violencia mientras se preguntaba cuánto tiempo creían que se dejaría engañar por su artimaña para alejarlo de la casa de su padre. ¿Pensaban de veras que creería que Thane Grier había matado al conductor y había vuelto por Ally?

Cabalgaban tan aprisa que le asombraba que el tiempo pasara tan despacio. Luego, al fin, vio el coche. Estaba todavía lejos. Espoleó a Galloway y, por increíble que pareciera, el caballo logró galopar aún más aprisa. Cuando comenzaban a acercarse a su presa, sir Andrew, que conducía ataviado con su capa negra y un sombrero de ala ancha, miró hacia atrás. Fustigó los flancos sudorosos de los caballos que tiraban del carruaje y echó mano de su pistola. Mark tuvo que tirar de las riendas un instante. Sir Andrew era un excelente tirador.

Pero Mark casi estaba ya junto al carruaje. Sonó un disparo. La bala pasó rozándolo. Sintió su ráfaga de aire junto a la mejilla. Condujo a Galloway hacia el otro lado del carruaje y lo espoleó. Esta vez, estaba listo. Sacó el látigo. El azote de cuero rodeó el cuello de sir Andrew. Éste dejó escapar un grito sofocado cuando Mark tiró de él, haciéndolo caer del pescante.

Mark no podía perder el tiempo parándose a ver si estaba vivo o muerto. Los caballos seguían avanzando a galope tendido. Obligó a Galloway a acercarse y logró agarrar una de las riendas. Tenía que entrar en el carruaje.

Por fin, vio su oportunidad cuando el coche empezó a ir más despacio. Se arrojó sobre el carruaje y logró agarrarse a su borde superior. Por un instante, sus piernas se agitaron precariamente, y pensó que no podría sujetarse. Luego consiguió apoyar un pie.

—En nombre de Dios, ¿qué...? —bramó sir Angus de repente. Sacó su pistola y disparó, enfurecido. Luego apuntó de nuevo.

Desesperada, Ally agarró el frasco de éter. Él dejó escapar un grito e intentó sujetarla. Ella apenas había asido el frasco. Sintió que le tiraba del pelo con fuerza. Intentó refrenar el dolor y consiguió girar el tapón del frasco. El olor del cloroformo la mareó. Sabía que sólo disponía de unos segundos...

La pistola volvió a disparar. Ally rezó por que el tiro no hubiera alcanzado a Mark. Si era Mark...

Sí, sabía que era él. Lo sabía... incluso cuando la droga le salpicó la cara y el mundo se volvió negro.

Resonó un disparo, tan cerca que la bala le rasgó la manga. Luego, otro disparo rompió el techo del carruaje.

Los caballos habían aminorado el paso y Mark pudo abrir la puerta. El corazón se le subió a la garganta. Había tres personas allí. Thane Grier. Sir Angus, cuyo voluminoso cuerpo bloqueaba la puerta. Y Ally, acurrucada junto a él, en el suelo.

Sintió el olor mareante del éter. Contuvo el aliento al notar una oleada de aturdimiento. El carruaje seguía en marcha. Arrojó fuera el cuerpo de sir Angus y agarro a Ally. La levantó en brazos y saltó del carruaje, que siguió rodando algunos metros más. Los caballos se detuvieron al fin y uno de ellos relinchó, aterrorizado.

Mark dejó delicadamente a Ally en la cuneta del camino. Entonces se dio cuenta de que, frente a él, se oía un repicar de cascos de caballos.

El primer jinete que llegó junto a él era su padre. Brian Stirling iba a su lado.

—¡El carruaje! ¡Sacad a Thane Grier! ¡Está lleno de éter!

Brian desmontó y corrió a hacer lo que le decía. Su padre se arrodilló a su lado.

—Hijo...

—Respira —dijo Mark—. Tiene pulso.

Brian Stirling regresó llevando en brazos el cuerpo inerme de Thane Grier.

—El castillo es el sitio más cercano para llevarlos —dijo.

Bertram acababa de llegar junto a varios policías montados. Brian dejó a Grier en manos de uno de ellos y dio orden de cabalgar hacia el castillo. Mark tomó tiernamente a Ally en sus brazos y regresó junto a Galloway, que bufaba, sudoroso.

—Una cabalgada más, amigo mío. Una más.

De nuevo le pareció, que por muy rápido que avanzaran, no era suficiente. Pero, finalmente, llegaron al castillo. Shelby había abierto las puertas. Camille les estaba esperando en la escalinata. Las tías estaban tras ella, acongojadas.

—Lleven a Ally a su habitación —dijo Shelby—. Y al señor... Grier a la de al lado. ¿Saben qué ha causado su estado?

—Cloroformo —dijo Mark.

—Entonces, volverán en sí —repuso Camille.

Mark oyó un suave gemido. Era Merry. Él se obligó a hacer caso omiso de las tres hermanas y se dirigió a las escaleras, ansioso por acostar a Ally y ver si estaba herida.

—Se despertará —dijo Camille con firmeza, y luego le ordenó a Molly, la doncella, que se hiciera cargo del señor Grier mientras esperaban a que llegara el doctor, al que ya habían avisado.

Mark irrumpió en el cuarto de Ally y la depositó sobre la cama. Volvió a comprobar su pulso. Era firme. Apoyó el oído sobre su pecho y sintió el movimiento acompasado de su respiración. Miró ansiosamente a Camille. Ella le ofreció una sonrisa.

Mark se dio cuenta de que las tías los habían seguido y que permanecían abrazadas tras ellos, en silencio. Fue Merry quien dio un paso adelante.

—Sobrevivirá. Nuestra Ally es una princesa preciosa, y vivirá.

Mark temblaba de miedo. Ella tenía el camisón manchado de barro y desgarrado. Su cabello estaba revuelto y lleno de hojas y ramitas. Nunca le había parecido tan hermosa. Temblando, la besó suavemente en los labios.

Los párpados de Ally se agitaron. Sus ojos se abrieron. Casi sonrió. Luego volvió a cerrar los ojos.

Mark cayó de rodillas junto a la cama y dio gracias a Dios. Sí, Ally iba a vivir.

Abrió los ojos. Al principio, no pudo enfocar la mirada. Luego comprendió dónde estaba, y que estaba viva, aunque estuviera rodeada de bustos, urnas y papiros como los que adornarían una tumba egipcia. Exhaló un suspiro y sonrió. Estaba en su habitación del castillo.

Un segundo después vio la cara de Mark, su rostro hermoso y fuerte.

—Por un momento he creído que había viajado en el tiempo para conocer a los faraones —musitó.

—No, estás en el castillo —él la tomó de la mano y se la besó.

—¡Está despierta! —oyó Ally que decía alguien. Miró a su alrededor y se sintió mareada. Estaban todas allí: Violet, Merry y Edith, y también Maggie, Camille y Kat. Sonrió y se volvió hacia sus tías primero—. He soñado con vosotras todo el tiempo —susurró—. Erais como hadas buenas, revoloteando a mi alrededor y velando por mí.

—¿Hadas? Santo cielo, somos inglesas de carne y hueso —dijo Violet, indignada.

—Ally siempre ha tenido una imaginación maravillosa —comentó Merry.

—Se está burlando de nosotras —dijo Edith, y la abrazó con fuerza.

Luego, Ally logró de algún modo abrazarlas a las tres, y también a Maggie, Kat y Camille. Con suspiros de alivio, las seis mujeres salieron de la habitación una a una. Camille le dijo a Mark que pronto servirían el té, ahora que Ally estaba despierta.

Ally se abrazó de pronto a Mark.

—¿No... no estás herido? ¿Te dispararon?

Él sacudió la cabeza.

—Tú me salvaste.

Ella logró esbozar una sonrisa.

—Y tú me salvaste a mí —frunció el ceño—. ¿Qué ha sido de sir Andrew? ¿Y de Angus? ¡Y Thane!

—Thane está consciente y disfruta de toda clase de atenciones en la habitación de al lado. Sir Andrew ha muerto.

—¿Cómo?

—Se rompió el cuello. Cayó desde el pescante del carruaje a toda velocidad.

Ella asintió y exhaló un suspiro. Luego volvió a aferrarse a él.

—¿Y Jeeter?

—Sólo lo dejaron fuera de combate. Se pondrá bien. Nuestro vecino de al lado, el embajador de Suecia, se hizo cargo de él y llamó para informarnos.

—¿Y sir Angus? —preguntó Ally.

—Será colgado... si vive.

—¿Qué ocurrió?

—Al parecer, cuando volvió en sí, atacó a uno de los hombres de Ian. Ian intentó apartarlo. Sir Angus se abalanzó hacia él, y uno de sus agentes le disparó.

—¿Dónde está ahora? —preguntó ella.

—En el hospital, bajo custodia policial. Es probable que no sobreviva.

Ella asintió con la cabeza. No podía sentir lástima por aquellos hombres.

—Todo saldrá bien —dijo Mark con suavidad.

Ally asintió de nuevo. Luego se dio cuenta de que ya no llevaba su camisón blanco, sino uno amarillo claro. Mark se fijó en su mirada inquisitiva y dijo:

—Lady Maggie.

—Ah —murmuró ella—, entonces es cierto que se han estado ocupando de mí. Tenía la impresión de que estaba rodeada de hadas —arrugó el ceño—. Mark, no sé si comprendo del todo lo que ha pasado, pero es espantoso.

Él respiró hondo.

—Hemos averiguado que algo le ocurrió a sir Andrew cuando estaba en el ejército.

—¿Y Angus? —preguntó ella.

—Durante la creación de nuestro Imperio, ha habido muchos soldados que han pensado que la Corona los había traicionado al enviarlos a combatir sin hombres o sin armas. Aunque fue condecorado, Andrew abrigaba un odio que lo consumía lentamente. Así que utilizó su encanto para hacer amigos entre la nobleza y hacerse con una firme posición social. Pero siguió alimentando su odio hacia la monarquía, un odio que otros compartían, debido a los tiempos que vivimos. Por lo visto, sir Andrew deseaba desde hacía mucho tiempo a su prima Elizabeth, así que cultivó la amistad de su marido, que también compartía su desprecio por la monarquía. Además, Jack tenía dinero, y como Andrew solía necesitar más del que tenía, la idea comenzó a formarse en su mente. En cuanto a sir Angus, parece que Andrew fue quien le consiguió el empleo. Creo que es uno de esos hombres que ansían más poder, y que creen que el poder será suyo si consiguen imponer un nuevo orden. Cometieron los asesinatos por dos motivos: por dinero y por conseguir sus metas políticas. Cuando pensó que Elizabeth podía traicionarlo, Andrew acabó con ella. Si mataban a las mujeres, mataban a sus cómplices, que podían convertirse en testigos contra ellos o delatarlos inadvertidamente.

—El pobre lord Wittburg podía haber muerto por sus crímenes —Ally lo miró con intensidad—. No entiendo qué ha pasado hoy. Nuestro plan parecía perfecto.

—Por lo visto, sir Angus no estaba hoy en el pueblo. Fue al periódico con el pretexto de poner un anuncio sobre una feria que va a celebrar en el pueblo. Te había seguido a la oficina de correos en otras ocasiones y sabía algo acerca de tu identidad secreta. Lo de hoy fue un golpe de suerte. Consiguió encontrar a sir Andrew en el club y comenzaron a tramar un plan.

—Entiendo —murmuró ella.

—Sólo puedo dar gracias por que no te matara en Londres.

Ally se sobresaltó al notar el temblor de su voz.

—Pensaron que, si nos mataban a Thane y a mí en la casa del bosque, creerías que Thane me había asesinado por celos y luego se había suicidado —vaciló—. Y sir Angus sabía... lo mío. Creo que me habría matado aunque no fuera A. Anónimo. Tú también debías morir. Supongo que Thane, en su ardiente deseo de proteger a la reina, habría matado supuestamente también a todos los demás —tragó saliva y se estremeció.

Mark le apretó la mano con fuerza.

—Jamás lo habrían logrado. Comprendí lo que pasaba en

cuanto encontramos al cochero, que, lamento decirlo, también ha muerto.

Y, sin embargo, por unos minutos, habían estado cerca, tan cerca...

Mark se inclinó y la besó de nuevo. Intentó tener cuidado, pero... Ally se salió con la suya y él la estrechó entre sus brazos y se tumbó a su lado.

La reina quería conocer a Ally y Thane, el periodista cuyo artículo sobre los asesinos lo había aclarado todo y había calmado los ánimos de toda la nación. Mark los acompañó a la audiencia en la antesala de los aposentos privados de Victoria.

Era evidente que la reina le tenía cariño. Y él se mostró absolutamente encantador con ella.

Victoria observó a Ally cuidadosamente y con afecto, pensó ella, y sin embargo con terrible tristeza. Thane estaba extasiado. Sobre todo cuando Victoria dijo que debían tomar el té.

—¿Y ahora qué, Mark? —preguntó la reina imperiosamente—. ¿Serás capaz de sentar la cabeza, como un hombre recién casado?

—Sí —dijo Mark—, creo que sí. A mi esposa le apasiona Egipto. Creo que iremos de expedición la próxima temporada con nuestros queridos amigos los Stirling y los MacDonald.

—Excelente —dijo la reina, visiblemente complacida. Luego exhaló un profundo suspiro—. Pensaré en vosotros. ¿Y después, Mark?

—Después, Alteza, volveré y serviré a la Corona lo mejor que pueda.

—Ahora estás casado —le recordó ella.

—Sí, pero con una mujer extraordinaria. Creo que con ella podré compartir todas mis ideas, mis sueños, mis deseos... y mis aventuras —sonrió a Ally. Ella le agarró la mano y se la apretó.

—Ha sido un gran golpe de suerte —dijo Victoria—. Y usted, señor Grier, estoy segura de que seguirá adelante con su exitosa carrera.

Thane se sonrojó y asintió con la cabeza. Poco después acabaron de tomar el té y la audiencia llegó a su fin. Los tres se levantaron y una de las damas de la reina los acompañó fuera.

—El palacio de Buckingham —dijo Thane cuando cruzaron las verjas—. Y yo de invitado.

—Te mereces brillar ante la realeza —le dijo Ally con una sonrisa.

—Brillar, y volver a trabajar —contestó él con sorna.

—En efecto —dijo Mark, y miró a Ally, sonriendo. Luego le ofreció la mano a Thane—. En fin, esta semana la tenemos libre.

—¿Adónde iréis?

—Al norte. Ally tiene que ver el castillo de la familia.

—Que os divirtáis. Y no os olvidéis de mí —les advirtió Thane.

—Eso nunca —prometió Ally.

Sus caminos se separaron. Thane estaba ya pensando en el reportaje que escribiría sobre los Farrow cuando partieran en su viaje a Egipto. Se detuvo, miró hacia atrás y los vio alejarse juntos, de la mano, sonriéndose el uno al otro cada pocos pasos. Suspiró suavemente.

—Y fueron felices y comieron perdices —dijo en voz alta.

Luego, con una sonrisa, echó andar por la calle, camino del trabajo.

Títulos publicados en Top Novel

Corazones heridos – DIANA PALMER

Sin aliento – ALEX KAVA

La noche del mirlo – HEATHER GRAHAM

Escándalo – CANDACE CAMP

Placeres furtivos – LINDA HOWARD

Fruta prohibida – ERICA SPINDLER

Escándalo y pasión – STEPHANIE LAURENS

Juego sin nombre – NORA ROBERTS

Cazador de almas – ALEX KAVA

La huérfana – STELLA CAMERON

Un velo de misterio – CANDACE CAMP

Emma y yo – ELISABETH FLOCK

Nunca duermas con extraños – HEATHER GRAHAM

Pasiones culpables – LINDA HOWARD

Sombras en el desierto – SHANNON DRAKE

Reencuentro – NORA ROBERTS

Mentiras en el paraíso – JAYNE ANN KRENTZ

Sueños de medianoche - DIANA PALMER

Trampa de amor - STEPHANIE LAURENS

Resplandor secreto - SANDRA BROWN

Una mujer independiente - CANDACE CAMP

En mundos distintos - LINDA HOWARD

Por encima de todo - ELAINE COFFMAN

El premio - BRENDA JOYCE

Esencia de rosas - KAT MARTIN

Ojos de zafiro - ROSEMARY ROGERS

www.ingramcontent.com/pod-product-compliance
Lightning Source LLC
LaVergne TN
LVHW030337070526
838199LV00067B/6328